寻人不遇

〔美〕比尔·波特 著

曾少立 赵晓芳 译

四川文艺出版社

readers-club

北京读书人文化艺术有限公司
www.readers.com.cn
出　品

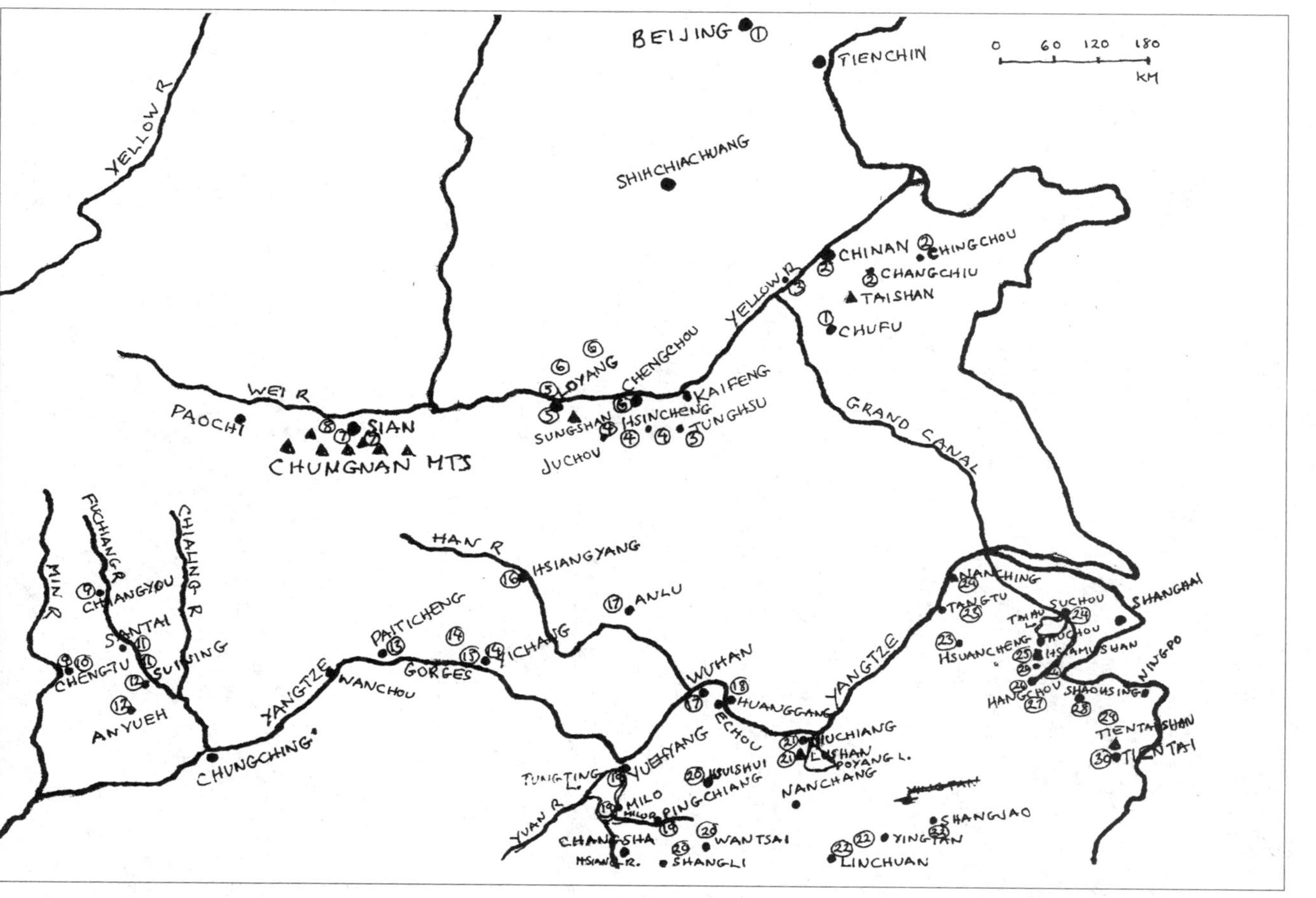
BEIJING
TIENCHIN
0 60 120 180
KM
YELLOW R
SHIHCHIACHUANG
CHINAN
CHINGCHOU
CHANGCHIU
TAISHAN
CHUFU
YELLOW R
LOYANG
CHENGCHOU
KAIFENG
WEI R
PAOCHI
SIAN
CHUNGNAN MTS
SUNGSHAN
HSINCHENG
TUNGHSU
JUCHOU
GRAND CANAL
HAN R
HSIANGYANG
ANLU
MIN R
FUCHIANG R
CHIALING R
CHIANGYOU
SANTAI
SUINING
CHENGTU
ANYUEH
PAITICHENG
YICHANG
GORGES
YANGTZE
WANCHOU
CHUNGCHING
WUHAN
HUANGGANG
ECHOU
YUEHYANG
TUNGTING L.
YUAN R
MILO
PINGCHIANG
HSIUSHUI
CHANGSHA
HSIANG R.
WANTSAI
SHANGLI
NANCHANG
CHIUCHIANG
LUSHAN
POYANG L.
YANGTZE
YINGTAN
LINCHUAN
SHANGJAO
NANCHING
TANGTU
HSUANCHENG
SUCHOU
SHANGHAI
HUCHOU
HANGCHOU
SHAOHSING
NINGPO
TIENTAISHAN
TIENTAI

目 录

第一天

陈子昂、无名氏（诗经）、李白、杜甫

凌晨5点半，太阳还未升起，我从北京友谊宾馆退了房。这家环境优美的花园酒店，曾经是一个“又红又专”的地方。20世纪五六十年代，它专门用来招待社会主义国家和第三世界的“外国专家”。现在，我这个“美帝分子”也冒充一把“又红又专”，在北京这个高消费的城市里享受着免费食宿。接待我的，是我的中国出版人，他曾经是中国教育部某个部门的领导。

一到街上，我就寻找最近的地铁站。仅两分钟，北京的“秋老虎”就让我大汗淋漓。猛然看见一辆出租车停在马路边，我赶紧拉开门放下包，人也坐了进去，告诉司机去北京南站。北京南站是发往南方的高铁始发站。我要坐的首班车，发车时间是早上7点。我估摸着从友谊宾馆到北京南站得一个多小时，然而一上三环，司机就把时速飙到一百公里以上，在朦胧的晨曦中颇有梦幻感。

透过车窗，我远远地望见始建于公元1083年的天宁寺塔。这是北京最古老的建筑之一。在天宁寺塔以北几百米的地方，也就是现在白云观的所在地，应该还有另一座塔——幽州台，这才是我要寻找的，可惜它已经消失了一千年。幽州是北京的古称。公元696年的某一天，唐朝诗人陈子昂登上幽州台，向城南远眺，写下了著名的《登幽州台歌》：

> 前不见古人，后不见来者。
> 念天地之悠悠，独怆然而涕下。

最早诠释《诗经》的《毛诗序》提出了“在心为志，发言为诗”的观点。尽管不是所有诗人都言为心声，然而中国人是幸运的，他们拥有许许多多像陈子昂这样的伟大诗人。他们与我这个“老外”一起分享着这些伟大诗人的心灵，我对此心存感激。为此，我决定用三十天的时间，去拜谒这些伟大的中国诗人的故园和陵寝。今天，正是这次三十天旅程的第一天。

告别天宁寺塔和陈子昂的诗才几分钟，出租车便驶进了北京南站。一看表，竟然提前了一小时。北京南站很大，整体外观有点像机场航站楼，不同的是外面没有免费行李车。

我在广告牌似的电子时刻表上查到自己所乘车次的候车室，在一排排金属座椅当中找了个座位坐下。天气很热，要是空调突然坏了，我估摸候车大厅的温度会突破 38℃。

在北京的日子真可谓“马不停蹄”，各种活动、见面会一个接着一个。就在昨晚，我还参加了一家房地产公司赞助的中国隐士文化研讨会，直到晚上 10 点才回房间洗的衣服，现在还没干透，穿在身上湿漉漉的。谁让我想卖书呢，毕竟作者直销比走书店渠道更划算。正所谓“有所得必有所失”，我不能事事挑剔，湿衣服只是个小小的遗憾，何况这么热的天，它还能让我感到凉快呢！不过，这也从侧面反映了我写的这些有关中国的书，中国人比美国人更感兴趣。

开始检票了，我随人流乘电梯下到站台。十二列洁净的乳白色高铁在晨曦中闪闪发亮，随时准备奔赴这个东方大国的南方。我要坐的这趟车共有十六节车厢，终点站是一千三百公里以外的上海。如果列车不晚点，行程是五个半小时。我冒着汗上了车，坐在司机后面的位置上。这个位置是我特意请出版人帮我订的，因为我在网上见过一张带密封玻璃的驾驶舱照片，我想如果坐在司机后面，也许可以掠过他的肩膀看到向后疾驰的铁轨。没想到，乘务员把包厢最前面的其他五个座位全占了，把我夹在中间，颇不自在。更令人失望的是，隔离驾驶舱的不是普通的透明玻璃，而是毛玻璃。显然，火车的时速高达三百五十公里，司机对有人掠过他的肩膀朝外看会感觉不爽。后来我才知道，司机的操作台上有个按钮，可以控制毛玻璃和透明玻璃互相切换，具体的工作原理就不得而知了。

刚一坐好，乘务员过来了，问我要不要来杯咖啡。她没有提供“茶”这个选项，我想大概因为我是个“老外”。既然如此，那就客随主便吧。几分钟后，咖啡来了，还有一堆免费的小零食——山楂片、

北京南站

口香糖、速溶阿胶颗粒等。口香糖大概是为了遮盖阿胶的气味吧。

火车一出站，司机立马提速。五分钟后，电子显示牌上的时速已超过三百公里，北京城被远远地甩在了后面。车窗外雾蒙蒙一片，能见度只有几百米。不到两个小时，火车就到了曲阜，要知道这里离北京可有五百公里啊！从曲阜一下车，我顿时觉得穿越到了公元前 500 年。和我一起玩穿越的，还有另外三个人。剩下的人，就继续乘车奔赴 21 世纪的上海或别的什么地方去了。到了出站口，我的朋友埃里克·鲁已经等候在那里了。

埃里克在中国干了三十年旅游业，和我的另一个朋友安迪·弗格森一起组织过到中国的禅修旅游。这并不是他们的主业，却也比单纯组织去看兵马俑或游长城挣得多。埃里克的家就在济南附近，他今天将有一天的时间，带我参观孔子的故乡。

会合以后，我们立即驱车向东南进发，那里是孔子的出生地——尼山。尼山距火车站不远，仅三十公里的路程，而且路也好走。乡村的空气与北京相比，简直是天壤之别，尤其是沂河岸边，空气清新得让人永生难忘。农民把松树枝铺在马路上，让过往车辆把上面的松果辗压下来。虽然车流量不大，不过对他们来说足够了。农民把这些松果收集起来，然后卖给提炼精油的厂家。因此整条马路芳香四溢，令人神清气爽。

走了一段松枝路，我们就到达尼山脚下了。我在售票口买了一张成人票，埃里克有导游证，他可以免票。我俩没按常规游览路线从入口进去，而是从出口进去的。因为那里是孔子出生不久便被母亲遗弃的地方，我想先睹为快。

我们手头的旅游册上说，孔子的被遗弃可能与他的相貌有关。他那宽大而突出的额头，给人印象极深，或许还有史书未记载的迥异于常人的其他生理特征。另一种说法是，他是因为出身问题而被遗弃。孔子出生时，母亲才二十多岁，而父亲已经六十多岁了，而且他是由父母野合而生。我不明白为什么他的父母要野合，也许这隐喻着某种不正常或伤风败俗吧。当然，孔子被遗弃的故事，本身就疑点重重；同样的事情，还发生在周王朝的先祖后稷身上。

不管怎么说，孔子最后没有死，他活下来了。一只雌虎和一只雄鹰收养了他。我们走进一个岩壁不断渗水的洞穴，弯着腰，踩着人们垫在地上的石块，一直走到深处。里面有一块很大很平整的石头，我想，这也许就是孔子当年的婴儿床吧。

看完该看的东西，我们退出来，沿着一条石径拾级而上。这里不像是山，更像是一个土丘。我突然明白为什么孔子的名字叫“孔丘”了。走到半道，石径变成了长满青苔的土路。我们的头顶是千年雪松

夫子洞

的浓荫，小径的尽头是尼山书院。据说孔子曾在这里讲学，但我表示怀疑：这里离曲阜很远，夏天来这里避暑隐居还差不多，至于讲学嘛，你信吗？

看那些讲堂里桌椅板凳的模样，与其说是孔圣人的弟子用的，不如说是给乡村私塾的蒙童用的。这里的林林总总，似乎总想提醒来访者，孔老夫子以前在这里正襟危坐，就像《论语》记载的那样朗声吟道："学而时习之，不亦乐乎？"那么问题来了，孔老夫子教授的课都有哪些呢？可以肯定有礼教和乐教，这是他最喜欢的科目，当然还包括诗教。

出了书院，我们沿着主路下山，向公园入口而去。其间，我们在两处杂草丛生的庙宇稍作逗留：一处是启圣王殿，奉祀孔子父亲的；一处是毓圣侯祠，奉祀山神的。在古松葱茏的毓圣侯祠，有一通《元修尼山孔庙记碑》，刻于元惠宗至正二年（1342 年）。

在下山的途中，我们在观川亭逗留了一会儿。这里就是孔夫子感叹生命流逝的地方。面对沂河水镇日站立，他给了生命一个精巧的隐喻："逝者如斯夫，不舍昼夜。"（《论语·子罕篇》）这时我想到了哲学家赫拉克利特，他也是临流而立，看着河水在森林中出现又消失。面对如此奇人奇景，我耸了耸肩：是的，我只有朝圣的份儿。

回到曲阜后，我又想起孔子的慨叹。是的，人生就像一条河，此一时，彼一时。企图寻找生命的全部意义，是不现实的执妄。赫拉克利特也说"人不能两次踏入同一条河流"。我们逝去的是什么，留下的又是什么？我的思绪如沂河之水，滚滚而来，汤汤不竭……

穿过老城后，开始向西走舞雩坛路。沂河流到这里，形成了南部的护城河。过了一个街区，我们停下来参观舞雩台（又称舞雩坛）。舞雩坛路即由此得名。《论语》记载，有一天孔子问弟子们，他们最大的理想是什么。有的说要治国安邦，有的说要强国富民，还有的说要执事宗庙，而曾皙却说："莫春者，春服既成，冠者五六人，童子六七人，浴乎沂，风乎舞雩，咏而归。"（暮春时节，穿上春天的衣服，与五六位成人、六七个童子到沂河沐浴，到雩台吹风，然后一路咏唱而归。）孔子对弟子们感叹道：曾皙同学想的跟我一样啊。

中国人在暮春的三月三进行沐浴，这是一个古老的仪式。今天它已演变成清明节，主要是祭扫先人的陵墓，在中国的老外把它称作“扫墓日”。汉语的“清明”二字，即是“扫除”“清洁”之意。我们来到舞雩台，这里曾是孔子、曾皙等人的舞蹈咏唱之所，而如今只是一个被植被覆盖的十米高的土墩。我本想找一条爬上土墩的路，却发现土墩都被石栏杆围了起来，里面种着密匝的雪松。我绕着土墩转了一圈，没发现一个入口。毫无疑问：谁都可以在舞雩台上舞蹈、在附近的沂河沐浴的时代早已经远去了。沂河在流逝，时代在变迁啊。

然后我们奔向下一个目标——周公庙，它位于曲阜城东北。曲阜曾经是东周时期鲁国的都城，是周公的分封地。周王朝在公元前1046年建立。孔子是周公的粉丝，崇敬周公，效法周公的礼乐，认为礼乐教化会使公室的风气好转。与周公有关的两本书——《诗经》《易经》，都有孔子的贡献。

参观周公庙成了我们的顺路之举，本不在行程安排之内。来到周公庙，我和埃里克是这里仅有的两位参观者。穿过大殿，映入眼帘的是十多株古松和一些石碑。石碑上满是铭文，其中包括一篇《金人铭》，文辞据说出自公元前2600年的黄帝之手，是老子《道德经》的思想源头。周公庙的大部分铭文已经磨蚀得模糊不清了，只能依稀认得前面的“言多必失，行多必悔”等一些残章。因为铭文上能认出的字不多，我们走个过场，然后进了空荡荡的大殿。

在大殿门口，我们停下来审视另一座记载周公庙历史的石碑。此碑已碎，仅留下后半部分。我们闲逛的时候，一只奇特的鸟一直跟着我们，它的样子，我没在任何中国鸟类图书中见过。还有十来只麻雀，貌似也对我们进入它们的领地表示好奇。

这地方如此冷清，倒提醒了我们，可能大伙儿都在吃午饭。一看表，确实到饭点了。于是我们便驱车穿过古北门，就近找了一个食宿两用的饭店。在那儿，我们依然是唯一的顾客。显然，这里因为可看的东西少，游客也少。埃里克点了满满一桌菜，囊括了当地的众多

孔子墓

特色小吃，如熏豆腐、麻酱拌豆角、煎饼卷大葱等，还有冰啤，足够四五个人吃了。中国人吃饭不喜欢“光盘”，觉得尴尬，我无所谓，胃口好，总是一扫而光。

吃完饭我们就开拔，驱车向北去孔林。孔林是孔子后裔及其孔姓同宗的陵园。在曲阜，自称是孔子后裔的高达三万人，这听起来挺奇特，却是真的。前方出现一处路障，再过去就是孔林了。埃里克在车里等着，我打了辆三轮车，穿过路障，在大门口买了门票，进到孔林古老的牌坊。我以前来过这里，这次重游发现路边原来卖小纪念品的摊子不见了，取而代之的是一长溜准备拉客的电瓶车。我没搭理电瓶车，又穿过两道拱门和一座小石桥。小石桥名叫洙水桥，其实它下面的河道已经干涸了。为防洪涝，洙水已经改道。洙水桥的北面是一座庙，供奉着孔子木主，叫享殿。过了享殿，就是通往孔子墓的甬道了。

孔圣人的陵墓非常简单，就是一座长满草的土丘，两通石碑。后面那通较小，貌似年代较久远，上面用篆书刻着“宣圣墓”三个字；前面那通大的，则用篆书刻着“大成至圣文宣王”七个字。孔子之所以谥号一个“宣”字，是因为从两千年前的汉朝开始，孔门儒学一直被奉为帝王治国的正统学说；“宣”有“宣讲、传扬”之意，符合孔子“万世师表”的身份。

我一直在等，等到别的游客都离开了，我一个人走上前去，极其虔敬地倒了两杯酒。虽然中国古代没有威士忌，但这种甜玉米酿造的酒，我想孔子是不会拒绝的。再说了，《论语》记载孔子很能喝，他曾说过：“美哉！惟酒无量，不及乱。”对于饮酒，我与孔子持同样的观点。一杯酒对我们彼此都是小意思，况且也符合他的圣言。我把祭祀他的那杯浇在石碑和墓冢上，干了自己这杯，然后回到埃里克的汽车里。

接下来我们还要拜谒洙泗书院，它在洙水和泗水之间，故此得名。相传这里是孔子删选《诗经》的地方。为期三十天的中国古代诗人寻踪朝圣之旅，我之所以选择曲阜作为第一站，就是因为洙泗书院。不巧前面正在修路，我们停车向收割玉米的农民问路，他们说从后面步行绕过一条土路就能到。等我们绕到书院时，大门紧闭，门从里面闩

洙泗书院

上了。在曲阜还是头一回遇到这种情况，我几乎要崩溃。这个地方对我之所以重要，是因为《诗经》是中国诗歌的源头。我估摸着可能是因道路施工没游客来，所以这里的工作人员就放假了。出于习惯，我很无奈地拍了拍门。没想到这一拍，惊醒了沉睡的诗神——原来，看门人正在里面打盹儿呢。

巨大的木门吱呀呀地打开，埃里克和我再次惊呆：这里太冷清了！除了看门人，只能看到几只野鸟和一群觅食的鸡。两座大殿空荡荡的。殿外石碑上的文字也被风吹雨蚀，斑驳难辨。就在这时，我在侧殿里发现了一位年轻的女士，便走过去问她在这里做什么。也许是我这个外国游客的中国话听起来怪怪的，她先是怔了一下，然后回答说她被派来协助把这里改造成演讲厅。接着她向我讲解，前殿始建于明朝，正是孔子当年讲学的原址；她现在工作的偏殿，则是原来孔子编选《诗经》和起居的地方。

两千多年来，经孔子之手删选的“诗三百”，反复被中国人吟诵着，征引着，代代不息。近年来，有学者开始质疑数百年来对《诗经》的传统解读，并试图把诗歌从道德和义理的诠释中解放出来。颇具反讽意味的是：这些质疑，大部分孔子本人就曾提出过。近年来发现了一批约公元前300年的战国竹简，其中有一部分涉及孔子讲授《诗经》的内容，学界称其为《孔子诗论》。遗憾的是，这批竹简目前并不完整。它们最早存于湖北郭店镇的一座楚墓，后被盗墓贼盗出，卖到文物黑市上。我们目前看到的这部分，是一位香港爱国古董商赎买回来的，现收藏于上海博物馆。尽管这些竹简可能还存在错简的问题，但它们足以让学者们相信，我们现在对《诗经》很多篇章的解读，已经不合《诗经》的原意了，或者至少说明，孔子是怎样解读《诗经》的。那么，作为史上最早的教师，孔子是如何讲解《诗经》的呢？

就算回归《诗经》原意，剥离掉后世附加的那些微言大义，也丝毫不影响《诗经》的艺术价值。柯·马丁教授曾经对这本书做出这样的评价：“它是中国诗歌的活化石，最初我们做选本的时候，远远没有料到它具有如此不可超越的历史价值。它不仅是一部上古时期的诗歌总集，而且是研究后世文献的一条路径。仅凭这点，就值得学好汉语。”

事实确实如此。《诗经》里的诗，与一千多年后中国诗歌黄金时代的唐诗相比，其形式要质朴得多。但它们仍然是诗，这就是我今天来到这里顶礼《诗经》的原因。尽管《诗经》里有大量篇章古拙得乏味，但像《衡门》这样的作品，也有数十篇之多。

> 衡门之下，可以栖迟。泌之洋洋，可以乐饥。
>
> 岂其食鱼，必河之鲂。岂其取妻，必齐之姜。
>
> 岂其食鱼，必河之鲤。岂其取妻，必宋之子。

不需要微言大义似的借题发挥，这首诗的主旨就是提醒读者们：自足是一种美德。对世人来说，这种提醒多多益善。修身和道德教化，是中国古诗的一个重要功能。

和其他民族的诗歌一样，《诗经》里自然也有爱情诗，如《野有蔓草》：

> 野有蔓草，零露漙兮。有美一人，清扬婉兮。邂逅相遇，适我愿兮。
>
> 野有蔓草，零露瀼瀼。有美一人，婉如清扬。邂逅相遇，与子皆臧。

必须承认，这些诗虽然朴拙，也比我表达类似情感时偶尔写的东西强太多了。它们做了诗歌该做的事：发出心灵的声音。

无论是否声称理解了《诗经》的原意，我们都不会低估它在中国文明史程中所起的作用。虽然有的诗我们不解其意，也不明白孔子选诗的依据，但他确实让诗歌在中国享有重要地位。这种地位在西方从未有过，而且可能永远也不会有。孔子把言志抒情的诗变成了中国文化的一个基本要素。从此以后，一个不会作诗的人是无法在朝廷做官的。诗成了出仕的门槛之一。正因为有了孔子，才催生了写诗的李白和杜甫。而且，李、杜二位为了表达对孔子的敬意，同时来到了曲阜，这是中国历史上两位最伟大的诗人的又一次历史性会面。

我和埃里克非常感谢这位年轻的女士，她为我们指出了中国诗歌史的发祥地，或者至少是中国诗歌文献史的发祥地。

我们把车开回高速路，然后向北穿过泗水。这条路是新修的，车跑起来很畅快。十分钟后，就看见了写有“石门山国家森林公园”的路标，这是我今天的最后一站。

过了几分钟，又是一个指示牌，指向一个庞大的在建楼盘，它是远东职业技术学院的新校区。中国遍地是雨后春笋般的民营大学。中国的新经济力量，除了农民和工人，还需要技术人才，光靠公立大学来培养是不够的。不过，在这里见到这样一所民营大学，还是颇值得玩味的，因为这里是孔子的故乡曲阜。孔老夫子可是中国公共教育事业的创始人，在他之前，只有贵族家庭的私人教师。为了表达对孔子的敬意，中国准备把他的诞生日，即阳历 9 月 28 日，定为教师节。

又过了几分钟，汽车驶进石门山公园停车场。我买了打折门票，埃里克亮出了他的导游证。我们沿着一条石磴小径往上走。蝉在鸣，鹊在叫，鸽子在嘀呖，环顾四周，这次又只有我们两个人。今天是周三，大家或在上学，或在上班。

通向山顶的小路旁有一条溪流，空气极其清爽。在快到一座佛寺山门的地方，我们向左走上了另一条小路，然后再一次左拐，又走了十分钟，就到了我们的目的地。这里没有路标，好在我以前来过。小路的尽头是一座亭子，立在一块突出的巨石上。巨石经过风化，表面呈波纹状，波纹间是一个个小小的凹池。因此古代这里被称作“池台”，如今称“含珠台”。

这里视野阔大，亭台浮于“岩浪”之上，俯瞰山谷，石门山南岭逶迤如一幅屏风画。据传这里还是孔子编《易经》的地方。他踵事伏羲和周公，把《易经》变成了永恒变化的人生之河的精神指南。孔子自称“述而不作，信而好古”，他由此成为中国第一位伟大的编辑。

我之所以选择来石门山的北岭而非南岭，是因为这里曾是中国两位伟大诗人举杯夜话的地方。在亭子里的石桌上，我摆上三个小杯子。它们在孔子墓前就已经用过了，是上周我从北京报国寺的一个跳蚤市场买的。用这些祭祖的杯子来向中国古代诗人献酒，最合适不过了。要说中国诗人的共同爱好，则非酒莫属。想到这点，我取出一个昨晚就灌满了威士忌的小银瓶。我从美国带来两瓶威士忌：一瓶十八年的威利特，一瓶 2011 年出产的乔治·斯塔格，这两瓶酒花光了古根海姆基金会对我此次中国之行的最后一笔赞助费。我决定先开那瓶斯塔格。毫无疑问，这种 71.3 度的烈酒，会让我在中国诗歌的天堂里找到朋友。我满上三杯酒，一杯敬李白，一杯敬杜甫，一杯给我自己，因为埃里克要开车，他只能闻闻酒香了。

含珠台

不难想象，从红日东升到夕阳西下，再到明月当空，李、杜二人在这里从白昼痛饮到深夜，最后双双醉倒，大被同眠。那是公元 745 年，节令和现在差不多，也是夏秋之交。这是李、杜的第二次也是最后一次会面。为了纪念这次巧遇，李白写了一首《鲁郡东石门送杜二甫》：

醉别复几日，登临遍池台。何时石门路，重有金樽开。
秋波落泗水，海色明徂徕。飞蓬各自远，且尽手中杯。

泗水就是我们来时经过的那条河，它流经洙泗书院的北面，过去也曾流经孔林。徂徕是附近的一座山，在东北方向，位于石门山和泰山之间，而泰山是中国最神圣的一座山。我估摸着，这威士忌将能让我们慢慢享受眼前的这段美好时光。眼见得几片白云飘远了，我杯子里的酒也干了，然后把敬献给李、杜二人的酒，倒在岩石上的小凹池里，我再把残酒啜干。暮色渐浓，收了杯子，我们从后山下了山。

杜甫一生给李白写过十首诗。石门相会两年后，他写了一首《春日忆李白》：

> 白也诗无敌，飘然思不群。清新庾开府，俊逸鲍参军。
> 渭北春天树，江东日暮云。何时一樽酒，重与细论文。

“何时一樽酒，重与细论文。”也许，他们来世还能再度重逢。我们回到高速路，再度驱车北上。几分钟后，掉头向东，埃里克想走泰山东面的公路带我去济南。半道上，我们经过徂徕山。在李白的诗中，徂徕山披满落日的余晖，更胜黎明之美。

经过一整天漫长的奔波，我在车上打起了瞌睡。两个小时后，埃里克把我拉到宾馆。本想请他在趵突泉公园对面的宾馆帮我订一间房，以便第二天上午去看泉水。结果宾馆人员告诉他不接待外国人。因此埃里克帮我在莫泰 168 酒店订了一间房，房间环境很差，不过这不重要，我已经精疲力竭，连洗澡的力气都没有，更不用说洗衣服了。

一上床，我就想：搞定一天，还剩二十九天。这是我自己给自己设定的参数，这样的参数会让我尽可能把写作置于首位。以前我除了写信，别的什么都不写。后来去英文电台工作就不一样了，先在中国台湾，后在中国香港，正是在香港的工作让我有了彻底的改变。我被安排去中国内地旅行，一去很长时间，返回香港后，要把旅行日记改写成每期两分钟的电台节目。我的首次中国之行，从黄河的入海口一直走到了它的源头，回去后据此做了两百来期的电台节目。

令人难以置信的是，这些节目获得了巨大的成功。我被要求继续做下去。我只好走丝绸之路，访彩云之南，拜谒我所能想到的任何古迹，然后写作和录制成系列电台节目。就这样不间断地行走着、写作着，六周人在旅途，然后十二周人在香港，如此周而复始。我由此学会了写作。必须承认，这工作太累人了，我不向任何人推荐我的旅行路线和写作方式。幸好，这将是我的最后一本书了，还有最后二十九天，旅程即告结束，曙光在前，胜利在望。

第二天

李清照、辛弃疾

昨天太累了！真希望太阳晚点升起来，让我多睡一会儿。今天游览的第一站是趵突泉，离宾馆不远，三百米的样子。出发前，我明智地在鞋子里加了新鞋垫，这是多年前从一位摆摊的中国妇女手上买的，我一直都带着，但总忘了垫在鞋里。每年我都会花 9.99 美元买一双派勒斯帆布鞋，现在鞋底磨薄了，有点硌脚，放上鞋垫就舒服多了，走起路来就像踩在地毯上一样。我的脚终于可以享享福了。对于一个旅行者来说，让脚舒服可是头等大事。

早上 8 点左右，我走进趵突泉公园。济南号称"泉城"，可是多年以来，这个昵称似乎成了一种反讽。1991 年我因"黄河之旅"到过济南，当时因大兴土木而破坏了地下水，泉水已经断流，公园里的水都是从其他地方引进来的。我这次来，看见又有泉水冒出来，很是高兴。当然，我不是来赏泉的，更不是跟着那些晨练的大妈跳广场舞的。我沿着迷宫般的小径蜿蜒而上，要去拜访一位九百年前住在这里的女词人。

两只斑海豹在一个小水池里游泳，我停下脚步，做了它们唯一的观众，也许其他人都已经看腻了吧。我想给它们拍张照，可镜头总是起雾。哦，忘了说这里有多热了——又热又潮，绝对在 33℃以上，弄得我不停地拧毛巾擦汗。我总算拍了一些还算清晰的斑海豹照片，我想没人会误认为是飞碟吧。

接着我来到了公园里的李清照纪念堂，一进门就是她的塑像，周围环绕着鲜艳的紫薇和连翘花：粉红的、淡紫的、鹅黄的，五彩缤纷。旁边的石凳上，一位老人正拉着二胡在说唱，我停下脚步侧耳倾听，与我同听的还有一位打扫卫生的老太太。老人的音乐把我们带到了北地边关：在那里，老太太的丈夫是一位远戍的征人；而我则在一座佛寺的废墟之中寻找着梦寐以求的经文。直到老人的说唱结束，我们两位听众才缓缓地回过神来。

李清照纪念堂

塑像的后面便是系列展厅，介绍李清照生平的各个阶段。例如其中的一间展厅，讲述幼年的她如何以卓越的诗词才华赢得长辈们的赞许；在另一间展厅，则讲述她年轻时如何与丈夫整理和收集古玩；还有一间展厅，则以地图的形式讲述她一生的颠沛流离。

济南是中国东部沿海这一带最大的城市之一，也是黄河入海之前最后流经的城市。李清照的青年时代，大部分时间是在这里度过的。从这里，她沿着黄河，一路走到了六百多公里外的开封，找到了当时正在为宋朝效力的父亲。这张地图还记载了公元 1128 年金兵入侵中原、兵临开封时，她是如何逃出济南的。她把自己和丈夫收藏的古玩装了整整八辆车，并设法一路安全抵达南京。她的丈夫当时在南京任江宁知府。然而不幸的是，在她去后不久，丈夫便撒手人寰。李清照的余生不得不依靠亲友的接济度日。然而，并不是所有的亲友都愿意慷慨助人，地图上一条从南京出发的曲折红线显示：她的余生一直在长江下游地区漂泊流离，试图寻找一处安身之所。最后，没有人知道她死于何处，葬在哪里，只知道她活了七十二岁。在那个战乱年代，她宛如狂风巨浪里的一叶浮萍。

就在我对着地图一路怀想之际，广播里传来了歌声。女歌手的声音很熟悉，工作人员告诉我是蔡琴。蔡琴是我在台湾时非常喜欢的一位女歌手，她声音浑厚，经常把歌曲演绎到一种前所未有的境界。我做电台记者的时候，她曾经在我的一档每周访谈节目里做过嘉宾；后来在电台的年会上，她整个晚上都坐在我身边，搞得我很紧张，额头直冒汗。蔡琴有一头漂亮的长发，住的地方离我妻子的公寓只隔两个街区。但是自从那次年会以后，我就再也没有见过她。今天蔡琴唱的这首歌，正是取自李清照的一首词。工作人员说这张 CD 是非卖品，后来卖给我一本李清照的集子，里面就有这首词。词是中国古典诗歌的一个体裁，不同的词有不同的词牌。词牌只是规定了写作的格式，与所写的内容没有必然的联系。蔡琴唱的这首词的词牌叫《如梦令》，其词如下：

常记溪亭日暮，沉醉不知归路。
兴尽晚回舟，误入藕花深处。
争渡，争渡，惊起一滩鸥鹭。

在最里面的一个展厅，李清照（塑像）独自端坐其中，铭牌上的注释是“流寓江南”。她正在写流传至今的那首五言绝句《夏日》：

生当作人杰，死亦为鬼雄。
至今思项羽，不肯过江东。

公元前 202 年，西楚霸王项羽数次连遭惨败，他拒绝渡江自保，在绝境中面对敌人自刎而死。李清照写这首诗的地方，正与项羽墓隔河相望。或许她在想：要是当初自己留在济南而不是南渡苟安，情况又会怎样呢？至少，既不能回娘家又失去了夫家的南渡生涯，并非想象的那么美好，甚至犹如炼狱。请看她人生最后阶段的一首《菩萨蛮》：

风柔日薄春犹早，夹衫乍著心情好。睡起觉微寒，梅花鬓上残。
故乡何处是，忘了除非醉。沉水卧时烧，香消酒未消。

时间差不多了，为了赶早班的火车，我匆匆忙忙离开了公园。正值早高峰，打不到车，我穿过大街，来到一个公交站，五分钟后，上了一辆空调公交车。真是“一层玻璃两重天”啊，外面又热又潮，至少33℃以上。享受了十五分钟空调之后，火车站到了，买了一张开往青州的特快，9点22分发车。公元1107年，李清照的丈夫赵明诚因受父亲株连，被朝廷革职，正是在青州，夫妇俩度过了十年逍遥的屏居生活。

我提前十五分钟到达火车站，可是火车却晚点一小时。一般情况下，我更喜欢坐长途汽车，因为汽车发车时间误差不会太大，就是太慢了。这次若坐汽车的话，路途远了点，济南到青州两百多公里呢。中国的火车，只有始发站是准点的，中途站上车就不要指望了，晚点几个小时的都有。坐火车出行，全靠赌运气。这次我又失算了。如果在平时，问题倒也不大。可是我已经提前买好了中午12点36分的返程票，如此一来，我原计划在青州待两小时，现在只能待一个小时了。唉，看来在计划自己的行程时，还是要多考虑意外因素啊。

青州站三面都是农田和果园，出站口既没有宣传标语，也没有拉客的司机，略显冷清。中国新建的火车站都一样，总是离老城区很远。我一眼看见路边等客的出租车，赶紧打了一辆。就在我上车的当口，从车的另一侧上来两个人。显然，这里的人喜欢拼车，这样比较省钱。我正在考虑该怎么办，突然看见另一辆出租车到站下客，于是又赶紧拦下了它。我告诉司机自己有急事，想单独打车。司机开得飞快，二十分钟就到了此行的目的地——范公亭公园。这座公园因惠政青州三十年的范仲淹而得名，那时李清照还未出生。

由于时间关系，我只能走马观花了。我告诉司机在外面等我一会儿，就匆忙下了台阶。公园里有一个湖，周围是低矮的群山，星散的亭台。走下台阶，我惊喜地发现了“归来堂”的指示牌，这正是我要找的地方。李清照丈夫被贬之后，夫妇俩就住在这里。后来证明，那是她生命里最幸福、最快乐的一段时光。远离了朝廷的争斗，他们集中精力培养自己的爱好：收藏古玩以及记录上面的铭文。

不巧的是，大厅的一面被公园的墙圈起来了。我不得不匆匆跑到另一面，就这样还是浪费了五分钟的时间。走入大厅，我已然是上气不接下气。我是多么希望看到更多的东西。这里有三间房：一间展示女词人为丈夫弹琴的情景，另一间是他们的卧房，第三间则是她的书斋了。

外墙上贴着这间书斋的名字——易安斋，这是李清照取的，她非常喜欢这个名字，以至于自称“易安居士”。“归来堂”和“易安斋”这两个名字都源自陶渊明的诗。陶渊明是李清照夫妇的偶像，他们渴望像陶渊明一样，过一种简朴的屏居生活。然而不幸的是，权力与财富的中心没有放过他们。在青州待了近十年之后，朝廷召回赵明诚，他们不得不又回到了当时的都城——开封。

书斋的墙上挂满了李清照的诗词以及关于她的电影剧照，由此可见中国人对她的喜爱程度。就是在这间书斋里，李清照写下了著名的《词论》。她说词是用来唱的，声律与字义一样重要。李清照认为诗词应该写实，同时也应善于用典。其实，她自己的创作并不怎么用典，但由于她的巨大声望，后世的词家在创作中往往把《词论》奉为圭臬。

发现没有多少东西可看时，我竟然有了一种释然，于是匆匆回到出租车里。我希望那位司机仍在等我，车确实停在那里，但却不是司机一个人了。原来她在我下车以后，给十九岁的侄子打了电话，所以他和我一样都是匆匆赶回来。我们都有点喘不上气来。司机的侄子想练习英语，我只好答应了。这样至少我可以有点事做，而不至于总是对今天的时间失算耿耿于怀。谢天谢地，我们提前五分钟到了车站，我终于长出了一口气。

穿过火车车厢，在我的座位上坐下。一个半小时后，我在章丘站下了车。

章丘不大，没几趟火车停靠，因此站前出租车也少，人们依然喜欢拼车。我在大街上转悠，想找一辆可以独乘的出租车。一辆出租车开到我面前，司机问明我的去处，十块钱成交。不到十分钟，我们就到了百脉泉公园。下车时我问司机能否等我一会儿，我还想去其他地方。这对他是合算的，他不假思索地答应了。这回我不用像之前那样匆忙，因为再也不需要赶那劳什子火车了。

李清照铜像

就像青州的范公亭公园一样，百脉泉公园也是一个环湖公园。往最里面走，有李清照的另一个纪念堂。中国一共有三处李清照纪念堂，我已经拜谒两处了。公园门口有人在卖吹糖人，还有一个老太太在卖毛时代的旧书。我停下来问她是否有穆旦或艾青的诗集，她摇了摇头。这两位是那个年代我最喜欢的诗人。走过停车坪，一只旋转木马在刺耳的音乐中急转着，好在再往里走一片蝉鸣把音乐盖过了。我不知不觉地就来到了李清照的青铜像前。铜像是根据她三十一岁时的样貌塑的，旁边一块铭牌上有英文介绍，说她是婉约派词人的代表。我喜欢“婉约”这个词，汉语里的意思是“优雅得恰到好处”。后面的墙壁上，是她婉约词名篇《声声慢》的鎏金书法：

> 寻寻觅觅，冷冷清清，凄凄惨惨戚戚。乍暖还寒时候，最难将息。三杯两盏淡酒，怎敌他、晚来风急。雁过也，正伤心，却是旧时相识。
>
> 满地黄花堆积，憔悴损，如今有谁堪摘？守着窗儿，独自怎生得黑？梧桐更兼细雨，到黄昏、点点滴滴。这次第，怎一个愁字了得！

我读罢这首词，绕过铜塑，穿过后面的小厅，便看见一个较大的池子，池子对面便是她的纪念堂——这里是生她、养她的故乡。我小心翼翼地踩着池子里的石头一路走过去。由于最近阴雨连绵，梅花泉里的水已经溢出来，直接流到了附近的湖里。

旁边的人行道上，有一个较浅的池子，人们可以用瓶子装里面的水留作纪念。我没有装水，而是拿出酒瓶往小瓷杯里倒了一杯威士忌，举杯向这位婉约派女词人致敬后，自己抿了一小口，把剩下的倒进池子里。要找到一个可以对饮的知音很难，我想李清照应该会喜欢威士忌吧。尽管她的生活总是被各种忧愁困扰，但不要忘记，她是一位“易安”的词人。

在池子的另一边，我还参观了李清照故居的其他宅院。她就是在这里长大的，以后还不时地回来过。重建后的卧室墙上悬挂着她于公元 1121 年作的《感怀》诗。当时她刚到丈夫出任知州的莱州，那是在赵明诚康复之后，被重新召回汴梁之前。

寒窗败几无书史，公路可怜竟至此。
青州从事孔方君，终日纷纷喜生事。
作诗谢绝聊闭门，雁寝凝香有佳思。
静中吾乃得知交，乌有先生子虚子。

“公路”是袁术的字，他在汉亡之后称帝，最终饥迫而亡。“子虚”和“乌有”都是人名，出自司马相如的《子虚赋》，这很容易让人联想到道家宗师庄子作品里的一些人物。李清照喜欢用隐喻的手法，借用那些古老的形象来描写自己的生活。

我顺着原路返回，在李清照塑像前照了一张相。一个醉醺醺的西装男被其他几个西装男簇拥着走过来，指着塑像问我这是谁。我忍不住笑出声来。可能他觉得受到了冒犯，质问我为什么发笑。我直言不讳地告诉他，说我很奇怪他怎么会不认识自己国家这么著名的词人。我的话很刺耳，他大概觉得难为情，什么也没说，回到他那堆朋友中间，而我也转身离开了。

我让司机等是因为我要回济南，而且四个小时内不会有回去的火车。接下来的两天我想在济南郊区的一些地方转悠，很多行程不确定，甚至会通宵待在郊外，不雇辆车是不行的，靠公交根本不现实。一走出公园，我就让司机看我带的地图，告诉他我明天的行程安排。他想了几分钟，报了一个价：一千五百元。这跟我预想的差不多，于是当场成交。

在离开章丘的路上，他把车停在路边的一辆货车旁，货车司机是他老婆，她通过车窗递给我们一个导航仪。司机说我提到的许多地名他都没听说过，不过他那种未雨绸缪的敬业精神，给我留下了好印象。

一路无话，我们直奔今天最后一个目的地——济南东部历城区的一个村庄。我去那里是要拜谒与李清照齐名的另一位词人的纪念馆。凭借一张从网上打印下来的地图，我们沿着102省道一路向西，但在通往济南机场的高速路段，我们迷路了。尽管有导航系统，两个人还是转悠了一个小时。最后发现，我在打印那张地图时弄错了一个重要信息。纪念馆附近有一个村子叫“四风闸”，而我输入的是“风闸”。我们四处打听，可就是找不对地方。眼看离下午5点越来越近了，根据经验我知道，纪念馆一般在5点左右就要关门。但我在关键时刻总是如有神助，路边两个卖莲藕的妇女给我们指对了路。若不是那两位妇女帮忙指路，这地方我们可能永远都找不到。一堵年久失修的墙，一扇蠢笨得有些滑稽的大门。门开着，距离5点还有五分钟的时间。

大门口，五六个男人在凉亭下闲聊。他们都是当地的农民，干完了一天的活儿，把自行车斜靠在亭子的栏杆上，八成是在等他们的朋友下班。我们走近的时候，这里唯一一个衣衫还算整洁，看上去不像农民的人问我是干什么的。我说是来拜谒纪念堂的。他告诉我5点半才关门，可以随便转。他带我到登记处登记了一下。这个地方的游客少得可怜，我是今天的第二位，而前两天的记录竟然是零。

他给了我一本小册子，指了指后面的三个展厅，然后回到了朋友身边。大厅前面是主人公的石像，他就是年轻时的辛弃疾。辛弃疾出生于公元1140年，在中国北方长大。那里曾经遭受过金人的入侵。金人是居住在满洲北部的满族人，他们帮助汉人打败了另一个游牧民族——契丹人。当时契丹人住在满洲南部，契丹人被打跑之后，金人直接入侵并占领了中国北部地区。

绕过辛弃疾的石像就是大厅。我走过那里的时候，竟然有回音，显然这里的建筑偷工减料了。大厅里只有几件物什：一架织机、一架纺

辛弃疾石像

车、一架打谷机、一个土炕，仅此而已，别无他物。土炕，直到今天依然是中国北方人过冬的主要取暖方式。

我转到另一间展厅，这里系统介绍了辛弃疾的生平。他二十二岁时的一项英雄事迹，引起了全国人民对他的关注。当时他加入了当地的一个抗金组织，并号召其他亲友也参加。有个和尚参加后又叛变了，还盗走了公文大印。头领很生气，后果很严重。因为和尚是辛弃疾介绍来的，头领扬言要杀掉他。辛弃疾说，给他三天时间，保证将大印找回来，找不回他甘愿受罚。两天后，辛弃疾直闯金兵大营，把大印和和尚的首级一起带了回来。前面那座辛弃疾的石像，就是以此事为根据为他雕刻的一个爱国侠客形象。他的英勇事迹，激励着中国历史上一代又一代的年轻人。

后来辛弃疾加入官兵，来到杭州，那是金兵入侵后大宋的新都。再后来，他与李清照一样成了一个词人。如果他自打年轻时就写词，反而可能不会有那么多传世之作。年老以后，眼见山河破碎，光复无望，他心情愤懑，写下了几百篇不朽的作品。正如公元 1188 年，他在《丑奴儿·书博山道中壁》中所写的：

少年不识愁滋味，爱上层楼。爱上层楼，为赋新词强说愁。

而今识尽愁滋味，欲说还休。欲说还休，却道天凉好个秋。

最后一个展厅有个玻璃箱，陈列着他的一些作品，但是没有影印本出售。另一个玻璃箱中陈列着1987年在济南召开的“辛弃疾学术研讨会”的一些论文，显然，这座纪念堂就是那时候建起来的。因为我没有找到合适的地方来祭拜他，于是决定暂时存下这杯威士忌，准备将来洒在他千里之外的坟前。不过，在我走出大门的时候，我怀疑自己还能不能去那么远的地方。天气炎热，旅程艰难，这才第二天啊，我已经有点精疲力竭了。

尽管今天火车晚点，我自己又标错地图，有些小不顺，但还是完成了计划，在此感谢道路之神！遗憾的是，神仙们也在下午5点半下班。进入济南市区的时候，正好赶上晚高峰。从历城到我住的地方不过25公里，汽车却开了一个多小时。

我给了司机陆先生250元，作为今天的租金，他很满意。但是谈到后两天的行程，其中包括要在一个他从未听说过的小镇过夜，他把价钱从1500元涨到了1800元。

他还说，他需要找一个朋友一起去，以便在他疲劳的时候两个人可以换班开车。我没有马上答应他，只是说考虑一下再给他电话。他走后，我前后问了三辆出租车，司机要价第一天至少1800元，第二天也一样。看来我低估了这趟行程的费用，至少低估了大城市出租车的费用。我给陆先生打电话，问他明天早上7点能否准时来接我。我想早点出发，在太阳落山之前跑完所有的地方。

安排好第二天的交通工具，我开始沿着大街溜达，想找个地方简单吃点东西。离宾馆不到一百米，有一家包子铺。我要了两个包子，一份豆腐，豆腐里面放了野菜、豆浆和鸡蛋。令人惊讶的是，味道竟然好极了。我又点了一盘娃娃菜炒虾仁，老板还送了我一盘煎饼，都很好吃。但我一个人实在有点吃不完，又退掉了一部分。

吃完饭我直接回到莫泰168酒店。我不知道为什么它会叫这个名

辛弃疾碑亭

字。它们与美国的“汽车旅馆”其实不太一样，只是一些廉价的旅店，如雨后春笋般遍布中国大江南北。[①] 我猜想可能是它们房间的功能与美国的汽车旅馆一样，都是为了方便旅行者而设计的吧。至少，房间干净，空调运行良好，这值得庆幸。但是油毡地面、PVC 材质家具、狭小的淋浴间，还是让人很不爽。这是令人兴奋的一天，却有一个糟糕的夜晚。我非常希望泡个热水澡，可是中国所有的宾馆都是那种立式淋浴。我出门才两天，就开始抱怨了。

临睡前，我看了看辛弃疾纪念馆管理员送我的小册子，里面有一首《临江仙》：

> 六十三年无限事，从头悔恨难追。已知六十二年非。只应今日是，后日又寻思。
>
> 少是多非惟有酒，何须过后方知。从今休似去年时。病中留客饮，醉里和人诗。

这是一首自寿词。中国人论年龄，不是论生日，而是论年份。过了新年，人就长了一岁。因此，农历新年（即春节）是一个欢乐的日子，也是个易生感慨的日子。当然，辛弃疾的感慨还有更深层次的原因。他写下这首词几个月之后，便解甲归田了。病和酒，在这里一语成谶。假如我有机会遇见他，应该敬他两杯威士忌，希望这位半生郁闷的济南词人喝完酒后能有一个好梦。

---

① 莫泰 168 酒店是中国很常见的一家经济型连锁酒店，其英文名“Motel”的意思正是“汽车旅馆”。

第三天

曹植

陆先生早上7点准时到达宾馆，这是这一天甚至下一天唯一按计划准时完成的事。不管怎么说吧，我的中国古代诗人朝圣之旅的第三天，算是准时开始了。我把包扔进后备厢，我坐前排，陆先生的朋友坐后排。前一天晚上我们分手的时候，他说要带一个人来，在他疲惫时替班。我想能带朋友一起旅行当然是好事，却没想到他所谓的“朋友”，竟然是一位非常迷人的姑娘。

也许对他来说，这相当于一次“携美带薪”度假，这或许正是他要价低的原因吧。他头脑活络，但肯定不是有钱人，我忍不住想这女孩和他是什么关系。对我来说，接下来的两天要拜谒五位诗人，又是前不着村后不着店的荒郊，旅程还是蛮艰巨的。

早一点出发，至少可以避开早高峰。可是，明明有高速路，陆先生却选择了普通公路。我出示给他的地图上圈定的路线是高速路，他同意支付高速路的过路费和加油费。因为高速路的费用远高于普通公路，只要有其他选择，他决不走高速。这还得怪我，前两天折腾得太累了，竟然没有注意到这个问题，我本应该估计到的。不仅仅中国，全世界的出租车司机都是人精，他们还懂很多路况以外的东西。

虽然意识到不妙，但再倒回去重上高速为时已晚。就这样，我们在脏乱差的普通公路上慢慢走着，时间一小时一小时地过去，直到最后看到高速入口。但好景不长，为了通过黄河大桥，半小时后我们又不得不驶下高速。

我要拜谒的地方是黄河北岸的鱼山。下了高速，离黄河大桥有二十公里，黄河大桥到鱼山还有二十公里。我想或许一小时之内可以到那里。我和陆先生都很信任车上的GPS导航仪，没想到过了黄河大桥，它竟然指示不出前往鱼山及其附近镇子的行车路线。这回我的地图可没问题，看来，正确的标识是多么重要，更何况是路标呢。因为鱼山在西南方向，我们先向西，再向南，再向西，再向南，每隔十分钟就要问一次路。路人的答复也不完全一致，但我们都一一记下了。

辗转两个小时，终于到了。和尼山一样，鱼山仅仅是个丘陵，但是照样有围墙和大门，需要付费参观。好在现在门开着，我看见大门额上写着“曹植墓”三个大字。

这里竟然只有我一个游客！唉，考虑到路途艰难，对这里的冷清也就可以理解了。而管理员的态度也颇为冷淡，他说今天没人，我是唯一的一个，游客一般都是周五或周末来。我买完票后，他继续吃午饭，我则进园子自己溜达。本来希望早上 9 点前到这里，现在都 11 点多了。唉，又失算了，只看地图估算距离，这样想当然不行，估计陆先生也看出我是个傻帽吧。

但至少我到了曹植的三个陵墓之一。而且这个是唯一被官方认定的，也是诗人本人要求下葬的地方。我朝山脚下的墓碑走去。神道两边是石柱和石雕，雕着传说中的神兽以及百官，这种规格通常是王侯的陵墓才有的。

鱼山一带是曹植最后也是最大的一块封地。他只在公元 229 年来这里小住过。墓碑附近的一通石碑上，铭文简要地概括了曹植的一生。经过长达数个世纪的努力，这些文物展厅和亭台才得以逐步建起来。尽管这是官方陵墓，却没有得到学者们的一致认可。在 20 世纪 50 年代早期，文物出土以后，人们并没有发现曹植的颅骨，只有躯干骨，而仅有的那几块骨头，也在以后的日子里不明不白地丢失了。不过，这里仍然是一个值得祭奠的地方。由于天太热，我自己就不喝了，只倒了一杯酒，洒在曹植墓前。

接着，我沿着一条小径向山顶走去，那里有一个亭子，可以俯瞰曹植的整个陵园。路上无意中发现一个指示牌，指向一个名叫“梵音洞”的地方。传说当年曹植听了这个洞里传出的梵天之音，于是“改梵为秦”，创制“撰文制音，传为后式”的六章汉语梵呗。诗乐不分家，曹植是才高八斗的天才诗人，也是高明的音乐家。

指示牌上介绍说，曹植创制的梵呗流传到都城洛阳后，广泛应用于宫廷和寺庙的各项祭祀中，尽管现在原文已经失传，但曹植的创制是梵唱汉化的一次伟大尝试，并且获得了巨大成功。同时，这样的尝试也激发了朝鲜人和日本人在梵唱本土化方面的创作灵感。为了纪念他的这一成就，在山脚下，东亚某佛教组织出资建了一座大大的梵呗寺。

停下来看这些撰述至少能让我有机会擦擦汗，喘口气。这时气温肯定突破38℃了。到达最高点的凉亭后，我坐在阴凉处的水泥排椅上，一边擦汗一边眺望风景。三百米开外就是黄河，它依然如往昔般滔滔入海，泥沙俱下。

在过去的百万年间，黄河经常改道，如失控的孽龙南北肆虐。挟带大量泥沙的浑浊的黄河水，造就了中国的大半个北方。我们今天看到的黄河，与曹植时代应该是基本一样的，算是它比较安静驯服的状态了。从山顶俯瞰，能够看到的所有大地都曾是曹植的封地。在中国古代的所有大诗人中，曹植绝世而独立。他或许有做皇帝的机会，但因其太嗜酒，还没等到美好时代的来临，便如流星般消逝了。

曹植生于公元192年，是曹操的第三个儿子，曹操是中国历史上最著名的王侯之一。在汉朝灭亡后，他控制了中国北方，但从未征服过南方，因此他只称王不称帝。在二十五个儿子当中，曹操最喜欢曹植，有几次想立他做太子。可曹植既嗜酒，又懒散，实在不符合做帝王的标准。尽管有这些缺点，但他很有才华，并希望自己的才华得到展示。在《薤露行》这首诗中，他明确表达了这一情绪：

天地无穷极，阴阳转相因。人居一世间，忽若风吹尘。
愿得展功勤，输力于明君。怀此王佐才，慷慨独不群。
鳞介尊神龙，走兽宗麒麟。虫兽犹知德，何况于士人。
孔氏删诗书，王业粲已分。骋我径寸翰，流藻垂华芬。

很显然，曹植的天赋不在于成为一名武将或帝王，而是一位诗人。他心地简单而纯净，只要父亲活着，他就会一直被宠溺下去。不幸的是，公元220年父亲去世了，长兄曹丕继位。曹丕并不像父亲曹操那般欣赏和喜欢这位弟弟，相反他忌妒曹植，还认为他对自己造成了潜在的威胁。曹丕登基后，便把曹植赶出京城，给他一块食邑养着他。当然，为了便于监视和控制，这食邑还不能离京城太远。

曹丕对曹植的一些亲信或斩或流，因为害怕有人与曹植勾结篡夺帝位，甚至还杀掉了另一个兄弟。自那以后，即公元221年到232年，曹植被迫从一个地方辗转另一个地方，在这首名为《吁嗟篇》的诗中，他把自己比作转蓬：

吁嗟此转蓬，居世何独然。长去本根逝，夙夜无休闲。
东西经七陌，南北越九阡。卒遇回风起，吹我入云间。
自谓终天路，忽然下沉渊。惊飙接我出，故归彼中田。
当南而更北，谓东而反西。宕宕当何依，忽亡而复存。
飘飖周八泽，连翩历五山。流转无恒处，谁知吾苦艰？
愿为中林草，秋随野火燔。糜灭岂不痛？愿与根荄连。

唉，高贵出身并没有给他一个永久安逸的生活，在生命的最后十几年里，曹植在黄河流域来回迁徙。在这些迁移地中，有一个地方给予了他宁静的田园生活，他生命的最后十年中有六年都是在那里度过的。但那个地方不是鱼山，而是开封以南的杞县和通许之间的某个乡村。鱼山是曹植最后的封地，这大概是这里有座曹植墓的原因。事实上，他并不是死于鱼山，而是死于淮阳，自然在淮阳城南有他的另一座陵墓。

“文化大革命”中，很多文物遭到破坏，淮阳的曹植墓也被挖开过，当时发现只有诗人的一些衣物。将衣冠葬在一个地方，遗体葬在另一个地方是中国古代的一种习俗，它可以追溯到三千多前年的黄帝时代。因为这样可以提供多个地点供后人凭吊。现在学者们已经达成共识，即曹植的真正墓地既不在鱼山，也不在淮阳，而是在开封市南面的杞县和通许之间。那里离鱼山三百公里，正是我的下一个目的地。

费了好一番周折，我们终于返回到黄河大桥，上了另一边的高速公路，转向西南，朝开封方向开去。这要几个小时的时间，我现在明白了，其实我对走哪条路是无权指手画脚的。既然如此，倒不如借机

曹植墓

小睡一会儿。我说服陆先生摇上车窗，打开空调，这样我就可以在半梦半醒之间思索有关曹植的问题了。我尽量去体会他的内心，在我看来，他之所以过度饮酒，是因为他和长兄的关系不好。

曹植十三岁时爱上了二十三岁的甄氏，但当时甄氏已经作为战利品分配给了曹丕。接下来的岁月里，她为曹丕生了一个儿子，也就是曹植的侄子，即后来的魏明帝曹睿。父亲去世后，曹丕不仅自立为王，还称了帝。他逐渐厌倦了甄氏，在新皇后的怂恿下，逼甄氏自杀，命曹植离开都城。随后，曹植写下了最著名的诗赋《感甄赋》。

曹植死后，为了避免人们诟病母亲的形象，新皇帝曹睿将《感甄赋》改名为《洛神赋》。“洛”就是流经洛阳的洛水；洛神是女娲的女儿在洛水溺亡后变成的神（一说是伏羲的女儿）。《洛神赋》辞藻华美，诗人所极度夸饰的，其实是逝去的甄氏。该赋长达七十多句，下面是节选的一部分：

> 于是越北沚，过南冈。纡素领，回清阳。动朱唇以徐言，陈交接之大纲。恨人神之道殊兮，怨盛年之莫当。抗罗袂以掩涕兮，泪流襟之浪浪。悼良会之永绝兮，哀一逝而异乡。无微情以效爱兮，献江南之明珰。虽潜处于太阴，长寄心于君王。忽不悟其所舍，怅神霄而蔽光。

曹植在其很多诗篇中都表现出了超越凡人的精神气质，他犹如从云端降落尘世的仙人，出没于那些修道者的仙山或仙岛之中。尽管他也如我们凡人一样，被世俗之爱所牵累，但他从未放弃道家崇尚的“清净”以及对理想国的追求。很明显，他深受五百年前屈原优美、浪漫精神的影响。和屈原一样，曹植也希望“美政”能给人间带来太平，当然，他最终也和屈原一样失败了。曹植四十岁病故，葬于通许城以东的七步村。

曹植像和《七步诗》

离开鱼山四小时后，我们终于看到了通许出口的指示牌。汽车沿一条普通公路向东朝长治方向行驶，然后折向北方，四公里的行程连过了两个叫“七步村”的村子。

这些村子的房屋都是砖混结构，尽管有一些贴了瓷砖，看起来还是很破旧，如历经了三千年的风雨一般。我不禁感叹，文明的进程在河南的乡村是如此缓慢。最后我们到了第三个村子，为了表示与前面两个的不同，它叫“后七步村”。这里正是曹植陵墓所在地，也是曹丕想杀掉他的地方。

在中国有一个家喻户晓的故事。据说曹丕认为弟弟要谋反，尽管没有真凭实据，他还是想在曹植的封地杀掉曹植，但又不便直接下令，便找了一个借口，命令曹植在七步之内以“兄弟”为题作诗一首，还不能直接出现“兄弟”两字。如果七步之内诗作不成，便要治曹植的重罪。于是曹植当场作了著名的《七步诗》：

煮豆持作羹，漉菽以为汁。
萁在釜下燃，豆在釜中泣。
本自同根生，相煎何太急。

曹植的这种诗中文叫“五言古诗”：每句五个字，隔句押韵。如《诗经》中的四言诗一样，也是可以吟唱的。直到今天，还有人写这种体裁的诗。

而《洛神赋》是另一种体裁，叫赋体，每句可以长短不一，无须吟唱。此外，曹植还创作过乐府诗，那是一种仿民歌的诗体。曹植最突出的成就是五言古诗，他是最早使用这种新诗体的大家之一。与《诗经》的四言诗不同，五言每句多一个字，这样在表情达意时便有更大的发挥空间。在曹植以后的五百多年里，五言古诗一直是中国诗坛的主流诗体。

七步村是今天的最后一站了。在这里，曹植以天才的敏捷，七步成诗，以“萁豆”暗喻兄弟相煎，从而救了自己的命。陆先生将车停在门外，这是村中唯一有院墙的院落，从大门外可以看到“曹植之墓”四个字。已经过 5 点了，我上前推了一下，门锁着。透过门缝，看见有人在一座亭子下聊天。我用力拍门，几个村民也过来帮我喊。几分钟后，门开了。我进去的时候，一些村民也跟了进来。

这座院子大概一英亩大小，几十棵杨树由于干旱而无精打采，剩下的都是空地。前面有围墙，后面与几座农舍以及村小学的操场相连。空地中间，一个孤零零的亭子已经残破不堪，下面一块石碑记载着它的历史。读罢还能认出的那部分碑文，我来到曹植的墓前。墓前面有一个专门用于烧香的水泥槽和水泥祭坛。看到有香在燃，我感到很奇怪，就问管理员村里是否有曹植的后代。他说村里没有，但通许有人自称是曹植的后代。出于对古人的尊重，每晚回家前他会上香。于是我走到墓前，开始祭拜。

就在曹植下葬不久，墓就找不到了。不是因为人们缺少尊重，而是因为黄河的泛滥。等洪水消退，人们重返家园，墓早已被泥沙深深掩埋了。直到 1470 年，一次洪水的冲刷，刚好让石拱门露了出来，人们发现上面有“曹植之墓”四个字。墓地重见天日后，人们又在附近建了几处祠堂，后来这些祠堂又都被洪水冲毁了。由于这里相对偏僻，当地现在还没有建一座新祠的打算。

就让威士忌的芳香飘荡到先贤的世界吧。我倒了一杯酒，伤心地举起它向诗人致敬。

我也敬了管理员一杯。他一饮而尽，两眼充满惊讶与喜悦，并不时地舔着嘴唇，这是一种认可。我也干了手里那杯，并把第三杯倒在墓冢上。我在这里悠闲地拍照，跟村民们讲我此行的目的。我告诉他们，我来中国旅行，和我喜欢的诗人们对饮。有人说这有什么用呢，他们都死了。可我不这么认为，生命到底是为了什么呢？我由此向他们滔滔不绝地演说，直到 6 点才离开。

驶过二十多公里坑坑洼洼的乡村公路，晚上 7 点到达通许。尽管它算不上一个城市，但眼下已到了打尖住店的时候，就在这里凑合一晚吧。在解放路上，陆先生告诉我那里有个“迎宾宾馆”。我想找个条件更好的，就让他继续向前开，一直来到通许的主干道上。看到交警正在那里疏通车辆，我下车请他帮我推荐一个住的地方。他转身指了指，我一看，又是“迎宾宾馆”。

后来才知道，这个“迎宾宾馆”是这里唯一一家星级宾馆。把我安顿好以后，陆先生和他的美女朋友去其他地方过夜了。这个“迎宾宾馆”太旧了，不过有一样好处，就是卫生间有浴缸。我晚饭都忘了吃，迫不及待地将浴缸放满热水。呵呵，能泡热水澡的日子都是好日子，比如今天就是。

第四天

阮籍、成公绥、白居易、欧阳修、苏轼

陆先生和他的美女朋友早上8点准时来宾馆接我。昨夜阴云密布，气温一下子降到了27℃左右，温差变化很大。在去往今天第一个目的地的路上，只要不停车，开着窗户还是比较舒服的。

离开通许，汽车穿过乡村，朝西南方向进发。谢天谢地，虽然还是会七拐八拐地问路，但路还算好走。有农民告诉我们下一个村子就是阮庄，我们悬着的心总算放下了。阮庄离通许四十多公里，我们花了将近一小时才找到。考虑到我们几个都不怎么认路，这个成绩已经相当不错了。在阮庄以北，我让陆先生停车，一个人穿过玉米地、青椒地，来到一处墓地前。路边的石刻告诉我，这就是阮籍墓了。

阮籍是三国时期继曹植之后的又一位伟大诗人。和曹植一样，他也来自贵族阶层。父亲是曹操手下的一名官员。在曹丕和曹睿当政期间，他的多位亲人也都在朝为官。但到阮籍长大的时候，曹氏家族的势力逐渐被司马家族削弱。因为杀戮累累，很多历史学家认为那是朝堂之上最危险的一个时期。阮籍与这两个家族都有关联，这是一种危险的境地，许多亲友因此遭到杀戮。阮籍之所以能逃过一劫，可能与他的佯狂和谨慎有关。

阮籍是竹林七贤之一。他们远离政治，经常聚于竹林之下饮酒论文，为了避祸，买醉装疯更是小菜一碟。阮籍的音乐造诣独步当时，他的古琴曲《酒狂》流传至今。然而，他最大的成就还是诗，尤其是八十二首《咏怀》诗，用比兴、象征等手法借古讽今，寄托遥深，形成了一种“悲愤哀怨，隐晦曲折”的诗风。在阮籍墓前，我倒了两杯酒，大声吟诵《咏怀》的开篇：

夜中不能寐，起坐弹鸣琴。薄帷鉴明月，清风吹我襟。
孤鸿号外野，翔鸟鸣北林。徘徊将何见？忧思独伤心。

表面上看，阮籍的诗简净明晰，但如果考虑到他的寓意，就不会

阮籍墓

这么认为了。比如他用孤雁和盘旋的飞鸟表达了一种不安。是出世为隐，还是入世为官？这是儒与道的永恒难题。和曹植一样，阮籍也希望服务于明主，但是他又找不到任何安全的靠山。

面对复杂的阮籍，纠结的阮籍，我觉得光祭一杯酒、吟一首诗远远不够，于是又吟诵了《咏怀》第二十四首：

> 于心怀寸阴，羲阳将欲冥。挥袂抚长剑，仰观浮云征。
> 云间有玄鹤，抗志扬哀声。一飞冲青天，旷世不再鸣。
> 岂与鹑鷃游，连翩戏中庭。

在这首诗里，阮籍赞美了代表道家不朽形象的“玄鹤”，鄙视在中庭聒噪盘旋的“鹑鷃”。他一生都在追求超越，虽然没有成功，但被这种情怀激发而产生的诗，却得到了唐宋诗人的高度认可。以阮籍为榜样，李白和杜甫也分别写了自己的《咏怀》。阮籍后来的声誉有所下降，我不知道是什么缘故，或许因为他的佯狂买醉，再或者因为他诗中的比喻过于隐晦。

对于这个问题，我并不需要答案。把自己的酒一饮而尽后，我将他的那一杯洒在了墓前，然后开始检视墓地两旁的石碑。它们还很新，是二十多年前立的。看到附近有农民在干活，我便走过去，问周围是否还有其他关于阮籍的遗迹。他说在墓的南面曾经有一个纪念堂，但在“文革”期间被毁了，现在是一片小树林，阮籍族人的一些墓地散落其间。除此而外，再无他物。于是我告别了农民，回到陆先生车里。我已经凭吊了墓地，下一步要去尉氏县，那是阮籍的故里，位于这里以西三十公里的地方。

像通许一样，尉氏也是一个县城，周围是成片的庄稼地，只有乡村公路。尉氏看上去比通许繁华许多。或许今天正逢赶集，路面拥挤，三十公里的路程花了我们将近一个小时。与通许稍有所不同的是，尉氏的大街上有专门的人行道。在阮籍时代，这里已经是一座古镇了。我们在主街上走着，时不时地停车问路。问到的每个人都知道我们要去的那个地方，因此走得还算顺利。

阮籍住在东湖的东北角，当然，家早已不见踪迹，唯一的标志是水泥台上的雕像。雕像下面刻有“阮籍啸台”四个字。道路两边立有石碑，跟墓地的一样，也是不久前由阮籍在中国各地甚至远在新加坡的后人立的。石碑上刻满了历代名家来此留下的诗文，其中就有我拟拜谒名单里的两位：贾岛和苏轼。原来来此朝圣的，远不止我一人。

阮籍啸台历经岁月的冲刷，如今也只剩下一个土丘了。虽然只有六七米高，爬上去还是需要几分钟。由于风雨剥蚀和水土流失，旁边的树根有的已经裸露出来，我正好可以抓着它们向上攀爬。这座土丘曾经是啸台的台基，最初的啸台属砖木结构，大约三十米高，历经几次重建后在“二战”中惨遭毁灭。残迹一直保留至今，而我就站在那堆废墟之上。

我是最近才发现啸台的用途的。我曾经把汉字“啸”译作“whistle”而不是“drone”。这貌似是对的，因为所有的字典都是这样解释的。然而，当再度审视这个字的时候，我发现在道教文化里，它有着与通常的口哨声全然不同的含意，是一种声振百里的撮口发声。这样的“啸”需要站在山顶或者高台上才能实现。遗憾的是，今天的道家虽然知晓该字的古义，却无人能告诉我如何做到这一点。也许支撑这种技巧的养生法已经失传了，抑或今天的道家高人对这样的技巧秘不外传吧。

在阮籍生活的时代，“啸”被认为是士大夫在尘嚣之外，尤其是朝廷之外值得用一生去追求的艺术形式。与他同时代的成公绥写过一篇《啸赋》，后来收录在中国现存最早的诗文总集《文选》里。作者讲述了啸者如何攀到高处，如何心无杂念，那些微妙而遥远的心理体验一旦达到“忘我”的境界，便可发出“啸”来：

> 是故声不假器，用不借物。近取诸身，役心御气。动唇有曲，发口成音。触类感物，因歌随吟。大而不洿，细而不沉。清激切于竽笙，优润和于瑟琴。玄妙足以通神悟灵，精微足以穷幽测深……百兽率儛而抃足，凤皇来仪而拊翼……乃知长啸之奇妙，此音声之至极。

据一些专家所言，“啸”与中亚某些游牧部落如图瓦族的“呼麦”类似，主要集中于“气”的产生，而不是声音本身。这是道家的一种养生修炼。

站在阮籍曾经“啸”过的地方，我吟诵起他的《咏怀》诗第七首：

> 平生少年时，轻薄好弦歌。西游咸阳中，赵李相经过。
> 娱乐未终极，白日忽蹉跎。驱马复来归，反顾望三河。
> 黄金百镒尽，资用常苦多。北临太行道，失路将如何。

在这首诗里，阮籍并没有躲进诗歌的隐喻里，而是直抒胸臆。他想象自己是个追求享乐的少年，远游秦王朝的古都咸阳，终因黄金耗尽而白日蹉跎。古老的政治中心咸阳，在时空上远离现实的政治中心洛阳，这一背景设置有政治安全方面的考虑。过去在朝为官时，阮籍寻欢作乐、挥金如土；现在辞官返里，终于一贫如洗，在政治高压下闷闷不乐。他所能做的，只能整日痴对黄河对面的太行山脉。那里是洛阳的北部，是阮籍与他的六位朋友饮酒放诞的地方，也是我此次朝圣之旅的必去之地，但不是今天的目的地。爬下阮籍啸台后，我们继续接下来的旅程。

离开尉氏，我们一路向西，奔向约五十公里外的新郑。新郑是中国最古老的城市之一。据说公元前2600年左右，后来一统华夏的黄帝就出生在这里。不过今天我没有时间去祭拜他了，所以决定直接穿城而过。我们走的那条路正在施工，必须从南面绕行，不巧绕行的那条路也在施工，折腾了近两个小时才到达新郑的西郊。这里到处都在修路，包括我们下面准备走的那条路。这座城市貌似在搞“大跃进”，想在21世纪的开头一步跨入现代化。

眼看离目的地近了，麻烦却多了起来。我们不停地问路，不停地尝试，不停地掉头，最后终于找到了东郭寺村。寺庙已经不见，但是我希望那位著名的住户还在，至少有一些在的迹象。陆先生一停好车，我便开始寻找这位住户的蛛丝马迹。一位在公路旁散步的老人指引我来到当地的一所小学。看得出他无所事事，也就跟着我一起进了校园。

这位住户名叫白居易，公元772年出生在这里。白居易的诗平易晓畅，各阶层的人都能吟诵，在中国可谓家喻户晓。他的祖父在洛阳为官时，结识了新郑的一位官员，在拜访这位官员的时候喜欢上了这里，便举家迁到了这个村子。我希望还能找到一些诗人成长的印记，在古老的中国，我的这个想法并不荒谬。诗人一直是文明进程中比较受尊敬的，我想总会有一些纪念堂馆之类的吧。

就在我走出小学大门的时候，先前那位老者告诉我，确实有这样一个地方。原来他曾经是这个村子的村长和这所小学的校长，这所小学就叫“白居易小学”。他说小学校址最初在操场那边，包括两个篮球场和六个乒乓球台。现在那里矗立着一块大牌子，写着此地的历史意义以及这位著名诗人的事迹。白居易是一位高产诗人，一生留下了三千多首诗。牌子上有两首我没读过的诗，其中一首叫《草》，是白居易早期的送别诗，据说作于十六岁。

离离原上草，一岁一枯荣。野火烧不尽，春风吹又生。
远芳侵古道，晴翠接荒城。又送王孙去，萋萋满别情。

屈原的《招隐士》有“王孙游兮不归，春草生兮萋萋”，白居易暗用了这个语典，他把自己的朋友比作隐士。令我惊讶的是，一位十六岁的少年便熟练掌握了五律这种诗歌形式。这种诗体后来伴随他的一生，只是作多作少的问题。牌子上的第二首诗是《宿荥阳》，荥阳是新郑的旧称，我们刚才就是从那里焦头烂额地过来的。公元828年，白居易在去洛阳途中路过荥阳，写下了这首诗：

生长在荥阳，少小辞乡曲。迢迢四十载，复向荥阳宿。
去时十一二，今年五十六。追思儿戏时，宛然犹在目。
旧居失处所，故里无宗族。岂惟变市朝，兼亦迁陵谷。
独有溱洧水，无情依旧绿。

河南属于中国的中原地区，是安史之乱的“重灾区”。为了安全起见，白居易的父亲带领全家迁徙到了运河流域，白居易后来就是在那里长大的。我没有向他敬酒，他待在这里时的年岁还太小，不该饮酒，而且学校也不是饮酒的地方。我还打算去白居易待过的另一个地方，那是一个适合他品尝来自大洋彼岸琼浆的地方。挥手告别了老者，也告别了教室窗后睁着好奇的眼睛看我的孩子们，抱歉孩子们，我无意中打扰了你们上课。值得庆幸的是，返程比到来的时候要容易得多。多亏了那位老者的指引，陆先生毫不费力地找到了返程的路。

能回到平坦的大路上，是件让人高兴的事。路况很好，可我却有了困意。我提醒自己绝对不能睡，因为不到十公里，就是我的下一个目的地。在快到辛店镇的地方，按照一块指示牌的指引，我们开上了一条乡村公路，行驶三公里后到了欧阳修纪念馆。他的墓也在这里，是迁葬过来的。他在阜阳去世，最早葬在那里，距此有三百多公里。在阜阳任职期间，他非常喜欢阜阳的西湖，公元1071年致仕之后，便住在那里，一年以后去世。又过了三年，皇帝下令将欧阳修的墓迁到离都城较近的地方，方便随时去凭吊，于是辛店成了首选。后来这里也成了欧阳修的家族墓地，葬在这里的包括欧阳修的第三位也是最后一位妻子、四个儿子和一个孙子。“文革”期间，纪念馆及附近的树木遭到不同程度的破坏，但墓地尚存，近年来已然修缮一新。

我沿着一条由杉木板铺就的小路来到墓地后面，拿出威士忌敬献

欧阳修及其夫人墓

给欧阳修和他的妻子。酒香缭绕中，我朗诵起他的一首《采桑子》，这是他在阜阳去世前写的十首诗词中的最后一首。当他以一位退休高官的身份，乘坐马车回到二十年前执掌过的地方时，忍不住一阵概叹：

> 平生为爱西湖好，来拥朱轮。富贵浮云，俯仰流年二十春。
> 归来恰似辽东鹤，城郭人民。触目皆新，谁识当年旧主人？

在中国的大诗人中，欧阳修是少有的仕途腾达之人。他与人相处融洽，即使对政敌，亦能保持一种平和的心态。他在朝为官，侍奉过几代皇帝，成就极其显赫，是当时伟大的政治家、历史学家、散文家、书法家，当然，他还是一位伟大的诗人。同样引人瞩目的还有他的出身，他早年丧父，家贫，幸而有一位如孟母般的贤母。

在墓前拜祭完毕，我来到展厅，那里介绍了欧阳修的生平事迹。在一间大厅里，有一幅欧阳修夜晚听风的图片，上面有他的《秋声赋》：

> 嗟乎！草木无情，有时飘零。人为动物，惟物之灵；百忧感其心，万事劳其形；有动于中，必摇其精。而况思其力之所不及，忧其智之所不能；宜其渥然丹者为槁木，黟然黑者为星星。奈何以非金石之质，欲与草木而争荣？念谁为之戕贼，亦何恨乎秋声！

欧阳修的诗词有一种开放而自由的胸襟，他从不拘泥于特定的形式，这也直接反映了他的性格特征。在穿过大厅时，我很惊讶：在这样一个落后的地方，各种陈列却做得如此完美。其中有一幅苏东坡的书法尤其让人印象深刻。如欧阳修一样，苏东坡也是中国古代著名的书法家，实际上他就是欧阳修的门生。公元 1091 年，在老师去世近二十年后，苏东坡草书了欧阳修的《醉翁亭记》，它就在我眼前的玻璃陈列柜里。

中国历史上，官员失宠如果不是死罪，一般都会贬出京城，罪过越重贬得越远。欧阳修也被贬过多次，但是一般都在离都城五百公里以内的地方。有些罪过严重的官员，甚至被贬到一千五百公里以外的地方。有一次，欧阳修被贬到离南京不远的滁州。在那里，他经常沿着琅琊山山顶流下的溪流远足，而且非常喜欢沿途的风景，甚至专门在溪水边建了一座亭子。建成以后，为之撰文曰：

> 然而禽鸟知山林之乐，而不知人之乐；人知从太守游而乐，而不知太守之乐其乐也。醉能同其乐，醒能述以文者，太守也。太守谓谁？庐陵欧阳修也。

苏东坡的这幅草书是中国最著名的书法作品之一，明朝的时候曾被刻石，我面前的展柜里就有一小部分拓片。书法是一门非常有魅力的艺术，看别人一支毛笔在纸上或丝绸上龙飞凤舞，我曾经想学，却始终控制不好力度。20 世纪 70 年代我在台北竹湖地区的乡村，每天研墨练字，每周和四个中国学生一起去庄严家里上课。庄严是台北故宫博物院书法和绘画方面的展览策划人，也是台湾最著名的书法家。每周他都会检查分析我们的习作，再拿出一张博物院的宝贝在桌子上展开，用来启迪我们下周的练习。但一年以后，我还是放弃了，自知不是那块料。书法是一门展览艺术，而我面前就在展出一幅中国最伟大的书法家的杰作。我想拍一张照片，但是展柜反光，什么也照不上，最后不得不放弃了。

就在我从墓地往回走的时候，猛然发现有一处欧阳修的母亲教他写字的雕像。没有钱送孩子去私塾，也没有钱请老师，她折下一根芦苇自己在沙子上教儿子写字。在她的雕像旁边，是欧阳修在自己的沙盘里写字的样子。嘿，要是我从小就这样练字，我的汉字就不会像今天这样惨不忍睹了。于是我在纸上写下一句话：下辈子一定要有一个沙盘。

我告诉陆先生，现在就剩欧阳修门生苏东坡的墓没去了。出了辛店镇，我们驶上了名副其实的高速路，以一百公里的时速一路向南。开了整一小时，在郏县下高速转238国道向西，路还是很好走，很新、很宽。刚过薛店镇，就看见了我要找的牌坊。我以前来过，那时候上面写的是“三苏祠”，现在变成了“三苏园”。唉，变成公园了？这么新的路，该不会把我要找的东西“建设”没了吧？我心里有点犯嘀咕。

公路蜿蜒经过一座叫钧天台的小山。公元前2600年的黄帝曾在此驻跸，向广成子问道，奏钧天广乐。我想下车去看看，一看天色已晚，还要赶路，只好作罢。我们的车继续在两边是棉花地和玉米地的土路上穿行，然后又转向公路开了大约七公里，终于找到一个停车场。停车场很大，估计可容纳一百多辆大巴车。同时，这里的路也修得好。奇怪的是，偌大的停车场只有两辆出租车，一辆大巴车也没有。我没多想，反正对我来说，有地方停车就是老天爷的眷顾了。

前两次来的时候，我可以把车直接开到墓地前。现在这里升级为一个休闲度假区了，停车场与墓地还有一段距离。但是至少墓地周围没有什么变化，最后的两百米，依然是成排的古松和石像，就好似你正在走近一座皇陵。路的尽头是纪念堂，我以前去过，所以这次直接去墓地。三苏园，顾名思义，三座长满绿草的土丘一字排开，前面有祭奠用的石坛。苏洵的墓居中，两旁分别是其子苏轼和苏辙的墓。

在中国历史上，苏家是最著名的书香世家，父子三人都是宋代著名文学家，没有第二个家族能如此辉煌。我从未读过苏家老爹的文字，却对他两个儿子的作品很熟悉。在翻译老子《道德经》的时候，我曾大量引用苏辙的疏注；在学习中国诗歌的时候，我又读了大量苏轼的作品。今天，我再次来到他们的墓前，我要与他们一起分享这些东西。

三苏园

这里只有我一个人，我拿出杯子，在三座坟前各放了一个，然后诵了苏东坡的两首诗。第一首据说是他最早的作品，诗题叫《江上看山》，记录了他游览岷江时的感想。

船上看山如走马，倏忽过去数百群。
前山槎牙忽变态，后岭杂沓如惊奔。
仰看微径斜缭绕，上有行人高缥缈。
舟中举手欲与言，孤帆南去如飞鸟。

这首诗作于公元1059年，当时苏东坡二十二岁，与弟弟一道随父亲从岷江流域的成都去往两千公里外的开封，从此开始了他们的仕进之路。从抵达大宋国都的那一刻起，他们的生活便注定了漂泊不定。当时的朝廷虽然不像曹植、阮籍时代那样步步惊心，却也正处在派系斗争之中。与欧阳修一样，苏氏父子属于保守派，不断地与以王安石为代表的改革派发生摩擦。尽管双方矛盾相对还算温和，但是贬谪、流放甚至监禁也是家常便饭。苏氏兄弟都不得宠，因此，为官便意味着一家人聚少离多。

公元1094年的一次偶然事件将苏轼的生命推向了尽头。当时弟弟苏辙被贬到薛店以西不远的汝州，而苏轼被流放到极远的英州（今广东英德）。兄弟两个在汝州相聚数日，他们去拜谒了当年黄帝驻跸的山头——也就是我刚才路过的钧天台，勘察了那里的地形地貌，觉得与四川老家极其相似。于是，他们便在莲花山以北的山脚下买了一块地，作为家族墓园。这是他们最后一次见面。公元 1101 年，在从流放地返回途中，苏轼去世；十一年后，苏辙也去世了。

尽管现实生活中两人聚少离多，但是在中国悠久的文学史上，兄弟俩的名字却是形影不离的。他们最喜欢的就是中秋的圆月，在那样的一个时刻，仰望银河，苏东坡写下了《中秋月》：

暮云收尽溢清寒，银汉无声转玉盘。

此生此夜不长好，明月明年何处看。

从兄弟角度而言，一别不是一年也不是两年，而是十年。对中国文化有了解的人都知道，当一个人将心交给诗的时候，诗也会为他催生出无尽的悲喜，这是缪斯的魔咒，万古悲愁岂是一饮而尽那般容易。从近代诗人艾青、穆旦的生平来看，更是如此。离开之前，我又诵了一首诗，那是苏轼生前的最后一组诗，题为《纵笔》，一共三首，这是其中之一：

寂寂东坡一病翁，白须萧散满霜风。

小儿误喜朱颜在，一笑那知是酒红。

就在写完那组诗之后，苏轼从流放地被召回，途中病故。拜谒完苏氏三贤，再走一公里的路到停车场，已经下午 3 点了。我在洛阳预订了宾馆，希望能早些赶回去。别了三苏园，汽车一路向北，朝三十公里外的汝州驶去。

汝州是苏轼和弟弟最后一次分别的地方。要是在平常，我肯定会去拜访我认识的一位当地陶艺家的女儿。她父亲花了近二十年时间去研究宋代最著名的天青釉的制作秘诀。这种釉之所以被称为“天青釉”，是因为它不仅看上去像雨后的晴空，而且还会随着光线的变化不断改变自身的颜色。不幸的是，皇帝的性情也说变就变。为了防止天青釉制作工艺外传，他下令杀死了当年与制釉有关的所有参与者。一千多年来，没有人知道这种釉究竟是如何制成的，直到最近，我的那位朋友发现了里面的秘密成分——猫眼石。中国很多高官富商都来购买他的汝釉，该釉因汝窑得名，而汝窑因汝州得名，汝州则因当地的汝河得名。

但是，今天我没有时间去看天青釉了。我们到达汝州汽车站，已经是下午4点，而洛阳据此尚有七十公里之遥。进站的时候，正好有一辆开往洛阳的长途车刚刚启动，牌子上写有“高速快车”字样。我赶紧下了出租车，向长途车司机招手，示意让他等等我；接着又取了背包，付了陆先生车钱，与他和他的朋友道别。终于，在最后一刻，我上了开往洛阳的班车。

现在总算安心了，这辆车正在开往我过夜的地方。既然叫“高速快车”，我希望它是走高速公路的，结果却发现那是个大忽悠。我们在一条年久失修的公路上颠簸着，然后老天爷开始一直不停地下雨，甚至下得暗无天日。到达洛阳时，已经是大雨倾盆了，而且正赶上晚高峰。终于离宾馆不远了，我让司机停车，背起包，撑起伞，冲进了哗啦啦的大雨之中，绕过车流，穿过街道，上了公交车。到达我下榻的神都大厦，已经晚上7点了。总算完成了这两天的计划，我的中国古代诗人朝圣之旅，劳累而愉悦。镜子中，我的脸色因兴奋而变得通红。

第五天

孟郊、韩愈、杜甫、白居易

醒来时，洛阳城已经沐浴在一片晨光之中了。这里曾经是中国的六朝古都。“洛阳”二字取自于流经我窗前的洛河。当然，早起的人不止我一个，还有一些人正在河边锻炼身体呢。洛阳是我比较喜欢的城市，在这里，每一件东西都会让我想起一些典故或者诗词。这里曾是曹植和阮籍居住过的地方，也是七百多年来很多重要诗人居住过的地方。就在看着公园里晨练的人们发呆的时候，一首韦应物的诗浮现在我的脑海。在他生活的那个时代，这座公园曾是绿草如茵的水岸，从西林延伸到东林。韦应物那首诗的题目和诗差不多一样长，叫《期卢嵩枉书称日暮无马不赴以诗答》：

佳期不可失，终愿枉衡门。南陌人犹度，西林日未昏。

庭前空倚杖，花里独留樽。莫道无来驾，知君有短辕。

这是我比较喜欢的一首诗。看上去很简单，只是表达了诗人想和朋友喝酒的愿望。但我可以确定，这里面蕴含着某种情绪。呵呵，现在是清晨，不是黄昏，我还有很多事要忙，就不深究他蕴含什么情绪了。在洛阳住过的诗人太多，我不可能一个不落地拜谒，只好选几个洛阳对他们一生产生重要作用的人。想好了行程，装好了地图，我便背起包下了楼。旅行期间我一般不吃早餐的，一是费时间，二是要经常上厕所。出门在外，上厕所不方便。虽然这些年中国的厕所条件有很大改善，但也不是一内急就能找到厕所的。与其把自己弄得经常找厕所，不如多干点拜谒诗人的正事。

出宾馆大门时，已经是早上 8 点。出租车等在大街上，好像是给我准备的专车似的。我的行程不固定，就要求司机打表，最后一起结账。司机姓黄，六十多岁的样子。车看上去有点破，一般情况下，我会避免坐这种车。可是如果路况不好，哪怕只是开始那段不好，新车也会拒绝去，甚至有的人不顾前面讲好的价钱，开始漫天要价。

第一个目的地基本上算是去碰运气。我从网上下载了两种攻略，是以前去过的两个人写的，可是他们对具体位置的说法不一。第一个人说这个地方在凤凰山上，我决定先按他说的找找看。凤凰山位于洛阳东北二十公里，东西走向，高三百米。出城后，我们一路向东行驶，过白马寺大约五公里，又向北走了约两公里以后，在右边的庄稼地尽头，凤凰山映入眼帘。

每隔几百米，我们就下一次车，向当地模样的人打听这里是否有墓穴。他们说沿着土路走到尽头，在山峰下有一个九龙陵园。道路非常泥泞，到跟前才发现那个九龙陵园是新建的，成排的墓碑告诉我，埋在下面的是骨灰，而不是遗骸。黄先生在外面等着，我下车去找守墓人，告诉他我要找孟郊的墓地。有一个攻略的作者自称是孟郊的后人，尽管他没有找到先人墓的确切位置，但山上的村民指给他一个地方，说那里有几座没有墓碑的唐代坟冢。他说其中一定有一座是他先人的墓。可是，守墓人却告诉我，这里所有的坟都是新修的，从来没听说还有唐代的墓。这结果有点令人失望，不过我不打算就这样轻易放弃。车开到山脚下，我们沿着当地的公路来到山的另一面，边走边停，见人就问。

唐朝是中国诗歌的黄金时代，在所有的诗人里，孟郊独树一帜。他把自己看作是一个诗人，而不是碰巧会写诗的人。据说如果写不出诗来，他便不出门。如果真的是那样，他一定扔掉了很多诗，因为在他的集子里，只有五百首。无论如何，孟郊只想一心写诗，他是诗人中的诗人，而洛阳是一座诗的天堂。

孟郊出生于洛阳以南一千公里的湖州，在那里一直过着隐士般的诗人生活。四十岁以后，看到叔父去长安考取了功名，母亲便说服他也去试试。孟郊跟随叔父一路来到长安后，发现考试似乎比他想象的要难。一直到四十六岁，他连续考了三次才考中。

然而科举并未给他带来什么大的改变，不过是赴了几个无关紧要的闲职而已。他真正意义上的成功还是来自于诗，但那是十年后的事了。当时他迁徙到洛阳，加入了一个诗社，里面有韩愈、贾岛等人，都是他在长安准备科举考试的时候结识的。在洛阳，孟郊写了很多重要的诗篇。有一年冬天，他从东门外的家一路远足到洛水与瀍河的交汇处，那里有一片冰冻的滩涂。那次远足激发他写下了著名的《寒溪九首》。下面是其中的第二首。

洛阳岸边道，孟氏庄前溪。舟行素冰拆，声作青瑶嘶。

绿水结绿玉，白波生白珪。明明宝镜中，物物天照齐。

仄步下危曲，攀枯闻孀啼。霜芬稍消歇，凝景微茫齐。

痴坐直视听，戆行失踪蹊。岸童劚棘劳，语言多悲凄。

孟郊显然得力于曹植和阮籍五言诗的影响，但他自己对这种诗体也有很多贡献。他的诗思深远，造语新奇，从不蹈袭陈言，反映了孟郊生活的困窘以及因此激发的苦吟之志。

在抵达洛阳六年后，孟郊去世。我是多么希望能在这里找到他的墓地！可是在凤凰山脚下徒劳地转了一小时之后，我决定放弃了。也许该试试第二个人的攻略了。在当地农民的指引下，经过一条窄窄的乡间小道，我们终于来到了凤凰台村。该村位于北邙山脚下，北邙山是中国著名的山脉。

中国古代有句俗语：生在苏杭，葬在北邙。据说早在新石器时代，大家就知道这里的风水好，适宜墓葬。我希望孟郊的朋友也能这样想。

孟郊去世的时候，很多诗人为他写了悼诗。尽管他没有取得世俗意义上的成功，但却是那个时代最受敬仰的诗人之一。朋友们凑钱为他买了一块墓地，立了墓碑。他的好友、唐朝最著名的文学家韩愈含泪为他写了墓志。

虽然我不奢望找到那块墓碑，却真的希望能找到一点相关的踪迹。在村中停好车，我便开始一个人寻找。凤凰台村是一个相对较大的村子。我问遍了村里的每一个人：孟郊墓在哪里？令我惊讶的是，他们竟然在听到“孟郊”这个名字时都有些茫然。可是，我在网上下载的那个攻略说，墓地在一个很显眼的地方呀。一小时后，我无奈地放弃了。离开之前，我拿出他生命最后阶段写的一首诗，迎着风吟诵。那是他的《秋怀十五首》中的第四首：

> 秋至老更贫，破屋无门扉。一片月落床，四壁风入衣。
> 疏梦不复远，弱心良易归。商葩将去绿，缭绕争馀辉。
> 野步踏事少，病谋向物违。幽幽草根虫，生意与我微。

与曹植和阮籍不同，孟郊并不为失宠于朝廷而苦恼，但是想到诗神没能因为他的全心投入而对他的生活有所关照时，却时有失望。当然，我也很失望。因为我未能像韩愈、贾岛等他的那些朋友一样在他的墓前献上缅怀与敬意。颇为吊诡的是，就在回家不久，我在网上又看到了第三个版本的攻略。那是在我去凤凰台村之前，有两个年轻人去寻孟郊墓，村里的一位老人指着离村小学以北不远的一片玉米地，说孟郊大概就葬在那里。那里没有任何标记，连一个土包都没有。孟郊的墓可能只存在于那位指路老人的记忆里吧。

离开的时候，想到也许可以在下一站与孟郊共饮威士忌，失望感才稍许减轻一些，因为我接下来要去拜谒的正是给他写墓志的那位文豪。我们顺原路从农田中出来，接着换到高速路上，穿过一座黄河大桥便一路向北。黄河水少得可怜。时下是 9 月初，应该是水位最高的季节，可是河面看起来不到五百米宽，而河水离堤坝似乎有三公里远。这条中国的多难之河终于被驯服了，驯服它的不是堤坝，而是工业化。在它汇入大海之前，成千上万的工厂早已吸干了它的水分。

过黄河以后，我们在第一个出口下了高速，然后向东朝孟州方向开去；大约走了五公里，向北转到一条专门通往韩愈墓的公路上。在给孟郊写完墓志的第十年，韩愈去世，并葬在这里。车子行驶大约一公里便到了公路的尽头。停好车，我去买票。一进大门，我就忍不住好奇地张望起来：这个地方真是富丽堂皇。好几间展厅和一座大殿合围起来，形成一个大的院落，中间矗立着韩愈的雕像。唉，孟郊虽然在诗史上与韩愈并称，可即使是死亡也没能改变两个人的处境和待遇。孟郊的墓被农民平了种上庄稼，而韩愈的墓则修得如皇陵一般。穿过院落，我沿着长长的台阶向后门走去。今天是周日，却只有我一个游客，这多少有点怪异。看来，这里的旅游宣传没有做到位啊。在墓前，我拿出杯子倒满三杯酒：一杯给韩愈，一杯给孟郊，一杯给我自己。

韩愈的诗与孟郊的不同，有一种从容的会话气氛，看起来写得随意，但实际上却经过深思熟虑，我想这可能是韩愈以散文见长的缘故吧。后世评论家大多认为他和柳宗元是唐朝最伟大的散文家。他讲过很多故事，也许，诗只是他讲故事的另一种方式。在这里，我诵起了他与孟郊同题的《秋怀》之八：

卷卷落地叶，随风走前轩。鸣声若有意，颠倒相追奔。
空堂黄昏暮，我坐默不言。童子自外至，吹灯当我前。
问我我不应，馈我我不餐。退坐西壁下，读诗尽数编。
作者非今士，相去时已千。其言有感触，使我复凄酸。
顾谓汝童子，置书且安眠。丈夫属有念，事业无穷年。

吟诵着这首诗，我想象“读诗尽数编”的韩愈是一个年轻人。他读的什么诗呢？应该是屈原的诗吧，比如《渔父》中讲“时逢明君则辅，时无明君则隐”的故事。有人认为这首诗是韩愈第一次贬出长安的时候写的。他或许想着要在终南山盖一间茅舍隐居，或许想着面对昏聩的君主和乌烟瘴气的朝廷，他该如何避免一贬再贬。韩愈不像孟郊，他有儒家的用世之心，所以建茅舍的可能性不大。事实上，正是他秉持的儒家思想导致他的第二次流放，因为他批评皇帝的礼佛行为。后来皇帝还是原谅了他，把他召了回来。通过这件事，即使他的政敌也对他钦佩有加。

我要读的第二首诗，据学者说是韩愈《南溪始泛》三首中的最后一首。描写他游览长安南部的终南山，泛舟水上的情景：

足弱不能步，自宜收朝迹。羸形可舆致，佳观安事掷。
即此南坂下，久闻有水石。拖舟入其间，溪流正清激。
随波吾未能，峻濑乍可刺。鹭起若导吾，前飞数十尺。
亭亭柳带沙，团团松冠壁。归时还尽夜，谁谓非事役。

我想韩愈当时一定很兴奋，泛舟一天非常有助于放松身心。我把他的那杯酒以及孟郊的那杯都浇在他的墓前，接着将我的那杯一饮而尽。

我们没有沿原路返回，而是沿主干道向东行驶近十公里，穿过孟州城，上了另一条高速，再跨过另一座黄河大桥。前方出现了一个指示牌：杜甫故居。

两分钟后，我们开进了一个空旷的停车场。就像韩愈的豪华大墓一样，这块生养杜甫的土地也被开发得超乎想象。很明显，当地政府看到了它的旅游价值。我耸耸肩，叹了口气。我早已习惯这样的开发，自然，越开发门票越贵，这也是今天的朝圣者必须付出的代价——但至少这次我买到了打折票。

和在韩愈的墓地时一样，我快速地浏览了各个展厅。如果对一个诗人不是很了解的话，我会在这些地方多逗留一会儿的，但杜甫是中国历史上最著名的诗人，我已经读过他太多的东西了。所以我直接来到了后面的一个院子，这里不仅有房子，还有几间窑洞。在这里，杜甫度过了他的青年时期。这应该是他住过的最好的房子。土窑冬暖夏凉，直到今天，这里的中国人还喜欢用砖砌窑洞。杜甫的房子朝西，直接对着院子，我们可以很容易地想象他在院子里读书，直到落日时分，然后回到土窑里歇息的情景。毫无疑问，他很年轻就开始写诗了。但是有记载的只有一首《游龙门奉先寺》，讲的是他游览洛阳南边的龙门石窟的情景：

已从招提游，更宿招提境。阴壑生虚籁，月林散清影。
天阙象纬逼，云卧衣裳冷。欲觉闻晨钟，令人发深省。

这首诗写于公元735年，杜甫时年二十三岁。他另一首少作写于公元744年初见李白时。当时李白因为自己的酒醉行为，被贬离长安。他一路东游，想找一个潜心修道和炼丹的地方，以完成求仙的愿望。而杜甫正好来到了洛阳居住。他们第一次见面，杜甫写下了这首《赠李白》：

二年客东都，所历厌机巧。野人对腥膻，蔬食常不饱。

岂无青精饭，使我颜色好。苦乏大药资，山林迹如扫。

李侯金闺彦，脱身事幽讨。亦有梁宋游，方期拾瑶草。

这首诗写出了杜甫鲜为人知的一面：有隐居之愿，想吃丹药，想长生不老。他当时很年轻，受李白影响很深，尤其是道教长生不老的诱惑让他难以抗拒。第二年，在孔子家乡附近的石门山，他再一次拜访了李白。然而父亲的去世让他放弃了对长生不老的追求。与李白分手以后，杜甫回到长安，继续自己的问学之路。

今天我还有两个地方要去，因为计划到长安去拜谒杜甫，所以没在此地久留。我们返回洛阳，奔向著名的龙门石窟方向。那里每天都有成千上万的游客，参观伊河西岸峭壁上的佛像石刻。一出高速口，我们就来到一条八车道马路上，那是直接通往龙门石窟的。而我的目标其实不是石窟。车开到半路，向东转到了北新街，前行五公里左右，来到了狮子桥村。我以前来过这里，因此知道这次要找什么。我让黄先生在一家驾校的入口旁边停车，驾校里现在并没有人学车。我问看门人是否可以从这里穿过到对面的那块空地上。他冲我挥挥手，示意可以。在这块大约一英亩的土地上，矗立着一幢尚未完工的两层水泥建筑，地面上栽有葡萄。这里还有一间简易房，一个看门人和一条看门狗。

我上一次来这里纯属偶然。当时天津电视台要拍一个我在中国各地寻访诗人韦应物的纪录片。韦应物在洛阳郊区的佛寺待过很多年。我问当地一位负责文化遗迹的官员是否知道那座旧庙的位置。他误以为我指的是诗人白居易，于是就阴差阳错地把我带到了这幢水泥建筑前。要不是这个偶然

杜甫诞生窑

的误会，可能我永远都不会找到这里。这里是白居易在公元824年致仕以后居住的地方，而他二十岁以前住过的村子，我已经去过了。在童年和老年之间，他有四十年的时间都在享受自己几经起落但相对成功的官宦生涯；最后告老还乡，来到现在这座驾校的旁边。这是他生命的黄昏，长长的、辉煌的黄昏。白居易在这里写下了许多我喜欢的诗篇，包括这首《嗟发落》：

朝亦嗟发落，暮亦嗟发落。落尽诚可嗟，尽来亦不恶。
既不劳洗沐，又不烦梳掠。最宜湿暑天，头轻无髻缚。
脱置垢巾帻，解去尘缨珞。银瓶贮寒泉，当顶倾一勺。
有如醍醐灌，坐受清凉乐。因悟自在僧，亦资于剃削。

白居易在这里洗过冷水澡，位置应该就在这幢水泥建筑里。这里的旅游开发比较失败。从上次来到现在，唯一有点变化的是守门人在房顶上放了一把椅子，这样他就可以享受夕阳西下的美景了。那天他不在，但他的狗在，我也就不想进去看个究竟了。

重新上车，奔向下一个目标，在那里，白居易度过了生命的最后四年。在狮子桥村住了八年以后，他搬到了更远的地方。再次在龙门大道上朝石窟方向奔驰，在快到路的尽头，我们转向了伊河东岸。我告诉黄先生把车停在路边等我。一切都变样了，这里以前是没有门的，也没有值班人员，自然也没有售票处。人们穿过这座围绕白居易的墓地建起来的美丽小花园，去伊河西岸看佛像。现在这里被围起来了，对外售票了。

我告诉售票处的女士我只是想进去看一下那个小花园，她还是要我交一百五十元。我再次强调只是看小花园，不去看佛像，她说现在是一票制。我叹了口气，告诉她我已经过六十五岁了，是否可以按规定买半价票。我热爱中国，会说汉语，有时候真觉得自己和一个中国老头没有区别。可是她说老外不能打折。这让我想起很多年前的中国，同样的一件东西，卖给外国人要比卖给中国人贵十倍。幸好现在那种情况基本不会有了，但在有些地方，还是会中外有别。我们讨价还价了好一会儿，她不妥协，我也犯起倔来，就是不买她的票，扭头就走。我也不知道自己为什么要这样，其实，我的时间很有限，跟她较劲得不偿失。

正在我不知所措之际，猛然看见导游带领一大群游客正要进门，便毫不犹豫地混在他们中间，呵呵，这回那位女售票员没有注意到我。总算进去了，我得意地想，看你还跟我较劲不。可是好景不长，在离白居易花园不到一百米的地方，还有一道查票的关卡。查到我的时候，我四处摸口袋，装作着急找票的样子。被我这样一堵，我后面的那帮游客开始不耐烦起来。工作人员以为我跟他们都是同一个旅游团的，见我一直在找票，便一挥手把我放进去了。我顺着旁边的铁栏杆来到墓地前，这里是我喜欢的地方，以前来过多次，轻车熟路。我还认识这里的一位管理员程先生。上次来的时候，他把我带到花园后面，让我看一根石柱，上面刻着白居易对子侄的训示。因为这根柱子，这次我带来了白居易的一首与柱子所刻内容相似的诗——《狂言示诸侄》。向他敬酒之后，我便吟诵起来：

世欺不识字，我忝攻文笔。世欺不得官，我忝居班秩。
人老多病苦，我今幸无疾。人老多忧累，我今婚嫁毕。
心安不移转，身泰无牵率。所以十年来，形神闲且逸。
况当垂老岁，所要无多物。一裘暖过冬，一饭饱终日。
勿言舍宅小，不过寝一室。何用鞍马多，不能骑两匹。
如我优幸身，人中十有七。如我知足心，人中百无一。
傍观愚亦见，当己贤多失。不敢论他人，狂言示诸侄。

就在我和白居易对饮的当口，看见一位园丁，我走过去问他程先生那天是否当班，之前有打电话，但没人接。园丁告诉我，那天程先生休班，他现在用手机，不用固定电话了。看起来现在每个人都在用手机，为方便下次找他，我记下了新号码。结束了祭拜，沿老路返回大门，我既像示威又像和解地冲售票处的女士挥了挥手。今天是重要的一天，连轴转，成果丰硕，可也把我累坏了。最后，黄先生把我送回到早晨上车的地方。

第六天

老子、李商隐、王维、阮籍、刘禹锡

旅行期间，我总是希望能在同一家宾馆连续住上两个晚上，这样就有充分的时间晾干前一晚洗过的衣服，而第二晚洗过的衣服即使没有干透，放一天也可以穿了。早晨结完账离开神都大酒店，我便直接到外面去找黄先生的车，因为昨天约好今天还用他。车是在，可是司机换人了，而且副驾驶还坐着一位姑娘。一问才知道，原来是黄先生的儿子及准儿媳。刚开始我还纳闷，后来才明白今天是周日，小黄想一边赚钱，一边带女友去乡下玩。他说父亲有别的事，这多少有点遗憾，因为儿子远不如父亲和我谈得来。

出乎意料的是，我们的第一站竟然没在行程安排内。小黄说父亲建议他带我去一个从没听说过的地方——位于东关大街北侧回民区的一条小巷里。小巷的一侧用砖墙砌起来了，正中间有一通石碑。下车看完上面的文字，我惊呆了。黄先生说得没错，我确实不知道有这样一个地方。据碑文记载，这里是孔子向老子讨教礼乐的地方，老子曾经就住在附近。

孔子认为礼乐关乎“和谐”，是道的基础。而“和谐”是道家文化的核心，因此他来到周王朝的国都向老子求教。当时老子任守藏室之史，相当于今天国家档案馆的馆长。孔子直接到老子家里拜访。老子已八十高龄，而孔子正当三十五岁壮年。这是他们唯一的一次会面，发生在公元前 516 年。会面后不久，老子就离开洛阳一路向西，在两百公里以外的函谷关，写下著名的《道德经》之后便不知所踪了。与此同时，孔子回到曲阜，开始传授关于“和谐”的思想：礼——行为上的和谐，乐——声音上的和谐，诗——语言上的和谐。

我一直很好奇，好像没有人提起老子是一位诗人。而实际上，他显然是一位诗人。《道德经》里共有八十一首诗[1]，直到今天，它们依然

① 指八十一章。——译者注

是最让人敬仰的道家经典文本。以第四十首（章）为例：

> 反者道之动，弱者道之用。
> 天下万物生于有，有生于无。

这首诗看上去再简单不过了。可是，关于教化之理，大道至简，孔子深得其精髓，尤其是“弱”的思想，以至于影响到了后来的追随者。这些追随者自称“儒家”，“儒”字本身就有“弱小”“卑微”之意。老子当年的住所已经不可寻了，我拍了一张砖墙和石碑的照片，然后在晨曦中向两位两千五百年前因缘际会的伟大圣人举杯致敬。真的很感谢黄先生的儿子，让我有机会来拜谒这位被我忽略了的诗人。

随后，我们加满一天的油，驶上了横跨黄河的高速，昨天走的也是这条路。这一次没怎么停车，一路沿着黄河向北大约十五公里后转向另一条路，继续向东前行二十公里，最后在博爱县出口沿104省道向西，三十分钟后穿过许良镇。我让小黄走另一条路，虽然没有什么标识，但我对下载的地图很有信心。路是新修的，往前走了大约一公里，觉得有点不对劲儿，于是我下车向一位过路妇女打听。她穿戴得很齐整，好像是要去参加一个什么聚会。本来没指望她能告知多么精准的信息，但事情却完全出乎意料，她转过身指着我们来时的路，说李商隐的墓地就在树林对面的玉米地里。

玉米丛中的李商隐墓

穿过树林不难，难的是玉米地。天很热，我只穿了一件T恤，胳膊上被玉米叶划出一道道血印子。我从来没想过要提防玉米叶，也算是一个小教训吧。突然，玉米地中间出现了一座荆棘覆盖的坟墓，四周用石墙围了起来。沿着石墙往前走，便看见了墓碑，果然这就是李商隐之墓。

李商隐是唐代的一位大诗人，

也是最让人难以捉摸的诗人。他的语言晦涩难懂，却又充满意想不到的喜悦。通过他的诗，我们还是可以管窥他的内心世界。他九岁丧父，被郑州的叔父抚养，长大离开叔父家以后，就再没过上什么安稳日子。他自己也说，在任何地方都未曾有过家的感觉，于是诗成了他的避难所。在他幸存下来的六百多首诗当中，《锦瑟》应该算是最著名的一首。

锦瑟无端五十弦，一弦一柱思华年。
庄生晓梦迷蝴蝶，望帝春心托杜鹃。
沧海月明珠有泪，蓝田日暖玉生烟。
此情可待成追忆，只是当时已惘然。

李商隐喜欢用暗喻和典故，有时候他自己也会迷惑于这些语言的陷阱。以这首诗为例，诗中的“瑟”是一种特殊的筝，最早有五十根弦，但在李商隐的时代，已经变成二十五根弦了。而且，这种乐器主要是弹给知音而不是邻居听的。在诗中，李商隐让自己回到过去，回到瑟有五十根弦的时代。在那个时代，道教宗师庄子梦见自己变成了一只蝴蝶，醒来以后想也许自己是在蝴蝶的梦里吧，蝴蝶梦见自己变成了庄子。失位的望帝化身杜鹃鸟，口中流血，叫声凄惨。颈联的珠与玉也都有典故。珠生于蚌，蚌在于海，民间有传说认为，每当月明宵静，蚌则向月张开，以养其珠，珠得月华，始极光莹。而采珠的渔民（鲛人）哭泣的眼泪，也都变成一颗颗的珍珠。陕西的蓝田是一个真实的地名，盛产美玉，在日光的照耀下，云雾氤氲，美玉得以养成。诗人的这些意象究竟指什么，中国历代的诗评家给出了不同的解释。而我认为，这首诗的语言如此美妙，我们享受语言的快感就行了，过于质实的追问似乎没有必要。这是李商隐诗的一贯风格。他的语言非常细腻，具有魔力。比他大许多的白居易也是他的“脑残粉”，甚至希望来生做他的儿子，临死之前，还请求李商隐为其写墓志。

写作是李商隐的专长。他不仅是个诗人，更是个作家。他在很年轻时就表现出不凡的文才，二十多岁已历任多位地方大员的幕僚。他还通过了作为仕进敲门砖的科举，但后来的仕途却并不怎么顺利。当时朝廷正是牛李党争时期，他与两派人物都有些渊源，这使他卷入了党争的政治旋涡，不时受到排挤打压，一生颠沛流离，迁徙无数。在生命的最后阶段，李商隐才得以在四川一个低微的官职上稍微安定下来。公元 851 年，西川节度使柳仲郢邀请他去四川的梓州（今三台县一带）做幕僚。李商隐在那里待了四年，这是他自童年后在一个地方待得最长的一次。此时他的妻子已经去世，在偏远的梓州虽然远离亲友与子女，却也远离了朝廷的倾轧，多少还是让人欣慰的。对于诗人来说，那段时间是他创作的高峰期，其中就有下面这首《夜雨寄北》：

君问归期未有期，巴山夜雨涨秋池。
何当共剪西窗烛，却话巴山夜雨时。

公元 855 年，李商隐随奉调入京的上司柳仲郢返回长安，在上司的帮助下谋得一个小官职。两年后李商隐离职，再次回到郑州。在病逝前一年，他住在郑州城外儿时的故乡荥阳。诗评家们认为《幽居冬暮》是他作的最后一首诗：

羽翼摧残日，郊园寂寞时。晓鸡惊树雪，寒鹜守冰池。
急景忽云暮，颓年浸已衰。如何匡国分，不与夙心期。

李商隐不仅仅是想做个幕僚，他颇有政治抱负，却始终不得志，四十五岁便去世了，遗骨与乡下的祖父母葬在一地。我只看见一些穿行玉米地的足迹，却不敢肯定他祖父母的墓是否还在。我敬了他一杯酒，回到了车里。在河南还有李商隐的另一处墓地，今天时间尚早，我决定也去拜谒一下。

我的下一个目的地是云台山。让小黄看了看地图，尽管他从未去过，但那里已经成了著名的景点，路线标注得很清晰。我们驱车从博爱县上高速，直接朝东北方向绝尘而去。

过焦作后我们下高速，转到一条崭新的公路。两旁山形甚是奇特，整条路上只有我们一辆车。此情此景，大概只有在中国的汽车广告中才能见到。

离云台山越来越近了，我忍不住四处观望起来。过去，诗人们无论是住在洛阳还是途经洛阳，都会来这里看看。王维就是其中之一，他十七岁来到这里，写下了著名的《九月九日忆山东兄弟》：

> 独在异乡为异客，每逢佳节倍思亲。
> 遥知兄弟登高处，遍插茱萸少一人。

在中国文化中，九为阳数，六为阴数，所以农历九月九日为重阳日，人们有登高、戴花的习俗。现在离重阳还有一个月，尽管如此，我还是决定登一下高。

我要登高不仅因为王维，还因为阮籍等竹林七贤，这里也是他们狂饮放诞的地方。一旦在洛阳的生活变得不可忍受或异常危险，云台山便成了他们的避难圣地。这里的停车场超级大，就像长城附近的停车场一样，可以停一千多辆大巴车。然而，今天除了三辆轿车，就是我们了。停好车，走到入口，我一下子明白了为什么停车场如此冷清。

原来这里临时关闭了，正在进行如火如荼的修葺工程。公园里的小路已经焕然一新，而沿着悬崖的一些险要部位还没有完工。一个月后就是旅游黄金周了，这是一年中的旅游旺季，他们在做最后的准备。我走进办公大楼，跟管理人员说想到里面去看看，可是他们只允许建筑工人进入。没办法，只能在外面张望一番、想象一番了。

我原打算进里面去看看百家岩，那里是竹林七贤最初的聚会之所，他们在那里抚琴吟诗。世人总是对他们有很多的误解，认为他们饮酒无度。他们当然会饮酒，撮聚竹林，远离朝廷的各种忧惧，就是图个轻松自在。然而他们在这里也做圣者之事，比如玄想，比如道家的养性修真。他们栖神入定之时，或许身如枯树，心如死灰，但是他们却做不到真正的“忘我”，无法达到老庄的“虚无”之境。正如阮籍在他的《咏怀》第六十五首里所言：

> 有悲则有情，无悲亦无思。苟非婴网罟，何必万里畿。
> 翔风拂重霄，庆云招所晞。灰心寄枯宅，曷顾人间姿。

始得忘我难，焉知嘿自遗。

同时，他们也习练长啸之技。百家岩有一座“孙登长啸台”，我原以为今天可以爬上去呢。孙登是一位披发道士，擅长包括“长啸”在内的道术，同时还会弹独弦琴。可是十分不巧，竹林和啸台今天都不开放。我只好回到车里，思考下一步做什么。忽然感觉手上攥着大把的时间不知怎么花，看了一会儿地图，我决定去孙登自己的啸台看看。云台山的啸台虽然以他的名字命名，但他真正的隐居地在辉县以北的苏门山，那里有一座真正属于他的啸台。苏门山也是阮籍第一次见到孙登的地方。阮籍为此深受启发，写下著名的长文《大人先生传》。在这篇文章里，他以孙登为原型，虚构了一个生于远古、长生不老的“大人先生”，极力颂扬道家的“无为”思想，对儒家礼教进行了无情地嘲讽和批判。当然，孙登是不肯接受“大人先生”这个称谓的。不过，对于在魏晋朝廷混迹大半生的阮籍来说，虚构和夸大早已是小菜一碟。

只问了两次路，我们很顺利地就到了百泉公园。啸台就在百泉公园内。百泉公园以长方形的百泉湖得名，其湖底布满泉眼，湖中心有一条青石板铺就的小径，曲曲折折，将湖中的亭阁小桥连在一起。过了小径往北便是苏门山，步行十分钟的样子，便到了孙登长啸的地方。

一千八百年的历史沧桑，辉县虽已大变，但山还是那座山。我终于明白孙登为什么要选择在这里隐居了。这里视野开阔，非常适合长啸。啸台早已湮没于历史的风云中，取而代之的是一座亭子。此时，一对青年男女正坐在阴凉里，这也许是他们难得的机会吧。我无意当电灯泡，待了一会儿，在风中洒了些酒，便离开了。

从辉县出来，先向东再向南过黄河，在郑州以北转上另一条高速，再转 310 省道，大约一公里后于商隐路向南转。不一会儿，我们的车就停在李商隐的第二座墓前了。这座墓位于以他的名字命名的公园里。里面布置得井井有条。入口处是一座石刻浮雕，是他弹锦瑟的模样，旁边有“锦瑟”二字。浮雕后面是一条人行道，通向一块巨石。巨石上刻有诗人的名字以及生平简介。巨石后面就是他的墓了。这里的排

孙登长啸台

场与玉米地里的那座简陋坟冢简直是天壤之别。我给李商隐倒了一杯酒，诵了他一首入选《唐诗三百首》的“无题”诗：

> 相见时难别亦难，东风无力百花残。
> 春蚕到死丝方尽，蜡炬成灰泪始干。
> 晓镜但愁云鬓改，夜吟应觉月光寒。
> 蓬山此去无多路，青鸟殷勤为探看。

李商隐写这首诗的时候只有十五岁，还住在叔父家。在我今天早晨拜谒的玉米地的西面，有一座玉阳山，李商隐曾去那里修道，希望成为蓬莱仙境中那些长生不老的神仙的一员。在那里，李商隐遇到一位同样来修道的宫女。他们相爱了，然后宫女意外怀孕了，接着宫女回到了宫里，而李商隐则回到故里继续自己的学业。因此，他希望西王母的青鸟能帮他传信给心爱的人。我在李商隐的墓上洒了些酒。遗憾的是，因为要赶火车，我只能敬他一杯酒，诵他一首诗。

几分钟后，我们又回到310省道，直接向东奔郑州市而去。刘禹锡的墓就在这条路以西两公里处，如果能挤出一小时时间，本来该去看一下的。令人遗憾的是，由于各种客观原因，我无法拜谒到所有崇敬的诗人，这其中就包括刘禹锡。尽管如此，我还是随身带了一首他的诗。当汽车驶过他的墓地一路向郑州火车站奔去的时候，我摇下车窗，对着窗外扑面而来的秋风，吟起了他的《秋风引》：

何处秋风至？萧萧送雁群。
朝来入庭树，孤客最先闻。

等下一次吧。长眠于地下的伟大诗人，请原谅我这个长途跋涉的旅行者，这次要赶火车，时间太紧了。就在我们快到市中心的时候，我突然意识到，糟了！可能要误点，因为小黄说他对路况不熟，不知火车站怎么走。趁等红灯之际，我付钱下了车，拿起包直接上了另一辆出租车。我跟司机说，只要他能按时把我送到火车站，我愿意付双倍的车钱。外出旅行，我有时还是能随机应变的，比如现在。一到火车站，我就一路小跑直奔站台，刚落座，火车便缓缓启动了。我大口地喘着气，总算没误点，这比什么都好。

离开郑州两个小时，火车到达灵宝站。灵宝以北十五公里就是黄河。黄河与灵宝之间，有一条窄窄的峡谷穿越黄土高原，那便是函谷关。根据司马迁的记载，就是在那里，老子写下五千言的《道德经》。这部实际上是诗歌的著作，一开篇便是“道可道，非常道；名可名，非常名”。这位上古时代的圣人，一定听见我在诵读他的经典。可惜我无法诵读更多的文字了，因为火车只在这里“停车两分钟”。

过了一会儿，太阳下山了，又过了一会儿，火车驶入故都长安，也就是今天的西安。从郑州到西安，火车跑了大约五百公里，用时不到三小时。以前在中国旅行，汽车、火车每小时能跑五十公里，我就心满意足了。现在速度快多了，这是好事，但是提速也意味着提价，还意味着对村庄甚至山脉的人为改变；同时也产生了新的不便，比如因为高架轨道，新建的高铁站一般都远离市中心。西安北站就离市中心至少十五公里，这意味着打出租车更费钱。今天又是满满当当连轴转的一天，在去宾馆的路上，我差点就在出租车上睡着了。以前到西安，我一般住在旧城中心的钟楼附近，因为我喜欢那一带。但是这次考虑到那里越来越多的车辆和噪音，以及打车不便，我决定入住东大街附近的菊园宾馆。宾馆名字好听，那条街也安静。晚上 9 点半，我终于登记入住了。今天实在太累，我懒得洗衣服，好在包里还有一套可供明天换洗的衣服。前面说过了，我喜欢在同一家宾馆连住两晚，衣服嘛，明天可以洗。对一个疲惫已极的旅人来说，现在他需要的是睡觉。晚安，朋友！晚安，古老辉煌的大唐国都！

第七天

王维、杜甫、柳宗元、韩愈、杜牧

第二天我在“长安”的晨曦中醒来。长安位于洛阳以西，公元前200年，它是中国的第一个政治中心。要不是有长安在，中国的都城肯定非洛阳莫属。长安易于防御北部匈奴的入侵，而洛阳则易于从黄河的涝原上获得粮草供给。两座城市都很繁华，但是长安更胜一筹。长安在唐朝时人口多达两百万，这在当时应该算是大都市。公元904年，随着唐朝的逐渐衰败，当时的皇帝最后一次迁都洛阳并命令毁掉长安城，因为他不想在城里给别人留下任何有用的东西。是的，除了一座城市，他什么都没有留下。公元1370年，也就是明朝初建之时，人们又围着老城区的中心部分建了新的城墙。新城墙建好后，长安也就有了一个新的名字——西安。随着新名字的诞生，这座城市的作用也发生了改变——开始保卫国家，抵御北部匈奴的侵袭，尤其是帖木儿与其他部落联盟的入侵。

敌人的入侵没有得逞，但是西安的发展却始终处于停滞不前的状态，这种停滞一直持续到五十年前，那时候经济发展的浪潮正逐渐席卷整个中国。即便没有轰轰烈烈的建设，西安也有足够的历史供人们瞻仰: 在大街上，随处可见当年诗人们经过的影子。我有一张地图，上面标注着一些诗人在唐朝长安曾居住过的地方。陈子昂和柳宗元就住在我所下榻的宾馆以南。写诗在当时是最好的工作，诗歌重要到成为当官的前提条件，甚至发展成为一种职业资格：不会写诗，就别想当官。然而对有些人来说，诗歌不仅仅是一种职业资格，更是他们的生命，甚至是一种对自身生命的超越。

在洗完前一天的衣服之后，我又看了一遍今天的行程安排。今天要拜访五位诗人，所以需要早点出发。我在早上8点之前到了大街上，本来认为自己已经够早的了，可还是晚了。即使这里距离嘈杂的钟楼地区很远，依然很难找到出租车。我从一个街角走到另一个街角，终于在对面一条街上看到了一辆。在汽车与公交车之间左躲右闪一番之后，我抢在别人前面钻进了车里。我告诉司机今天要去乡下，估计他应该会很高兴，谁愿意在交通如此堵塞的城市里待上一天呢？但我们还是被堵了，而且还走错了方向。但是至少，今天的行程开始了。我们花了大概四十五分钟抵达高速路口，又花三十分钟才到了 G70 高速路上，那条路直接通往东南方向的终南山。

G70 高速上面车少得可怜，在经历了市区的拥堵之后，现在行驶在高速上竟有如释重负之感。西安越来越远，几分钟以后，蓝田也被我们抛在了身后；又过了一会儿，便行至山里，准确地说是开始穿越一个又一个隧道。就像高速路上的广告牌所言：车到山前必有路。距蓝田十公里处，在辋川村出口我们换到了一条公路上。韩愈当年被流放时，走的就是这条路，而我在 1989 年的时候也曾到过这里。那时候这里只有几处分散的农家院落，还不能称为“村子”。尽管辋川河谷很美，但是过于偏远，即使是当地的农民，也很少有人能去那里。如今一切都变了。河水上游的公路旁建起了一排排专门为西安政府官僚和办公人员准备的度假村。

前行几公里之后，我们开始停车问路。柏家坪距这里并不远，问到第三个人的时候，他说就在下一个转角处。到了拐弯的地方，我们开上了一条更为狭窄的公路，不一会儿便穿过了一道大门。很奇怪，门没有关。入门两百米的地方有一棵银杏树，汽车停了下来。这是王维在他的辋川别墅中栽的。这块地方以前属于诗人宋之问。

王维手植银杏树

尽管栽下的树木还在，但王维围篱养鹿的地方却不见了。当年为了纪念佛祖在印度第一次讲法的地方——鹿野苑，王维把自己围篱养鹿的地方称为“鹿柴”，这也是他的那首最著名的诗歌诞生的地方。

空山不见人，但闻人语响。
返景入深林，复照青苔上。

我们顺着原路朝高速路开去。就在快到入口的时候，我让司机继续沿着那条公路开，行驶了一两公里，到了辋川的下游地区，汽车停了下来，因为我想和王维共饮一杯酒。我走到河边。辋川进入峡谷之前在那里转了个大弯。找到一个合适的地方，我拿出一个杯子，先斟给王维一杯，然后给他的朋友裴迪一杯，第三杯给了辋川。我坐在石头上，看着水流冲漱岩石，想着他和裴迪合著的《辋川集》里的意象。二十首的诗歌合集，他仅仅自选了《鹿柴》和《竹里馆》两首。

独坐幽篁里，弹琴复长啸。
深林人不知，明月来相照。

和阮籍一样，王维既是一位音乐家，又是一位灵魂艺术的求道者。他也会“长啸”，但是与阮籍不同的是，他为政府的最高层服务，甚至官至尚书右丞相。但是他的心在山林。王维，字摩诘，与佛教中的一位菩萨同名。一有公闲，他就会来辋川冥想、长啸、弹琴、作画、远足，或者干脆什么也不做。所以，我想城市生活对他来说也许是一种煎熬。辋川河水令人着迷，坐在这里即使看一天也看不够。我对着河水朗诵了王维的《别辋川别业》：

依迟动车马，惆怅出松萝。
忍别青山去，其如绿水何。

敬完王维和裴迪之后，我把杯子里剩下的酒倒进了河里。五分钟后，我们离开峡谷朝西开往107省道，很快驶上了108省道。真想知道是谁设计的这些乡村公路——路面平整而宽敞，甚至有时候一辆车也没有。这样舒适的公路在中国很少见，尤其是考虑到这条路除了环山之外没有任何其他遮挡物——如此看来，大山则像黄土历经千百年的风吹逐渐积累而成的一堵墙了。

这里就是终南山，是我在远足时发现隐士的地方，那些隐士们构成了《空谷幽兰》一书的基本部分。那本书在美国不怎么畅销，但是中文译本销量却多达二十多万册。中国人很尊重那些隐士，那是他们文化的重要组成部分。西安的佛教徒成立了一个协会，帮助善男信女在山里修炼，总部就设在沿途的兴教寺内。

过引镇大约七公里后，我让司机右转，然后沿着一条通往土山的公路开去。我们驶入一个小停车场，有人从大楼里走出来，冲我们挥了挥手。他是负责照管寺里书店的人，几年前，我就是通过他才有机会见到了那位从盗墓者手里买回韦应物墓碑的人，但这是另一个故事，此处暂不赘述。

他走上前来告诉我们先等一会儿，接着隐士协会的负责人来了。这位负责人只是一位普通信徒，没有出家，法号心一。心一带我去了他的办公室，喝过几杯茶，他说有些隐士已经离开，另一些正在来的路上，而有一些人已经去世了。听到“去世”二字，我的心里很难过。这意味着我再也见不到他们了。他们曾是我见过的最快乐的人。没有什么比“放下一切”的生活更让人向往了。当然，这样的生活方式并不适合每一个人，如何过冬至今仍然是困扰隐士们的问题。心一在峨眉制片厂拍摄的关于隐士生活的纪录片里帮我做了很多修改。我曾经把该制片厂的领导介绍给我认识的一些隐士，得知大家在电影制作中都小心翼翼且充满敬意，我感到很安慰。作为分别礼物，心一把我刚用来喝茶的那个杯子送给了我，那是一个很漂亮的青瓷釉的杯子，底部印有“终南山”三个字。他把杯子打包好，这样我就能完好地带回美国了。实际上，它到现在还安然无恙。每天用它喝茶时，我都会想起山里的那些朋友们，想起那段时光，想起“放下”，然后自己也试着努力去做。每天，我都会尽力放下一些东西，然而要到达“空”的境界，我还有很远的路要走。此时，我的脑海里突然浮现出《石屋山居诗集》里的第一百八十一首诗：

放下全放下，佛也莫要做。动念即成魔，开口便招祸。

饮啄但随缘，只么闲闲过。执法去修行，牵牛来拽磨。

在回出租车的路上，我看见了一座佛塔，里面供奉着玄奘的遗骸。玄奘就是那位从印度将整部佛经文本带回中国的僧人，他也是中国最伟大的一位翻译家，更是我的偶像。因为他是出家人，我没有敬他酒，只是鞠了三躬。

回到公路上不久，我们便向北开到了西安的104县道上。行进了五公里左右，我让司机停下车，自己下去问路了。问了好几次，最后终于找到了朱坡村。我曾在网上读到一则故事，是柳宗元的后人写的，他说他能确定自己的先人之墓就在朱坡村与阳湾坡之间的一片冬小麦地里。他没有提供什么证据，也没有提到墓碑或者其他地面上的遗迹。他说自己正建议官方对这个地方做出标记，我之所以要去那里，就是想看看他是否办成了此事。

柳宗元和韩愈都是唐朝著名的散文大家。然而，与韩愈不同的是，柳宗元的诗歌并不出名。但是这一状况却在公元805年有所改观，当时他因为在朝廷上支持新派改革而被贬职。在表达情感以及巨大愁苦方面，诗歌优于散文，这一说法在柳宗元身上体现得尤其明显。他的诗歌从此非同寻常的好，如下面这首《江雪》：

千山鸟飞绝，万径人踪灭。

孤舟蓑笠翁，独钓寒江雪。

这是当年柳宗元被贬永州时写的。虽然这首诗描写了孤独，但却超越了孤独本身。几个世纪以来，这首诗对中国绘画的启迪远远大于诗歌本身，试问：谁没见过这样的一幅画面呢？在永州待了十年以后，柳宗元被朝廷召回，但是仅仅两个月后便再次被贬。这一次，他被派往了更远的地方——柳州，即今天的广西柳州。在柳州时，他把诗稿寄给几个同样被贬南方的朋友看，他们也都是在朝廷上站错了队伍的人。其中一首就是《登柳州城楼寄漳汀封连四州》：

城上高楼接大荒，海天愁思正茫茫。
惊风乱飐芙蓉水，密雨斜侵薜荔墙。
岭树重遮千里目，江流曲似九回肠。
共来百越文身地，犹自音书滞一乡。

柳宗元和他的追随者们都被流放到了距长安一千五百公里以外的地方，这样的流放基本等同于死刑。他在那个人人刺有文身的部落里生活了四年，最后死于一种当地的热带病。柳州至今还有他的一处衣冠冢。然而他的尸体则被带回长安，葬在了朱坡村附近的少陵原。

下了公路，我们沿着一条窄窄的马路顺着陡坡上少陵原，接着很快就发现了通往村子的路。围着村子走了大约一小时，我们见人就问柳宗元墓的所在地。答案是：无可奉告。最后，我不得不放弃了。要么是当地政府认为这里不值得投资，要么是他们认为柳宗元的后人找的地方不对。我把酒原封未动地带回了车里。

就在快到少陵原边缘的时候，我让司机停了车。我想趁着光线充足，好好看一眼这片涝原以西的风光。这片涝原是樊川的杰作，也曾是唐朝各个时代不少大诗人的家乡。杜甫、白居易、李商隐以及杜牧都曾在这里生活过。尽管我不知道他们具体都在哪里居住过，但是在洪水暴发的间隙，看着樊川冲刷出来的沟壑以及想象着樊川河岸上产生的数千首的诗歌，也是很受启发的。

但是我没有在这里沉思太久，一回到车里我们便开始向北进发。约行驶两公里以后，我让司机转向了另一条路。这条路通向一处建于八百多年前的杜甫祠堂。当年杜甫为了通过科举考试，曾在那里住了十二年。具体的居住地无人知晓，但是他自己却以樊川和少陵原为自己命名。他曾自称“樊川野老”“少陵野老”。我想他住在哪里可能与他当时的收入有关，住在河边会更便宜一些，但是相对来讲，河边也不那么安全。

司机在停车场等候，我沿着台阶来到了祠堂。就像拜访过的其他很多地方一样，这里也是一片荒凉，但是对我来说却恰到好处。围着

杜甫祠堂

那些标准的乡村建筑转转很好，两侧的厢房里陈列着杜甫的生平介绍。在所有的展品中，我最早知道的就是他的画像，一副忧国忧民的样子。以前在书里看到过，所以此时见到并不惊奇。但是有一个展品确实出乎我的意料，那是一座石碑，刻有杜甫的书法真迹，应该是一首诗。遗憾的是上面很多字要么消失了，要么模糊不清难以辨认，所以我最后也放弃了读下去的想法。那一年，我记得很清楚，是乾元二年（公元 759 年），也就在这一年，杜甫最后一次离开长安，并且再也没能回去。

尽管没有读出诗来，我还是在那幅书法前驻足了一会儿。因为书法里有一种在杜甫身上很少见的自如与洒脱。我在李白的诗歌里经常能感觉到那种自由的气质，而现在，这一点在杜甫的书法里也展现得十分淋漓。杜甫很少放荡不羁，但是和很多人一样，他喜欢出游。在读书备考的日子里，他最喜欢去的地方就是樊川上的一座水库周围，大约在距离祠堂以西两公里处。一次远足中，他写下了两首诗，题目是《陪诸贵公子丈八沟携妓纳凉，晚际遇雨二首》：

落日放船好，轻风生浪迟。竹深留客处，荷净纳凉时。
公子调冰水，佳人雪藕丝。片云头上黑，应是雨催诗。

雨来沾席上，风急打船头。越女红裙湿，燕姬翠黛愁。

缆侵堤柳系，幔宛浪花浮。归路翻萧飒，陂塘五月秋。

在都城的生活当然是令人怡悦的，原来诗人也不是非要遭受苦难才能写出好作品。

因为在纪念馆找不到其他值得一看的东西，我们又回到了公路上。不一会儿，在到达与长安街的交叉口时，我让司机转到了另一条窄窄的道路上。这条路直接上山通往皇子坡村，该村曾经是韩愈居住过的地方。实际上，从村子的北部可以眺望长安。至今那里仍被称为“韩家大院”，而我则又要在里面去寻找那些遗失已久的东西了。一千三百年前，韩愈在写给朋友张籍的一首诗里，叙述了自己远眺都城时看到的景色。诗的题目是《早春呈水部张十八员外》，后来在收录的集子里被简称为《春雨》：

天街小雨润如酥，草色遥看近却无。

最是一年春好处，绝胜烟柳满皇都。

“皇都”，指的是长安城，在那里，韩愈度过了科举苦读的二十多岁，飘摇不定的三十多岁，以及位高权重的五十多岁。在他四十多岁的时候，主要是在洛阳与朋友们在一起，比如孟郊、张籍、贾岛等。在长安时，韩愈因为指责皇帝对待所谓的“佛骨”过分虔诚而写下了《谏迎佛骨表》，他也因此被贬至东南沿海的潮州。在远赴潮州的路上，韩愈路过秦岭山脉（终南山地区）时写下了一首赠侄子韩湘的诗——《左迁至蓝关示侄孙湘》。韩湘一直陪着叔父走到关口，后来成了道教里的八仙之一。该诗如下：

一封朝奏九重天，夕贬潮阳路八千。

欲为圣明除弊事，肯将衰朽惜残年。

云横秦岭家何在？雪拥蓝关马不前。

知汝远来应有意，好收吾骨瘴江边。

这是一个冷笑话，我想皇帝听了应该笑不出来。两年以后，新皇帝重召韩愈回京城做官，然而，他在流放期间落下的伤病一直未得治愈。回京三年后，这位大诗人便与世长辞了。

我在上边看了一会儿，然后让司机把车开回公路上，前往下一个目的地——引镇。我一路上向当地农民打听去往司马村西村的路。问到第三个人的时候，他告诉我沿着那条新修的马路往前开两公里就到了。

村子不大，方圆也就两百米的样子。司机一停好车，我就径直朝一位老人走去。他正坐在凳子上修理锄头，同时嘴里吸着一种手卷烟。我问他是否知道杜牧葬在哪里。我总是喜欢问那样的问题，诸如一千年前的某位诗人住在哪里，葬在哪里，在哪里写了一首诗，并且很乐观地希望得到一些肯定的回答，虽然有时候这些回答并不客观。老人点点头，站起身带我穿过一排砖混结构的房子，整个村子的房屋几乎都是这种结构。大约走了一百米，穿过豆角地、茄子地、玉米地、洋葱地，最后终于在地头上的一座大坑前停了下来。老人说这就是墓地原来所在的地方。20 世纪 70 年代，来了一些当官的，他们把这里挖到的一切都带走了，只剩下了这样一个坑，现在坑里面盛满了垃圾。

杜牧是唐朝为数不多的在长安土生土长的大诗人之一，然而，从通过科举考试得到第一份任命开始，他的生活就改变了，从此开始了异乡的漂泊。后来杜牧也经常回来，并在少陵原的西部建了一处房子，自称为“樊川居士”。在他最后一次离家去吴兴任职之前，还写下了《将赴吴兴登乐游原》：

> 清时有味是无能，闲爱孤云静爱僧。
> 欲把一麾江海去，乐游原上望昭陵。

吴兴距此千里之遥，位于杭州北部。昭陵是唐太宗墓地的名称，位于乐游原西北八十公里处。远远望去，依然有土坡隆起。杜牧离开的时候，实际上并不太平——他的第一句诗就对此进行了诙谐的描述。诗的最后一句思绪又回到了大唐初年。唐太宗是一代明君，杜牧悔恨

杜牧墓坑

自己没能遇上一位相似的明主。从吴兴回来不久，也就是三年之后，他便离开了人世。

我倒了一杯酒，自己喝了一口，把剩下的洒在了土坑里，然后拿出他那首最著名的诗歌大声朗读起来。那首诗是关于墓地和酒的，题目是《清明》。在孔子时代，人们会在这一天到河里沐浴，而到了杜牧时代则演变成了扫墓祭祖的风俗。写这首诗的时候，杜牧并不在祖先的墓前，而是远游在长江流域的贵池：

清明时节雨纷纷，路上行人欲断魂。
借问酒家何处有，牧童遥指杏花村。

那些农民们站在一边，抽着烟，知道这首诗的人则和我一起朗诵起来。他们可能是在上小学时就学过这首诗，我又给为我带路的老人倒了一杯。他喝了一口，然后瞪大了眼睛，又递了回来，接着抽他的烟。他和其他人说了一句话，然后大家都笑了起来。我不懂他们的方言，我把剩下的酒又倒在杜牧的坟前。杏花村至今还有，以汾酒闻名于世。很明显在当时的情况下，它可以让人安神。如果杜牧的灵魂可以在哪一天醒来，我相信我的这杯酒也可以让他安神。谢过带路的老人之后，我便和大家一起回到了村里。

我所拜访的诗人们的墓地彼此之间竟有那么大的区别。有的简陋，有的宏伟，有的已经变成农人的耕地，而有的则成了乡村垃圾场。但他们的诗歌却流传下来，在那些甚至没有什么文化的农人的明灭烟火里鲜活着。那些诗并不会专属于富商或者高官，诗歌可以超越财富和权力，它直入人心，甚至能让人达到一种忘我的境界。就在回城的路上，我意识到汽车正驶过当年杜牧最后一次远赴他乡任职之前登上的那片黄土高原。大约也就四公里远吧，道路两旁的广告上说那里已经成了“乐游原高尔夫俱乐部”。生活里总是会出现一些意想不到的玩笑。

我让司机在西安的南城门停车，并付给了他双倍的车钱，因为这一天确实是太辛苦了，然后自己一个人走到了入口，买了门票开始拾级而上。在古城墙上朝南部望去，在 21 世纪的天幕之下，终南山的轮廓依稀可见。我拿出三个杯子放在横栏上，然后把瓶子里剩下的酒全倒了进去，我朝着终南山的方向举起酒杯，敬那些曾经在山里居住过的所有诗人们。每杯酒都喝了一口之后，便朗诵了王维的《山中寄诸弟妹》：

> 山中多法侣，禅诵自为群。
> 城郭遥相望，惟应见白云。

就在天色渐暗之时，一群俄罗斯女孩也来到了城墙上。这是一个舞蹈剧团带摄制组来这里为他们的巡演拍摄宣传片。看了一会儿“坎坎舞”表演后，我便独自走回了宾馆。太阳落山之前就完成了一天的安排，这在我的旅行中很不常见。我在宾馆隔壁吃了一份海鲜秋葵汤之后，回来洗了衣服，在晚上 8 点之前便上床休息了。热水浴之后早早上床对我来说，简直是旅行中最奢侈的事了。然后，我脑袋一沾枕头便睡着了。

第八天

韦应物

太阳升起的时候，我已经在喝早茶了。每天都是好日子，今天我要去拜访一位我更为熟识的诗人——韦应物。除了《寒山诗集》和《石屋山居诗集》之外，我还翻译了很多其他诗人的作品，在他们的诗里，没有多少是自传性质的，他们写居住过的深山或者其他地方，但对于自己的生活却很少提及。而韦应物的诗却是只关于韦应物本人的，与那些令人敬佩的诗人相比，我似乎对他更有一种亲近感。

我没有去外面找出租车，昨天分手之前，已经和那位司机说好了，他会来接我的。当时我的许诺是：肯定不会让他吃亏——至少每次我不会去占他的便宜。早上8点钟结账离店后，我发现昨天那位司机已经在门口等候多时了。我把背包扔到后排座上，人坐在副驾驶。司机姓马，出于一些原因，昨天我没看他车前放置的上岗证，当时我有点心不在焉。因为我一直在想地图、道路的事。

来到钟楼后我们一路向南开去。大约过了十公里，我告诉马先生向西转到韦曲北街，然后自己盯着沿途的街巷。在过了第二或者是第三条街后，便看到了我要找的那条上山的小巷。我告诉马先生停车，我要去上面看看。

沿着小巷走了两百多米，拐到另一条巷子的时候出现了一座寺庙，我爬上台阶，看了看石碑上的文字。上面记载了这座寺庙最近的一些改造情况。我在巷子里的时候遇到了几个当地人，他们也跟我一起上了台阶。其中有一位已经七十多岁了，他说小时候，这座庙占据了整座山，向各个方向延伸至六七个小区那么大。它被称为“老爷祠”。现在它的两扇门紧锁，但是从门缝里依然可以看见土地神的雕像，通常大家称呼他为“老爷”。他负责保护一方平安，从这种意义上讲，他保护的是韦曲。这块地方是以韦应物的祖先命名的，这也是我来这里的原因。这座山是他祖上的一部分田产。我问老人如何才能到达山顶，他指了指朝东的一条小巷。我沿着那条小巷拾级而上，最终来到了一

老爷祠

片葡萄树下，而山顶就在上面。这里以前是逍遥公（韦公）读书台，曾经非常著名，以至于很多人的游记里都曾提到过它。但是现在这里却什么都没有了。好在这儿是整个街区最高的地方，所以我想应该就是它了。

这位韦公是韦应物的偶像，名为韦敻，他认为与其在朝廷上卑躬屈膝，不如弹琴读书逍遥自在，后来他就在这座山上实现了自己的梦想。由于鄙视装模作样的生活，他没有受到权贵的排斥，相反，却得到了极大的尊重。正如上山时人们议论的那样，他被称为“逍遥公”。

到了韦应物那一代，韦氏家族成了朝廷上最有势力的一派。但是，他的某位族人犯下了不赦之罪。他在诗歌里唯一提到父亲和祖父的一次就是涉及一桩莫名的不幸事件。但考虑到他的出身，韦应物十五岁的时候，还是被邀请做了玄宗侍卫。他的职位让他能够以玄宗为榜样，过着一种放纵无度的生活。安禄山叛乱之后，韦应物想起了曾共事多年的另一名侍卫，想起了他们在一起的时光，因此作诗《燕李录事》：

与君十五侍皇闱，晓拂炉烟上赤墀。
花开汉苑经过处，雪下骊山沐浴时。

近臣零落今犹在，仙驾飘飖不可期。

此日相逢思旧日，一杯成喜亦成悲。

当然，最终韦应物受到了启发，把对皇帝的忠诚转移到了对祖先的忠诚上——他在诗歌中实现了不朽。我给他的偶像倒了一杯酒，把它洒在了葡萄树和残砖上，这满地的残砖曾伴他走过了那么多逍遥的日子。我想在这个地区一定有姓韦的人，但是要追根溯源的话，可就没完了，况且也没有意义。读书台不是韦应物居住的地方，他在东南方向十公里即少陵原北部韩愈的田产与南部杜牧之墓之间的地方出生，并在那里长大。该地有一个名字“胄贵里村”，但没有人知道它的确切位置。他的墓地位置也一直是一个谜。最近听说墓碑出土了，是被盗墓者盗出来的，卖的时候，盗贼并没有说是从哪里发现的。

因为无法找到韦应物的家或者墓地，所以我决定去拜访他居住过的两个地方，在那里他经历了人生的大悲与大喜。先从“大悲”之地——户县开始找吧。那里大约位于西安以南三十公里处。当年韦应物娶亲以后，生活开始步入正轨。二十年后妻子的离世几乎使他崩溃。韦应物的一个朋友当时任长安太守，便安排他去任户县县令，希望他能离开长安,从悲痛中恢复过来。到户县不久,韦应物便写下了这首《子规啼》：

高林滴露夏夜清，南山子规啼一声。

邻家孀妇抱儿泣，我独辗转何时明。

从韦应物祖先的读书台上下来以后，过了几个街区，我们便进入了环城高速，然后换到西南方向的另一条高速上。三十分钟后我们到了户县出口，一路开车穿过县城，在西面两公里的地方，有一座旧的钟塔——这多少让人有点意外。接着汽车经过一座大桥后，往右沿公路走了大约两分钟的样子，我们便在渼陂水库的外墙处停下车来。这是韦应物经常独处的地方。现在他依然是独自一人，虽然有管理员、司机和我在。这种地方一般只有周末才会有人来。河岸边有很多的脚踏船，此时却没人玩儿。我沿着环水的小路走，然后在河边上坐了下来。当时是上午 10 点，水汽在阳光下升腾着。我读了他初来此地时写的一首诗《任鄠令渼陂游眺》：

野水滟长塘，烟花乱晴日。氤氲绿树多，苍翠千山出。
游鱼时可见，新荷尚未密。屡往心独闲，恨无理人术。

附近有座桥直接通往水库中央的小岛——可能是几个世纪以来泥沙淤积并被疏浚的结果。我穿过桥，去看一座明朝建造但如今已经被废弃的小楼，刚到楼前葡萄树环绕的拱门下，两只狗便被惊醒了：一条是纽芬兰犬，一条是杜宾犬。虽然都用链子拴着，但是它们的叫声却让我不得不停步并迅速回到车上。

我让马先生载我去山里。韦应物在户县居住的时候，曾经结交了几位隐士朋友。其中就有一位道士，他曾写信说有一只老虎经常光顾他的花园，韦应物以诗《答东林道士》回复：

紫阁西边第几峰，茅斋夜雪虎行踪。
遥看黛色知何处，欲出山门寻暮钟。

“紫阁”意为紫色的亭台，位于户县西南终南山的最高峰，也是我的下一个目的地。我们找到了通往峡谷的正确道路，该峡谷被称为“紫阁峪”，在去那里的路上可以看见远处的峰顶。然而汽车也就能走大约一公里的路程，我们在一座小咖啡馆前停了下来，那里主要招待周末来访的游客们。我让马先生在原地等我，然后一个人出发了。这样，他高兴，我也高兴。山里的土路已经被压翻了，这多少让人有点陌生，其实，我更喜欢走一条幽径。

就在顺着土路上山的时候，我突然感觉路似乎不那么难走了。顺着山石，有一条小溪，溪水如此澄澈，要不是偶尔有涟漪，恐怕很难看到河床的真正位置。大约走了一个小时，我来到了宝林寺的遗址，这多少也算是我的目的地了。它位于紫阁峪的尽头，是最高峰的一个标志，亦称为“紫阁寺”。唐朝大多数诗人都写过游览此地的诗。寺院已经不见了，但是有工人正在搭起一座钢结构的建筑，好像要建一处餐馆，用来招待周末远足之人。

过了工地，有一条小路直通敬德塔。就在我上山的时候，正好有人下来，他问我去哪里，在确定我不是因为迷路才来到这里的时候，我们攀谈起来。我问他如今山里是否还住着隐士，是否还有人在这里潜心修道。他说曾经是有的，但是现在他们已迁到深山里，远离紫阁峰以及周末远足的那些游客们。很感谢他能告诉这些，我站起身，继续向山上走去。快到山顶了，我突然发现在紫阁峪对面有几座小草屋，很明显，并不是每个人都搬离了顶峰。

之所以沿着小路来到顶峰，是因为我想再次对玄奘表达我的敬意，那位从印度将佛经带回中国并身体力行翻译经文的高僧，曾对我的工作产生很大启发，而我是最近才得知他的部分遗骸就供奉在这座塔里。从山脚到山顶，大约花了十分钟，也是令人精疲力竭的十分钟，等到达山顶的时候，我已经上气不接下气了，一下子坐在朝圣的环塔小路上，身子斜靠着护栏。我想从这里也许可以更清楚地看到紫阁吧，但是植被太多，雾气也很重，只能依稀见它消失在远处的一片青色之中。

与中国大多数诗人一样，韦应物也是一直徘徊在为国效忠与个人修道之间。坐在这里，我读了他写给一位道教隐士的诗，只读题目就花费了我所有的力气——《紫阁东林居士叔缄赐松英丸，捧对忻喜，盖非尘侣之所当服，辄献诗代启》：

碧涧苍松五粒稀，侵云采去露沾衣。
夜启群仙合灵药，朝思俗侣寄将归。
道场斋戒今初服，人事荤膻已觉非。
一望岚峰拜还使，腰间铜印与心违。

尽管寄情山水，韦应物在户县任职满三年之后还是需要回到长安。我在回去的路上遇到了一个年轻的和尚，他告诉我他正在为小草屋选址。他说在离紫阁更远的地方有一二十个和尚、尼姑住在那里，他希望自己在冬天到来之前也能搬来。我把刚才那个人告诉我的话又

敬德塔

对他说了一遍，他说我问得不对。我当时问：“这山里是否住着修道的隐士？”而和尚说我应该这样问：“山里有修佛法的隐士吗？”在过去，说“修道”大家也都能懂的。很高兴听到有人还在修行，无论修的是道还是佛，吃素总是好的。祝他好运之后，我继续走在了下山的路上。

见到马先生，我告诉他这段路我走走停停了好几次。我们回到高速路上顺着原路返回。路边都是卖葡萄的农民，马先生下车买了点儿，并和我一起吃起来。葡萄很大，多汁而且很甜，我们边走边吃，以至于忘记了出口，于是不得不又返了回来。我们沿着当年韦应物离开户县前往长安的通道向东驶去。过沣河下高速之后，沿着右边第一条公路，顺着一条灌溉渠前行两公里，我们在一座闸门前停住了车。

沣河是西安以西地区主要的农业和工业水源，也是韦应物离开户县的必经之地。他一直都没去成长安。马先生刚把车停好，我就下来了，一个人沿着栽满杨树的堤岸前行。有两个孩子在钓鱼，我忍不住停下来和他们交谈了一会儿。他们用的是一杆竹竿，不是鱼竿，末端有鱼线和鱼钩，身边的水桶里已经有六七条鲤鱼在游了。孩子们告诉我，他们钓鱼可不是自己吃的，要卖给隔壁村子的饭店。等他们挣了钱就可以做自己想做的事情了，嘿嘿，又一个小哈克贝利·费恩！再往前走的时候，遇到一位正在放羊的老人，羊儿沿着堤坝吃着草。也许这就是上了年纪的好处——可以如此安闲地放羊。

我想自己一定走了有一公里远，或许更远。我想沿着堤岸体会一下当年韦应物行走此地时的喜悦。在户县任期完成以后，他收到了去长安以西的另一项任命。然而韦应物拒绝了，选择留下来做一介耕夫。就在我所站的地方——沣河东岸，他度过了自妻子去世后最快乐的一段时光，幸运的是，他并不是靠自己种地生活，而是在少陵原有他的家族产业，佃户们会定期交来田租，否则，他早就饿死了。

作为一个年轻人，韦应物受到了祖先韦夐的影响。后来随着年龄的增长，陶渊明逐渐取代了逍遥公在他心里的位置。陶渊明曾弃官回乡种菊修篱，而韦应物在沣河一代的生活环境也大体如此。那四年不仅是他生命里最快乐的时光，也是他的诗歌最高产的阶段。在写给长安一位朋友的诗《答畅校书当》里，他这样总结自己当时的生活状况：

偶然弃官去，投迹在田中。日出照茅屋，园林养愚蒙。
虽云无一资，樽酌会不空。且忻百谷成，仰叹造化功。
出入与民伍，作事靡不同。时伐南涧竹，夜还沣水东。
贫蹇自成退，岂为高人踪。览君金玉篇，彩色发我容。
日月欲为报，方春已徂冬。

尽管韦应物对这种桃源生活的满足感溢于言表，但他的责任感亦是难以抑制的，他未能拒绝朝廷对他的再次召唤。即使再次为官，他还是会不时地回想起在沣河的日子来。我在河边发现了一块大石头，正好适合我在这里敬古人三杯酒。倒满以后，我把每杯酒洒在河里半杯，然后独自喝下了剩下的三个半杯。一天就要结束了。此时蝉鸣此起彼伏，听上去有点累。这长长的、炎热的夏日！我也觉得累了，或许应该往河水里多洒些酒，这样自己就可以少喝一点儿了。

回到车里，我告诉马先生去火车站。大约一小时后，还有三站地，但马先生说他害怕车站有警察，不想往前走了。或许是因为他没有发票，又或者是因为驾照过期吧，我不知道，但是没关系，我有的是时间。我还是付了他双倍的车钱，感谢他对我此次远足的帮助。我背上背包，拖着沉重的步伐在大街上走着，然后穿过火车站的入口。入口外有着中国车站惯有的杂乱的人群。进入候车室，我去了贵宾候车厅。在这里多付十块钱意味着我可以在开车前十五分钟躲开检票时的拥挤。从贵宾候车厅到月台的距离很短，而且有座位，还提供免费茶水。

刚一坐定，对面就有一个人站起来直接坐到我旁边。“我认识你，”他说，“我有你的书，关于隐士的。”他是一位退休的英语教师，想和我练习英语。但是我太累了，所以对于他的话，总是有一搭无一搭地应付。三十分钟后，火车到了，该离开了。就在我起身要走的时候，他从包里拿出一盒午子绿茶，这种茶就长在终南山以南地区。他说本来是带给外地亲戚们的，但是想送给我。谢过他的礼物彼此道别后，不一会儿我便到了舒适的空调车里，火车在下午6

点准时离开西安，九十分钟后，我在长安以西一百八十公里处的宝鸡下了车。

宝鸡不是我的最终目的地，只是需要在这里换车。但这也是好事，在山里待了一天以后，我需要洗一个热水澡。火车还有两个半小时进站，所以我出了车站，穿过大街在一家便宜的宾馆要了个房间。那里不仅可以洗热水澡，而且还有空调和电脑。我打开空调，收发了一些邮件，然后洗了洗澡，甚至还洗了衣服。洗完用房间里的毛巾包上，然后使劲儿拧，这样就可以尽可能多地把里面的水分挤出来。我把它们晾在空调前，自己在床上躺了一会儿。床垫很硬，这让我想起了在军队每天铺床的情景。能躺一会儿真的太舒服了，好在我还记得设了闹钟。闹钟响起，衣服还没完全干，但是可以凑合穿。再次来到大街上的时候，我感觉神清气爽。二十分钟后，我便坐上了晚上 10 点开往李白故乡的火车，或者算是他的某个故乡吧。据说他一共有四个故乡，谁让他是李白呢。

第九天

李白、杜甫

唐朝时期，从宝鸡到四川要经过秦岭山脉，这是中国最艰险的路段之一。李白曾经这样描述："蜀道难，难于上青天。""蜀"是对四川西部的古称。蜀道长而险，在很多长达一公里左右的山路上，只有简单的木桩做防护，而旁边就是陡峭的万丈悬崖。所以我很庆幸自己可以坐火车，而且车上还有卧铺。

火车的终点站是四川省会成都，但我需要提前两小时下车。天色渐明，在卧铺车厢里第一个醒来后，我坐在床边看窗外的风景。一夜之间，外面便换了天地。过去的八天里，到处是黄河流域成片的玉米、大豆和棉花，如今，则是满眼的水稻梯田，竹林密布的山峦以及满塘的荷花，甚至透过窗户便可以闻到它的芬芳。四川位于长江流域的最西部，降雨很多。刚过早上 9 点，卧铺车厢里的其他人也开始起床了，火车已经驶入江油，我穿上鞋，背起包，准备下车。

在过去，游客穿过秦岭山脉以后，要么继续通过陆路到达成都，要么在江油乘船一路直到涪江——涪江在东南方向汇入嘉陵江，然后在重庆与长江交汇。江油古代适合驻地经商，如今随着铁路与高速的发展，这座城市的名气以及部分经济增长却得益于另一个名头——李白的故乡。

江油是李白成长过的地方，但不是他的出生地。学者们一致得出的结论是：李白出生在今天的吉尔吉斯斯坦，父亲是一位中国商人，母亲说一口突厥语——大概来自于当地丝绸之路附近的某个民族吧。李白出生后不久，父亲便回到了宝鸡以西的家里，几个世纪前，他们的祖先曾因为某个罪名被流放到了那里。我们可以接着往下想象，公元 705 年，这位父亲逃出了我昨晚在睡梦中经过的大山，然后举家定居在涪江流域，即江油以南地区，所以我想可以从他的老家开始这次拜谒。走出车站的时候多少让人有点失望，因为没有看到出租车，甚至也没有见到排队等车的人们。如果有人排队等车，轮到我的时候，我就可以直接把包扔进车里，告诉司机目的地，然后一切按计价器走。没有排队等车的人，就意味着必须和司机讨价还价一番，而这一直是我所不擅长的。由于要去的两个地方都位于城外，且至少有一处公共交通无法到达，所以只能硬着头皮上了。我对第一个司机报价一百元，结果他一溜烟就跑了。这时，另一位司机走上前来，他说至少需要一百五十元，我还是能接受这个价位的，于是把包放在后排座，人钻进去坐在副驾驶。他正是我要找的那种司机：会开飞车。我们在通向成都的公路上疾驰着，二十分钟后，进入青莲镇并换到了一条新修的马路上，直接抵达陇西院入口。陇西是甘肃省某地的名称，李白的父亲就来自该地，而李白在一岁到五岁期间也生活在那里。

走出车门，我被眼前的景象惊呆了：一片大规模的建筑群崭新地矗立在我面前。看来，当地政府在“与时俱进”方面真的无可挑剔：不能领先就意味着淘汰，非如此不足以彰显他们投资的魄力、发掘的能力……是的，还有什么项目能比李白故居更有旅游号召力呢？这地方太大了。

进门后，需要穿过一个足球场大小的广场，地面全是用石头铺的。对面有一条石径直接通向山顶的宝塔。看了看门票上的地图，我决定绕开宝塔，顺着台阶去看一下重建后的李白“家庭别墅”。

这座住宅引不起人任何真正的兴趣，尽管它的院子、画廊都比较怡人，而且我确信大多数的游客也会认为这是个好地方。但对我而言，我总想看到一些意料之外的惊喜，所以见没有什么可看的，便欣赏起里面的景观来。这里重现了李白长大成人、学习练剑、写第一首诗等各种情境——但是他的第一首诗却没有流传下来。其中一个情境是他和妹妹用井水练习书法。我不知道他妹妹是否写诗，即便写了，也没能流传下来。看完这些，我来到了后院他妹妹的墓地前。墓地旁的石碑上说她嫁给了一个当地人，并安然度过一生。尽管诗歌没能流传下来，我还是给她敬了一杯酒，并嘱咐她与哥哥一起分享。

离开的时候，有点失望，因为我一直希望了解有关李白父母的一些情况，而不是故事里说的：母亲怀孕期间做梦梦到太白金星——“李

李白故居——陇西院

白”的“白”字就是取自于那颗星星的名字。关于他的父亲，史料上没有任何记载，至今仍是一个谜团。甚至于他的名字“李客”也很有可能不是真名。“客”的意思是“旅人”或“客人”，经常用来指代那些流放异地的人。学者们对此有不同的看法：有人认为他可能是一个被通缉的人，也有人说他可能是一个流浪的骑士，还有人说他是一个隐士，更有人说他是一位商人。如果是商人，那么他的生意可能要求他常年在外或者为了躲避讨债的人而不能回家。无论如何，他把家安在了青莲，然后就从历史上消失了，李白也从未提起过他。

父亲的缺席让李白早早地成了家里的顶梁柱。二十岁的时候，他与人决斗并杀死了对方。几乎在同时，他的诗歌得到了人们的接受，同时也得到统治者的认可。这意味着李白传奇人生的开始。后来，在三十岁的时候，他写下了《答湖州迦叶司马问白是何人》：

青莲居士谪仙人，酒肆逃名三十春。
湖州司马何须问，金粟如来是后身。

在这首诗里，李白把自己比喻成一个居士、一个仙人、一个流犯、一个醉酒之人，甚至最后自比转世为维摩诘菩萨的佛祖。他也让提问者摇身一变，成了迦叶尊者，即禅宗的第一位创始人。这首诗并不仅仅是在开玩笑，它也反映了李白的人生进程：从在家学儒家经典到修炼道家长生不老术，从以“斗酒诗百篇”闻名于世到被朝廷驱逐，从十五岁与佛家弟子一起生活到撒手人寰。李白以张扬的个性和娴熟的写作技巧闻名于世。毫无疑问，这样的技巧是他从小在儒家学堂学到的。但是十五岁离家以后，在匡山受到的训练却让他与其他人逐渐拉开了距离，下一步我会去匡山看看。既然他是在青莲村度过的童年，那么我的下一个目的地就应该是他成年以后的地方，在匡山，他的艺术技巧得以进一步成熟。

回到江油以后，向西在302省道上行驶近七公里，过第一个收费站后向北转向一条很窄的公路，它直通乡下。汽车前行三公里后穿过一条小河，匡山或者叫“小匡山”便映入眼帘了，大匡山在北部稍远的地方。到了两座山峰之间的山口，司机把车停在一个简易停车场，里面足够停五六辆车，但那时却只有我们一辆。司机以前来过匡山，所以认识上山的路，把我的包放后备厢锁好以后，他说要和我一起出发，这很出乎我的意料。他说自己从未到过山顶，这次是个好机会。而对我来说，能有人做伴，当然好了。

山路很陡，没有遇到多少人，只迎面碰上了一位正在下山的老人，他说自己每天都这样走一圈。因为也有过类似的经历，所以我点头表示赞同。快到顶峰的时候，前面出现一座山神庙。我停下来敬他一杯酒，感谢他眷顾了年轻的李白。不一会儿，我们便到了山顶，谢天谢地，山路总算到头了，而我也累得快喘不过气了。

游完李白家乡，看到那里发生的巨大变化，我真不知道下一步要看什么了。幸好推土机到不了山顶，我可以在上面观察一下周围的地形，从而知道李白为什么要选择这样一个地方。这里的地势很平坦，适合练习各种武术。在山顶的另一边，有一座庙，是李白当年的读书台。很明显，有一段时期在中国知识分子中，啸台被读书台取代了。啸，可能对一个人的履历表没有太大作用吧，或者也无法帮助他们考科举。同时我还发现，在中国，很多的大诗人都有一块只属于他们自己的高地，在那里，他们可以更近距离地感受天地之造化。如此看来，西方诗人或许需要一些树屋。李白的读书台，无论之前是什么样子，现在只是一座简单的小庙了，里面什么也没有。外面倒是有些石碑，旁边还有一间给管理员准备的小屋。

管理员值班室的外面有张桌子，上面放着专门为游客准备的大水壶，我的嗓子渴得快冒烟了，于是忍不住连喝了三大杯。保安说水就来自于小庙后的山泉，很解渴，所以等绕到泉水旁边的时候，我向里面倒了一点酒以示感谢。过了一会儿，再次回到拱门向下望去，山脚下以前有个大明寺，李白曾经在那里过夜，如今，寺庙早已不见，而我下载的那份地图上竟然还有它的名字。

转过身，朝相反的方向望去，树木遮挡了视线。而我是多么希望看到山北面的样子呀，因为据说那里有李白现存最早的诗《访戴天山道士不遇》里描述的景象：

犬吠水声中，桃花带雨浓。树深时见鹿，溪午不闻钟。

野竹分青霭，飞泉挂碧峰。无人知所去，愁倚两三松。

这首诗大约是在他二十岁时写的，刚开始并没有收录在他的早期诗集里，后来在读书台的石刻上发现之后加了进去。很明显，李白曾在江油地区四处闲逛，他以家为根据地，白天到山里来，晚上宿在下面的大明寺。大约过了十年这样的读书、练剑、修道的生活之后，最后他决定出山了，为此，他还专门写了一首《别匡山》：

晓峰如画碧参差，藤影摇风拂槛垂。

野径来多将犬伴，人间归晚带樵随。

看云客倚啼猿树，洗钵僧临失鹤池。

莫怪无心恋清境，已将书剑许明时。

这首诗也没有收录在他的早期诗集里，也是在大明寺的石刻上被发现之后加进去的。诗里提到的树木、池塘依然存在。这首诗比任何的传记文本都更能说明年轻时的李白是一个什么样的人——目的性极强。当然，事实并不是那样的。有人调查说因为他不是纯正的汉人，

读书台

因此无法成为真正意义上的官员。在朝廷上唯一有过的职位是突厥语翻译，而且任职时间很短，大多数的时间他都用来游山玩水了。

我沿着李白的足迹一路下山，然后回到火车站，买了一张中午12点半开往成都的硬座车票。司机送我到火车站的时候，距离发车时间还有二十分钟，作为感谢，我多给了他五十元。在站台上等火车时，我的脑海里尽是李白在这个城市的身影。家里唯一和他关系密切的亲人似乎只有妹妹一个。想起家的时候，我想他可能会更多地想念那些不曾真正拥有过的亲人吧：父亲身上到底发生了什么？母亲呢？为什么李白离开江油之后就再也没有回来过？李白虽然喜欢远游，但好像在旅途中他并没有忘记亲人们。很多年以后，在某个夜晚，他写下了这首最著名的《静夜思》，我妻子在孩子小的时候就曾教他背诵过：

床前明月光，疑是地上霜。
举头望明月，低头思故乡。

李白从来不会掩藏自己的情感，这也是大家喜欢他的原因。正因为有那样的一颗初心，他才能够如此诗意张扬；但也正是因为那颗初心，他始终无法和这个物欲横流的世界达成和解。

火车晚点十分钟。就在我排队准备上硬座车厢的时候（买票时，据说只剩下硬座了），车站站长走过来，把我带到了列车长那里，让她给我安排一个软卧，她还真的照做了。她把我带到一个下铺，并让我补交了三十块钱。在这个新换的寝具上舒服地伸展四肢，太舒服了。这真是一个意想不到的惊喜，躺着躺着，我一会儿便进入了梦乡。两小时后，火车到达成都。

在中国的主要大城市里，成都是唯一一个两千年来没有改变过名字的城市。“成都”二字的意思是“真正的都城”，而它真正作为都城，则是在公元前400年，当时属于蜀国。其实在这之前，比如早在公元前1200年，它就已经是该地区的权力中心了。成都有着得天独厚的位置——既位于几个贸易商道的交叉口，又位于四川盆地的西部，那是中国最富有的农业区。

四川与周边隔开，然后形成了一个被保护之势：北有秦岭山脉，东有长江三峡，西有青藏高原，南面则有群山林立。尽管后来汉人战胜了当地的少数民族，把四川纳入中国版图，但是其文化的多样性却被保存下来。当然，就像其他地方一样，这种多样性正在被现代化的进程逐渐削弱，但是四川人依然显得与众不同，他们有自己特有的慢节奏，尤其是在成都，大大小小的茶馆比中国其他地方的总和还多，更别说修道之人的数量了。成都不仅是中国天师教的总部，而且在附近的青城山里住着成百的全真教道士和尼姑。等下次有机会再去拜会那些茶馆和道士们吧，我此行的目标是该城市里远去的诗人们。

我住在了青华路的天辰楼酒店，正对着环绕杜甫草堂的浣花溪公园大门，据说该公园占地八十英亩。

公元759年，安史之乱以后，杜甫携家眷离开长安到成都定居。刚到的时候，没工作，没钱，也看不到什么前途。时任蜀州刺史兼尚书郎裴迪是他的一位老朋友，曾和王维合著《辋川集》，他帮助杜甫建起了这座小草屋。如果说在杜甫的生命里曾有过一段田园时光，那么就应该指的是他在成都的那些日子了。

看看天色尚早，把包放在房间以后，我便一个人朝公园入口走去。早些时候，在赶往火车站的出租车上，我给我的澳大利亚朋友马丁就打过电话了。我和他是在台湾认识的，当时是1973年，我俩都在电影《义和团》里扮演澳大利亚军人。拍摄间隙，我们坐在用来当战场的荒地里聊天，当时聊起了中国。之后他搬到香港，以出口鞋子为生，或许你脚上穿着的就是，又或者你认识的人里正有人穿着。业余时间，他也会翻译一些中国小说，他喜欢偶尔尝试通过“中国”来扩展知识，增加阅历。我们相约要一起去拜访成都的一些古迹，所以，在我到之前，马丁就已经到了。

到达公园门口的时候已经是下午4点多，江油令人着迷的阳光已不见踪迹，天色渐渐暗了下来，还有一个小时公园就要关门了。再次互通电话，我们终于在杜甫草堂的门口见面了。几个世纪以来，尽管草堂不断地被修葺，但是其简朴的风貌还是被保留了下来，比如依然是茅草房顶。在最近的一次修缮中，浣花溪旁多了一张石桌，让人仿佛看见杜甫正坐在院子里寻找灵感，妻子在做饭，而孩子们玩耍于溪边。在搬新家之后，杜甫曾作过这样的一首《卜居》：

> 浣花流水水西头，主人为卜林塘幽。
> 已知出郭少尘事，更有澄江销客愁。
> 无数蜻蜓齐上下，一双鸂鶒对沉浮。
> 东行万里堪乘兴，须向山阴上小舟。

“山阴”是绍兴的旧称，位于成都以东，大约有一千英里远。杜甫幻想着能有一股力量让他沿着门前的浣花溪一路穿过长江，最后到达梦中的乐土。坐在浣花溪旁，思绪却可以信马由缰，所以这也是他的诗歌最高产的阶段。在杜甫现存的一千五百多首诗里，有二百四十首是在成都完成的，其中就有这首《江村》：

> 清江一曲抱村流，长夏江村事事幽。
> 自去自来堂上燕，相亲相近水中鸥。
> 老妻画纸为棋局，稚子敲针作钓钩。
> 多病所须惟药物，微躯此外更何求。

尽管有了住的地方，杜甫却没有收入，基本生活都是靠裴迪那样的朋友们资助的。后来，朋友严武于公元763年做了成都尹兼剑南节度使，他帮杜甫在那里挂了一个闲职，如此生活才有所改善。但遗憾的是，两年后严武去世了，他的继任者对杜甫并不怎么好。所以杜甫决定离开那里，并开始自己的寻梦之旅：沿着岷江一路到达长江，然后直接向东远去。在后来的旅程里，在他的“孤舟”里，杜甫写下了《旅夜书怀》：

细草微风岸，危樯独夜舟。星垂平野阔，月涌大江流。
名岂文章著，官应老病休。飘飘何所似，天地一沙鸥。

在杜甫乘船远去之际，我往小溪里倒了些酒，希望能助他一路顺风，我和马丁开始朝门口走去。在出来的路上，我们在公园的书店前停了下来，各自买了三卷线装大字体的木刻版杜甫诗集，我想在古时候如果能以此为伴该是多么大的一件乐事呀。毫无疑问，马丁也是这样想的。我感觉诗歌的排版和印刷就应该是如此的版式：字大，而且有很多的空间任由目光和思想驰骋，字里行间有一幅浓墨山水在薄雾中若隐若现，最后消失在思绪的尽头。

杜甫草堂

第十天

薛　涛

今天的安排比较轻松，只在城里转转，不需要再去乡下了，所以我也开始学成都人慢条斯理地做起事来。早晨坐在床上，一边喝咖啡一边浏览关于薛涛的一些记录，今天我要拜谒的诗人就是她——这位在中国诗歌的黄金时代可以与男诗人比肩的女性。薛涛出生在长安，幼年随父宦游成都。后来父亲在去外地做官的路上不幸病逝，剩下母女二人不得不继续留在成都。没有了父亲的俸禄，没人知道她和母亲是如何生活的。但早年父亲发现女儿的文学天赋时，曾大加鼓励。薛涛八岁便能作诗，后来这首诗也成为她日后营妓生活的谶语，十六岁的薛涛便开始了自己的乐籍生涯。

薛涛所属的青楼是一个专门培养女人去官宦府中侍宴赋诗的地方。毫无疑问，在这种情况下，有的女人成了妓女，而大多数则被请来展示其在戏剧、音乐和文学方面的才华。比如薛涛，因为有着过人的诗歌天赋，便很受欢迎，因此，她也成了当时很多大人物的朋友，不仅包括那些住在成都或者宦游成都的人，还包括一些从未谋面之人，那些人只因为读了她的诗，便开始给她写信。在中国古时候，要想当官必须先会作诗，而且经常是即兴作诗，如此，便出现了大量优秀的诗歌作品，尤其是那些官员们的诗作。躺在床上，我读起薛涛写给一位爱慕者的诗《送友人》：

水国蒹葭夜有霜，月寒山色共苍苍。
谁言千里自今夕，离梦杳如关塞长。

在《诗经》里，秋水边的芦苇以及盛开的芦花都是作别的意象。薛涛的才情深深打动着她的每一位座上客。

从某种意义上讲，薛涛对“远离”似乎更有切身体会。由于无意中得罪了某位高官，薛涛曾经被驱逐出成都，究竟是她本人冒犯了那位高官还是受了别人的牵连，这一点无人知晓。在流放地，薛涛赋诗两首寄韦皋，即《罚赴边有怀上韦令公》，这是其中的第二首：

闻道边城苦，而今到始知。
羞将门下曲，唱与陇头儿。

薛涛的流放地位于西藏松州以北两百公里处，那里冬天极其寒冷，夏天又异常炎热，生存条件非常艰苦。然而，她也并非是孤立无援的，大约不到一年的时间，在一位政府官员的安排下，薛涛得以重返成都。

除了高官，薛涛的朋友里还有很多人是著名诗人，比如杜牧、白居易以及元稹等。有些学者甚至认为薛涛与元稹关系暧昧，应该属于情人关系，但是始终没有找到证据来证明这一猜测。然而，在他们的书信往来以及诗文唱和中，两个人都表达出了对彼此才学的赏识之情。在《寄旧诗与元微之》中，薛涛以元稹的别号称之，可见二人关系之密切：

诗篇调态人皆有，细腻风光我独知。
月下咏花怜暗淡，雨朝题柳为欹垂。
长教碧玉藏深处，总向红笺写自随。
老大不能收拾得，与君开似好男儿。

当然，诗是写给元稹而非元稹之子的，但是这样说似乎又显唐突。

才貌双全的薛涛最终被韦皋请到帅府侍宴赋诗，招待来来往往的要员，而她也未负众望，工作做得很出色。韦皋对她的才情十分肯定，于是上书给皇帝，请求让薛涛担任校书郎一职，然而这个职位一般是专门留给那些极具文学天赋的男人们的，而她只是一介女流，所以提议最后被否决了。但是，从此她却得到了一个“女校书”的称号。如此的褒奖，让她不得不重新思考自己的身份，如《犬离主》中所写：

驯扰朱门四五年，毛香足净主人怜。
无端咬著亲情客，不得红丝毯上眠。

当然，薛涛也会咬人。最后，由于厌倦了华堂绮筵的周旋以及出于自己暧昧身份与处境的考虑，在攒下了足够的本钱以后，薛涛选择退出官妓生活，成了一个独立自由的人。她甚至还在百花潭买了一处房产，与杜甫草堂相距不过一箭之地。

薛涛还以手工红笺而著名，在她写给元稹的诗里曾提到过这种红色小笺。很多人都以在红笺上题写自己的诗歌为荣。我一直在想，她之所以在百花潭买房子，大概就是因为锦江地区的造纸业比较发达吧，我甚至还怀疑制笺可能是当年薛涛与母亲相依为命的生计，这也正是她为什么如此善于制笺的原因吧。

遗憾的是，当我想用她生活的线索去完成“一幅织锦”时，却发现：这里有太多的“线头”让人无所适从。比如，我们知道她是一位道教信徒，却不知道她平时如何修炼，而只能从她与朋友及仰慕者的诗歌酬唱之中去寻找蛛丝马迹。薛涛去世以后，有人编写了《锦江集》，里面收录了她的四百五十首诗，然而最后一版却在七百多年前就失传了，这使得她流传下来的诗歌不过一百首。

除了文稿的丢失，薛涛的生平记录如今也不知去向。在薛涛死后第二年，第二次赴成都任剑南节度使的段文昌为薛涛撰写了墓志铭，里面记述了她的生平。早在第一次赴成都任职时，段文昌就与薛涛有过来往。墓志铭刻在石碑的背面，然而关于那块石碑，或者说薛涛的墓地，人们至今也不知下落。一想到这些，我便忍不住下床了。

与马丁会面后，叫了一辆出租车，我们便一起开始了寻找薛涛墓的旅程。总结几个世纪以来那些曾声称拜访过薛涛墓地的人的记述，一些学者认为她被葬在成都东南方向。唯一有准确位置的记录是来自清人编纂的两版《华阳志》，两版都说薛涛葬在一个叫薛家巷的地方。当地的历史学家曾寻找过该地，但无功而返。让人不可思议的是，当我从网上下载成都市地图的时候，在东南部恰恰就看到了这个地名。所以，这就是今天我和马丁要去的地方。

从市中心出来，我们沿着驿都大道向东直接开往郊区。在该路与G4201绕城高速交叉口向南转到龙城大道，行驶六百米后，向东转到一条公路上。这是一条新修的公路，上面没有任何路标。司机称这里是大面中路，取自于附近村庄的名字。大约又走了六百米，我们终于到达了目的地。根据我的地图以及马丁的 GPS 显示，薛家巷应该就是这里。

一下车我们便到处找人问路。一位荷锄的农民说沿着斜坡走下去，中间的一大片空地就是，在它的周围，人们同样在忙着大兴土木。很快，就有十几个人跟我们一起穿过藤蔓覆盖的碎石和土堆来到空地上。让人奇怪的是，似乎这里的每个人都知道薛家巷，为什么当地的历史学家们却找不到呢？我想答案已经不重要了。薛涛墓就在这一片空地的某个地方，也许不久就要被推土机铲平了。我希望能看到桃树，因为据说她的墓前栽满了桃树，但这里什么树也没有，更别说桃树了，只有大片的碎石以及一些小棚屋，而且因为要盖大楼，这些小棚屋也会很快被清理出去的。

后来，人们说这里的人都姓薛。他们的家庙在三个月前刚被推平，祖宗的牌位被迫迁徙到了别的地方。我估算了一下，这里大概有一百英亩，在接下来的三个月里也将被夷为平地。最后，那位荷锄的农民带我们来到了现存最早的墓地前，大概有两百多年的历史了。就目前情况来看，在这里应该是祭奠薛涛最合适的地方了。倒完三杯酒，我决定这次不读薛涛的诗，而是读一位来自异域的薛涛崇拜者的作品，这位作者名叫威廉姆·霍里斯，他的长诗名为《吟诗楼》，开头是这样写的：

始终无法想象那些年，
将军微笑着听你歌唱，
而诗人们千里迢迢而来，
也只是为一睹芳容。

多年以后，
当人们不再需要你，

不再需要你半夜起身，
去安抚一位新近上任的官员。
我在看着你，
在凉亭的阴影里，
看你坐在阳光下，
在鲜艳的纸笺上写诗。

我在看着你。
当年轻的诗人带来诗集，
里面写满精美的小诗，
而我却不在其中。
我已经老了，
呼吸短促到无法完成一个诗行。

当你走近，请你倾听，
空气的颤动以及百合花开的声音，
那弥漫在花园里的芬芳，
如你披在我肩上的围巾，
散发出的浓烈而持久的麝香。

让我把它放进一个盒子吧，
连同那些写给你的诗。
当世界变成一幅水墨，
被人卷起高悬于角落，
群星升起，
将会再次把它点亮。
…… ……

这首诗还没有完，但是我想这已经足够了。我希望薛涛能够地下有知，能感觉到她依然被爱着，被崇拜着，甚至是在荒蛮的日落之地。在薛涛族人的墓前洒了些酒后，我把剩下的一饮而尽。在和那些农民道别的时候，他们似乎对我的这个小仪式很感兴趣。

薛涛后人墓

司机把我们送回市中心时，已经将近中午了，马丁和我与峨眉电影制片厂的厂长何世平中午有个饭局。何先生正在制作一部关于终南山隐士的纪录片，我应邀做该片的顾问。在吃过一顿非常丰盛的午餐之后，他的助手让我们看了一些镜头，十分感人。尽管峨眉电影制片厂是中国最大的电影摄制机构之一，我还是要求他们把剧组人员减到三个，他的回复更让我满意——只有两个人。他们通常是支起摄像机以后就走人。从这些镜头来看，他们应该是已经获得了被采访者的信任，他们也很小心地不去干扰那些隐士们的生活。我想，大概这也是纪录片的制作技巧吧。

看了一个小时的镜头之后，我和马丁开始前往今天的最后一个目的地——望江楼。在某种程度上，成都人，或者至少是成都政府希望对于薛涛的居住地加以最终确认，就如同对杜甫草堂的确认一样。很多年来，薛涛在这个城市的很多地方都曾居住过。其中有一处是属于她自己的房子。而当地政府确定的是锦江边上一个距离百花潭下游稍远点的地方。

没用几分钟，我们就走在了这座为纪念薛涛而建的公园里——望江楼公园，占地大概有三十英亩，里面有薛涛的粉丝们希望看到的一切：一座纪念堂、一座陈列馆，里面展示着著名的红笺、制笺的水井、一座虚坟，人们可以在坟前烧香敬酒。在公园最里面有一座小楼，称

望江楼

为“吟诗楼”，这座楼后来成了她的那位美国崇拜者的诗歌的名字。

我和马丁穿过一个又一个竹林，它们也各不相同，有的细如铅笔，有的粗如大腿，有的短如芦笋，有的高如棕榈；当然还有黄的、黑的、带条纹的，以及浓绿的。门票上说这里有两百多种竹子，薛涛喜欢竹子，她曾经沿着岷江一直走到与金沙江的交汇处，只是因为听说那里有一座竹郎庙，便要去祭拜。

薛涛之前的一千多年前，一位妇女正在河边洗衣服。这时候，有一段竹子漂过来，仔细一听，里面似有哭声，于是她一把抓住那节竹子，打开一看，里面竟然有一个小孩。她把孩子带回家，像对待亲生儿子一样将其抚养长大。孩子后来成了夜郎国的国王，也就是竹王。这个故事在薛涛的《题竹郎庙》有所体现：

竹郎庙前多古木，夕阳沉沉山更绿。
何处江村有笛声，声声尽是迎郎曲。

太阳下山了，这是朝圣之旅中最轻松的一天，也许我应该多做一些这样的安排。

第十一天

杜甫、陈子昂

日出而作，日落而息。太阳升起来的时候刚刚 6 点，我也就跟着起床了。今天的安排比较耗时，所以我起了个大早。首先，我需要去赶开往三台的第一班长途车。三台位于成都东北一百五十多公里处。汽车沿着古道向北到达德阳，然后向东穿过一座山，最后到达另一面的盆地地区。长途车开出不久，我就戴上了一顶针织帽子，这样，当我把头靠在窗户上时，就不会感觉太晃动了。我还没睡醒呢，既然车上可以睡会儿觉，为什么非要让自己困着呢？

车行驶在山路上的时候，也许是出于自我保护的本能，我睁开了眼睛。虽说是双车道，但是在盘山转角之时，我们的车需要不时地占到另一条车道上，所以还是相当危险的。但这里景色还是比较怡人的：山坡沐浴在一片阳光之中，上面满是冷杉和竹子，山谷里晨雾弥散，农田时不时地映入眼帘。还有很多蜂箱，要是没有蜜蜂，我们的生活又会怎样？在公路平直的地方，有山民在卖柚子，它们应该是柑橘家族的奶奶辈了。我喜欢柚子，是因为在吃的时候不至于弄得手上、胡子上都是汁液。我记下来：下次坐车之前一定买个柚子。

一进入盆地，森林便不见了，取而代之的是稻田。水稻已经长成，农民们有的在收割，有的在院子里晾晒，还有人在地里燃烧成堆的稻草，正是农忙时节，需要男女老少齐上阵。离开成都三小时后，我们到达了三台，此时刚过上午 10 点。

之所以要在三台停留，是因为我想再次拜谒杜甫。在把包裹放在车站行李寄存处以后，我便打了一辆出租车，直奔梓州公园而去。梓州是三台的旧称，公园里有杜甫的另一座草堂。公元 760 年，杜甫定居成都；但在公元 762 年，他不得不来到梓州避难。那年成都发生叛乱，杜甫正去城外送一位朋友。成都当时属于西河地区，梓州则属于东河，这两座城市在四川西部都属于主要的管理中心。因为已经无法再回成都了，梓州就成了杜甫最好的选择。在当地一位官员的帮助下，

梓州公园杜甫像

诗史堂

他在那里逐渐站稳了脚跟。这件事在《相逢歌赠严二别驾》里有明确的记述：

我行入东川，十步一回首。
成都乱罢气萧飒，浣花草堂亦何有。
梓中豪俊大者谁，本州从事知名久。
把臂开尊饮我酒，酒酣击剑蛟龙吼。
乌帽拂尘青螺粟，紫衣将炙绯衣走。
铜盘烧蜡光吐日，夜如何其初促膝。
黄昏始扣主人门，谁谓俄顷胶在漆。
万事尽付形骸外，百年未见欢娱毕。
神倾意豁真佳士，久客多忧今愈疾。
高视乾坤又可愁，一躯交态同悠悠。
垂老遇君未恨晚，似君须向古人求。

杜甫在三台的时日加起来也就二十个月，但就在这些日子里，他却写了一百四十多首诗。当年他居住的地方前面就是现在的三台高中逸夫科技楼。房子早已不见，然而在明朝时，当地官员为了缅怀这位伟大的诗人，在牛头山仿建了一处杜甫故居。就在距离原址一公里以西的山上，而那座山也是杜甫生前常常光顾的地方。

司机把我放在了南面的山脚下，于是，我独自一人沿着一条迂曲的山路到达了山顶。那里有一处建筑群，就在穿过拱门到主厅的时候，我的目光被远处的一座屋子吸引了，上面写有“诗史堂”三个字，这可真是太棒了。我正想要多了解一些杜甫在三台的生活呢，与诗史堂邂逅无疑是意料之外的惊喜。天哪！门竟然锁着！拿钥匙的人不在！官僚主义作风真是处处可见，一些责任和权利总是会被某些特定的人群专享，尤其是那些专门负责拿钥匙的人。

诗史堂是进不去了，我只好继续在庭院里逛着，最后终于在“听莺馆”停了下来。这是为了纪念杜甫那首《上牛头寺》而建的：

青山意不尽，衮衮上牛头。无复能拘碍，真成浪出游。
花浓春寺静，竹细野池幽。何处莺啼切，移时独未休。

这座公园几乎占据了整个山顶，景观是围绕杜甫在此地所作的诗篇设计的。紧挨着听莺馆是“野池”，野池中矗立着杜甫的汉白玉全身雕像，这位诗人正注视着一只黄莺，就像它正在唱歌似的，而我却什么也听不到。牛头山位于城市的中央，几乎听不见蝉鸣。在“独醉楼”旁，我向池子里倒了一杯酒——敬杜甫，我自己也喝了一杯。这样，我的三台之行也就画上一个句号了。

我没有顺着原路返回，而是顺着台阶直接走到北面的山脚下。这里是这座城市的主要交通路口。不一会儿，便有一辆三轮车载着我去车站了。三台之行只花了一个小时，这使得我有可能在天黑之前就到达安岳。但是我需要先去射洪。取完包以后，发现开往射洪的下一趟车将在一小时后发车，如果在平常，这没问题，但是今天不行。于是我又回到外面，开始在路边等出租车。当我告诉司机目的地的时候，他说一百二十元就够了。他要价很低，而我知道当我们到达目的地的时候，他还会涨价的，但是我想，即便这样，我也认了。这一天有很多事要做，时间能省就省吧。

从三台出来，我们沿着205省道向东南驶去，涪江时隐时现，路上车辆不多，路况也很好。出租车辗转着穿过一片片山林，经过一座座村落。尽管只是惊鸿一瞥，乡下的风景还是能引人生出很多遐想来的。射洪距三台只有五十公里，半路上，就在开始与涪江并行的地方，我们下车了。

在去射洪的路上，我需要中间停两次车。第一次就是在位于公路与涪江中间的金华山。山脚下有个停车场，但是如果多交十五块钱，便可以把车开到山顶上去。在快到北面顶峰的时候，我让司机停了下来，因为我看到了要找的指示牌，上面说在公路的对面就是陈子昂的读书台。很明显，到唐朝的时候，啸台已经成了历史，那些买得起“独立空间”的人开始修炼一种更接地气的艺术——他们不再啸，而是开始读书了。下了车，在我眼前出现了一座全新的建筑，被一面很长的红色院墙包围着。

陈子昂是唐朝第一位伟大的诗人，看到他被人尊重，是一件很让人欣慰的事。他出生在距离射洪几里外的地方，父亲在当地是一位德高望重之人。虽然从祖宗那里继承了很多财产，但是他似乎并不醉心于积累更多的财富，而是乐善好施，潜心修道，并极力钻研炼丹之术。父亲的想法影响到了儿子——年轻时，和李白一样，陈子昂曾梦想做一名侠客去除暴安良。也和李白一样，他最终弃武从文。他的读书台就在山梁上。涪江对面，是陈子昂父亲修炼长生不老术的地方。

陈子昂的祖先一定是对皇室有过丰功伟绩的，所以当他二十一岁来到长安时，直接进入了当时只招收贵族子弟的最高学府——国子监学习。里面共有五百名学生，入学年龄几乎都在十四岁到十九岁，稍大一点的学生都是靠“关系”进来的，比如二十三岁的韦应物就是通过这样的渠道入学的。本来要求学生必须修满六年才能参加科举考试，但是陈子昂认为自己不需要那么长的时间，于是通过“关系”两年后就参加了考试。虽然有几位高官对于他的学识与能力大加赞赏，但他最后还是落榜了，“关系”在这里没能起作用。羞愧之余，陈子昂愤然回乡，在金华山上建了读书台，开始潜心读书。五十年后，就在涪江上游，李白也做了同样的事情。然而，李白在相对与世隔绝的状态下生活了十年，而陈子昂则只待了两年，看来他是一个急性子。

陈子昂当年学习的地方如今已对外展出，成了一座纪念馆，这点也和李白的境遇极其相似。主厅里面，矗立着他的石膏像；紧挨外墙的画廊上则题满陈子昂的诗作，这些作品都是在最近几十年里由一些书法名家写上去的。人们从这里就可以看到涪江对面的花园、亭台，那里是陈子昂父亲修炼的地方，而我则希望自己能看到更多别的东西。尽管陈子昂在唐朝很有名望，但是对于他的个人信息，世人却知之甚少。对于他的诗，我曾经拜读过一些相关注解，当然那些注解也不错，但却一直没买到那种对其专门进行注解的书，也没有买到他的诗集。回到公路上，我沿着山梁又走了两百米，来到顶峰南端的道家别院，

陈子昂读书台

这里以山为名，称为“金华观”。

为了发展旅游经济，该地已被有关部门清理出来，但是仍有人住在里面修行。这里一共住着十八位全真教的道士。其中一个比较年轻的道士告诉我说这里很适合修行，除了周末，平时没有多少游客来。然后他很快又补充说也正是那些游客的供养才让他们的生活得以维系，所以政府对金华山进行旅游开发是一件好事。今天就是周六，然而整条山梁上我只看到了五六个人，那天不可能有多少香火钱，我自己也只花了十块钱为陈子昂点了炷香。

陈子昂有一首诗叫《春日登金华观》。道教的寺庙一般称为“观”，因为那些建庙的人总会在建筑群里造一座塔，以观天象。在道教的思想里，天道与身体的运行是一个道理，因此，如果有人想要像赤松先生一样修长生术，就必须学习天象知识，以便更好地了解自己的身体状况。这很重要，世上只有一个“道”，而天空运行状况往往比身体里的能量流通更容易让人看清楚。这就是那首诗《春日登金华观》：

白玉仙台古，丹丘别望遥。山川乱云日，楼榭入烟霄。

鹤舞千年树，虹飞百尺桥。还逢赤松子，天路坐相邀。

在金华观后面的公路上，有一张石桌，标志着那里曾是读书台的原址。就在那张石桌之上，陈子昂写下了《春日登金华观》，当然还有别的诗。虽然陈子昂也研究道教文本，但是他主要的精力还是放在了准备科举考试以及儒家经典的学习上。两年以后，他决定出山一试。

与此同时，唐朝的都城由长安迁往了洛阳，因此公元684年，他去了洛阳考试，这次，他通过了。当然，即便考过也不一定就意味着会立刻有一个职位。很多成功考过的候选人为了一个任命，有时一等就是好几年。然而陈子昂不想等。他斗胆给朝廷上了一道奏折，奏折内容与新近驾崩的皇帝的葬礼有关。这样的行为再一次证明，他不只是一个待诏的准官员，而且还是一个有“关系”的人。他在奏折中陈述举办奢华葬礼会给百姓带来负担。虽然遭到了否决，但是却给皇太后，也就是刚去世的皇帝的妻子留下了深刻的印象。她命令陈子昂就这个问题再深入地写下去，甚至将他官授麟台正字，并亲赐纸、笔。在接下来的几年里，他不停地提交一道又一道奏折。在以后的几百年里，他的散文风格也成了很多人效仿的对象，如韩愈、柳宗元等。

除了奏折以外，陈子昂也开始写诗了。即便是诗，他的个人风格也是十分明显的。他非常反对当时的那种过分修饰且满是幻想的诗歌，提倡简朴而现实的诗风——他的那首关于逢赤松的诗应该算是一个例外。中国文学批评家们曾称他为“现实主义的奠基人”，尽管有些言过其实,但是这也从一个侧面说明他作为诗人的重要地位。在他的作品里，比较著名的就是三十八首《感遇》，与阮籍的八十二首《咏怀》在风格和意境上极其相似。他的第三十五首作于公元686年，当时陈子昂被派往内蒙古参与平定匈奴叛乱。尽管只在那里待了几个月的时间，但是这已经足够让他走到丁零塞，爬上单于台，然后，通过写诗来批评朝廷的边疆政策：

本为贵公子，平生实爱才。感时思报国，拔剑起蒿莱。
西驰丁零塞，北上单于台。登山见千里，怀古心悠哉。
谁言未忘祸，磨灭成尘埃。

中国有句老话，叫“居安思危”，对于朝廷反复犯错而不自觉，陈子昂无法抑制自己的情绪，所以一回到洛阳，他就把那种情绪写进了奏折，但是朝廷没有任何回应。除了批评朝廷错误的边疆政策外，他还上奏折反对对朝廷官员和皇亲国戚执行死刑。这些奏折同样石沉大海。

然而，有一道奏折，朝廷并没有置若罔闻，那是一个回复皇太后如何规范宇宙原始能量的建议。皇太后认为自己是一位仙人，是专门来规范世界秩序的，洛阳南部有一尊毗卢遮那佛，据说就是根据她的样子雕刻的，每年都有上百万的游客去那里拍照。她看上去和蔼可亲，但是事实上，几乎没有比她更无情的帝王了。

根据她的要求，陈子昂提出应该在东都洛阳建造一座明堂，通过一些特定的仪式实现能量的和谐。这座明堂是根据一千多年前的《礼记》中的有关记载而提出来的。书里说，明堂是一个结构简单的茅草屋，但是皇太后对茅草屋不感兴趣，她要用木头和石瓦将之建成一座不朽的建筑。极为讽刺的是，当我在一周前去洛阳时，竟发现了一座新的钢筋水泥结构的明堂。时隔十三个世纪之后，就在原址，在我所住的宾馆的不远处，一座不朽的建筑又将矗立起来。

皇太后为什么能接受陈子昂关于建造明堂的建议，而对于禁止囚禁迫害朝廷官员以及皇亲国戚的建议充耳不闻呢？原因很简单，因为她是一个妄自尊大的人。公元690年，在铲除了所有的异己之后，她登上了大唐的皇位，成了中国历史上的第一位女皇帝，她就是女皇武则天。幸运的是陈子昂在几个月后就离开了洛阳，他的继母去世了，需要回家守孝两年，他再一次选择住在山里，而不是射洪。这一次，尽管也研究儒家经典，但他却把主要精力放在了修道和炼丹术方面。在他的《感遇》第五首里充分地展示了当时的所思所想：

> 市人矜巧智，于道若童蒙。倾夺相夸侈，不知身所终。
> 曷见玄真子，观世玉壶中。窅然遗天地，乘化入无穷。

尽管有过道家的修炼，陈子昂还是没有离开，也没有进入另一个领域——比如研究水晶或者其他东西。两年后守孝期满，他又回到了洛阳，却发现情况变得越发糟糕了。由于对朝廷不满，他开始研究《易经》，但是研究《易经》并不能阻止一些事情的发生。因为一些说不清的原因，陈子昂被监禁了一年多的时间。被释放时，他十分感谢女皇的宽宏大度，表示自愿参加北上军队，抗击契丹入侵。

从洛阳出发，陈子昂一路向北，加入了幽州（今北京）的皇家军队，军队当时由女皇的一个侄子领导。意识到裙带关系的弊端时，他的爱国热情不久就消失了，他甚至公开批评这位侄子的作战策略。看到国家的命运掌握在这些人的手里，失望之余，他写下了这首著名的《登幽州台歌》：

> 前不见古人，后不见来者。
> 念天地之悠悠，独怆然而涕下。

这位女皇的侄子通过安排他做一些书记工作而不断对之进行排挤，无奈之中，陈子昂开始把注意力转向诗歌，坐等战争结束。四年以后，战争结束了，他回到了洛阳，但是情况并没有什么好转。公元699年，陈子昂请求回乡照顾生病的父亲。感觉到自己可能永远都不会回来了，于是他给皇帝上了最后一道奏折，请求朝廷修改对四川的一些政策。和以往一样，这道奏疏再次石沉大海。

陈子昂与父亲的相聚时光是短暂的，在他回来后不久，父亲就病逝了。后来，就在同一年，在女皇另一位侄子的授意下，当地的地方官编造了一个罪行，将他再次囚禁起来，并施以各种折磨，他并没有熬过去，死后被葬在了读书台以南的独坐山山脚下。对于一个极富才华的人，一个热心想改变周围世界的人，遭到这样的结局很让人痛心。他的墓地就是我接下来要去的地方。我给司机看了一下地图上所标注的位置，看了一下我们要走的路程，他开始摇头了。我认为摇头是必然的，于是告诉他不要担心车费，我会根据路程加钱的——这个很奏效。下山以后，我们便开始前往陈子昂的墓地了。

回到公路上，穿过金华山山脚下的村子，汽车一路向南驶去。通过最后一幢楼的时候，向东转，穿过一座横跨涪江的桥，在另一端再向南继续前行，最后公路变成了土路。小心翼翼地行驶了几公里以后，我们到达了龙宝村。在这个村子的另一头，有条修好的公路直通山上的佛堂。我们想，可能那里就是独坐山吧，于是沿着公路直接把车停到了佛堂外面。结果发现这里是一座尼姑庵，尼姑们正在吃午饭。她们邀请我一起吃点，我拒绝了，并表示好意心领了，然后告诉她们我正在找陈子昂的墓地。一位女信徒告诉我墓地就在山脚下，她很乐意亲自带我们去，反正她也要下山的。回到车里，她坐在了前座，而我则换到了后座。她说这座山叫龙宝山，不是独坐山。或许这只是当地叫法吧。到达山脚以后，我们又被带回了村子。走了不到一分钟，她指着右边的一堵墙说墓地就在里面，可以穿过村里的小学进去看看。

下车以后，我直接朝入口走去，遗憾的是大门锁着，墙又太高，我爬不上去。女信徒看我进不去，就指给了我另一个地方，那里的围墙不是很高，垫上一些石头，站在上面，便能轻而易举地翻过去。翻墙之后，我突然发现自己正身处于最不寻常的一座墓地前。它大约有两米高、十米长的样子，野草早已覆满石棺。根据上面的文字记载，这里应该就是最初的那座墓地了，但是周围的地方却是在 1999 年修建的。如果真是那样的话，1999 年以后应该就再也没有人来过这里了。我清理出一块地方，摆好三个酒杯。与唐朝其他诗人不同，陈子昂在诗歌里没有提到过喝酒，我想他可能更喜欢喝草药吧，但是没办法，我只有酒。

公元 762 年夏天，也就是陈子昂去世六十年后，杜甫从成都向北来给几个朋友送行。临别之时，他写下了《送梓州李使君之任》，在诗的末尾，他写道：“遇害陈公殒，于今蜀道怜。君行射洪县，为我一潸然。”后来，在同一年冬天，杜甫亲自登临金华山，在陈子昂读书台前忍不住“泪潸然”。然而，我不能确定他是否来过这里的墓地。

当陈子昂犹豫着该如何饮尽这杯来自肯塔基州的“仙药”时，我正穿过那些蔓生的植被环视四周。我想这里应该曾经是一座很大的纪念公园，里面有围栏、亭台、石狮子，甚至通道上还有一些小桥，那条通道向东伸展出去，有一百多米的样子。很明显，陈子昂还有其他崇拜者，除了我，那天的访客还有蝉、青蛙和燕子。我又重新回到他的墓地前，读起《感遇》第二首。在这首诗里，他把自己比作森林里最芬芳的一种植物：

兰若生春夏，芊蔚何青青。幽独空林色，朱蕤冒紫茎。
迟迟白日晚，袅袅秋风生。岁华尽摇落，芳意竟何成。

我把一杯酒代表杜甫洒在了陈子昂的墓碑上，一杯酒代表我自己，洒在了他的石棺上，接着喝掉了最后一杯。之后，按照原来的方法翻过墙，我又回到了出租车里。二十分钟后，我们便到了射洪车站。安岳是我今天最后的目的地，但是没有直达车，需要在遂宁换车。我终于在晚上 6 点前住进了安岳宾馆。

陈子昂墓

第十二天

贾岛、韩愈、无可禅师

我之所以在安岳过夜是因为贾岛，他写过一首我最喜欢的诗《寻隐者不遇》：

松下问童子，言师采药去。
只在此山中，云深不知处。

非常简洁，也非常自然，这首诗在中国几乎家喻户晓，甚至有些外国人也会背诵。当然，寻找隐者，也就是诗人，是我此次朝圣的目的。现在不是贾岛去寻隐者，而是我来寻贾岛了。安岳虽然不是他的出生地，但是他死后被葬在了这里。贾岛出生在周口店，也就是发现北京山顶洞人的地方。对于他的童年，我们知之甚少，只知道当年他家里很穷，父母实在没办法才把他送给了无相寺的和尚抚养，他的一个堂弟也被送到了那里。当时这两个孩子很可能还不到十岁。

十九岁，到了受戒的年龄，方丈赐贾岛法号“无本”，赐其堂弟法号“无可”——两个名字均来自佛教中的教义，即不要随性产生分别之心：无眼耳鼻舌身意，该句取自《般若波罗蜜多心经》，寺庙的名字“无相”也是由此而来。把孩子送到寺庙抚养有一个好处，那就是可以接受一定的教育。为了完成每天的念经课业，和尚或尼姑都需要识字。除了念经和祷告，两个孩子应该还学了诗歌，毕竟大多数的佛经里面都包含诗篇，甚至有的全部由诗篇构成。尽管我们没有他们的早期作品，但是贾岛及其堂弟都是公认的神童，他们也都以诗歌著名。据说兄弟俩一旦写了诗，都会寄给对方看。

二十一岁，贾岛随方丈云游洛阳和长安，并设法见到了当时的四大诗人——孟郊、韩愈、姚合、张籍，不久即回。时间虽短，但那次会面还是给了他很大的启发，他开始与这些人往来书信，后来，又只身去洛阳拜访过几次。

公元 810 年，三十二岁的贾岛最后一次离开无相寺，前往长安，因为姚合和张籍都在那里。初到长安时，贾岛寄居在青龙寺，这是当时城里最大的一座寺院。然而，由于决定还俗，所以他在那里实际上并没有待太久。后来在张籍家的隔壁，贾岛找了一处房子住下，这多少带点讽刺意味。和韩愈一样，张籍也是一个彻头彻尾的儒生，虽然不如韩愈那般在朝廷上公开反对佛教和道教，但是他对佛教与道教弟子的反感也是人尽皆知的。还俗标志着贾岛写诗生涯的开始。

与李白一样，贾岛也曾做过侠客梦，但他的武器不是长剑，而是文字。在他脱掉僧袍不久，就写下了《剑客》一诗：

> 十年磨一剑，霜刃未曾试。
> 今日把示君，谁有不平事。

贾岛后来的追随者们很赞赏他这种纯净的心思和远大的志向，当然最赞赏的还是他的诗歌。四年后，孟郊去世时，韩愈专门写了一首《赠贾岛》：

> 孟郊死葬北邙山，从此风云得暂闲。
> 天恐文章浑断绝，更生贾岛著人间。

虽然贾岛的诗歌才华很快得到了大家的认可，但是他首先需要活下去，诗歌是不能换钱的。做和尚的好处之一就是吃住不用花钱，但作为一个俗人，他必须想办法先找个营生糊口，于是他开始断断续续地做一些文书工作。贾岛甚至还专门准备了科举考试，希望能以此改变命运。但是第一次科考他落榜了，要不是那些朋友，尤其是姚合的帮助，或许贾岛早就饿死了。

根据早期的生平记载，虽然贾岛在公元 822 年通过了科举考试，但却没有得到什么任命，所以只能继续依靠朋友们的接济生活。娶亲之后，他和妻子在姚合位于长安东北部的田庄上住了几年。之后，他的生活发生了彻底改变，转折点便是“甘露之变”。

很多年以来，朝廷一直宦官专权。公元 835 年，唐文宗企图通过诛杀宦官将权力夺回来，但是计划暴露，直接导致成千上万的官员及其家眷被杀。这场惨烈的流血事件一直持续了几个月，政府职能在以后的数年里几乎完全瘫痪。贾岛在这次事变之后以诽谤之罪被抓了起来，至于是诽谤宦官还是诽谤皇帝一直无人知晓。要不是令狐楚从中周旋，恐怕贾岛早已被杀。令狐楚曾在唐宪宗元和年间担任宰相，并且在“甘露之变”期间以及之后设法控制了政府的执法机构。之所以名为“甘露之变”，是取自于“石榴树上天降甘露，可谓祥瑞之兆”的说法，实际上是指皇帝的一次密谋——他在殿外安排下伏兵，准备袭击前来的宦官。

尽管最后证明贾岛并没有卷入这场事件，但他还是受到了责罚。公元837年，贾岛得到了第一个正式任命，被派往四川任遂州长江主簿。他需要穿越秦岭山脉，也就是我在拜访李白故乡途中于睡梦里穿越的那座山。到达梓州之前，长江（遂宁）尚遥不可及之时，贾岛写了一首诗，并寄给了令狐楚，即那位从刑场上将他救回来的人。诗的名字是《作赴长江道中》：

策杖驰山驿，逢人问梓州。
长江那可到，行客替生愁。

尽管当时令狐楚已重病缠身，并且不久就去世了，但是在收到贾岛的诗以后，还是以诗回复了他。诗由他的秘书，也就是大诗人李商隐代笔。令狐楚考虑得很周到，还随信寄去了一套暖和的衣服。等贾岛到长江的时候，那套衣服至少可以在第一个冬天派上用场。贾岛在那里待了三年，然后迁到安岳，任司仓参军。就像在长江一样，贾岛实际上并没有多少事做，于是他花大量的时间去山里远游，并以所见之景入诗，如《夏夜登南楼》：

水岸寒楼带月跻，夏林初见岳阳溪。
一点新萤报秋信，不知何处是菩提。

前一天大约在太阳下山的时候，我已入住安岳宾馆。一切安排妥当以后便步行来到了诗中所提到的小桥附近，南楼已经不见，据说是在1958年“大跃进”时期被毁了。我在街边小吃点，也就是原来小桥所在的地方解决了晚饭问题。已经到了秋天，早已不见萤火虫的踪迹（至少没有专门为我飞来飞去的萤火虫），所以天黑之前我就上床休息了。

就在写下那首诗的第三年，朝廷升贾岛为普州司户参军，可惜他未受命而身先卒。无论如何，他毕竟活到了六十五岁，并在诗歌方面取得了卓越的成绩。妻子将他葬在安泉山，距离安岳西南大约一公里。早晨，喝完咖啡，我便结账离开宾馆去外面找出租车了。安岳出租车不多，所以等了很长时间才等到一辆，但是里面还有一个人，司机说让我先上车再说。很明显，在安岳人们可以拼出租。在把前面那位乘客送到目的地以后，我才算正式出发了。司机掉头沿着外南街朝城外驶去，路面磨损严重，一路坑坑洼洼，好在走得并不远。我算了一下距离，从南门桥出发（也就是以前南楼的所在地）一共走了1.3公里，我以前去过那里，所以认路。

我让司机在几栋砖混结构的建筑旁停了车，那里主要是修理卡车和生产钢筋预制品构件的地方。在其中的两栋建筑中间有一条小道直接通向了西面的农田，我穿过一片片玉米地、红薯地以及柠檬树林（这个地方盛产柠檬），来到山上大约两百米的地方，向北转到了另一条路上，那条路直通安泉山的南坡，走了不到一百米，便来到墓地前。迎接我的依然是那条牧羊犬，之前来的时候，它就已经在这里了，白天由一条链子拴着守在墓前，为的是防止盗墓贼前来盗墓。我一靠近，它就叫了起来；但是当我朝它伸出手的时候，它竟突然安静了。整天被拴在这里，它一定寂寞极了，命运这东西很残酷。要是真有人想盗墓，哪里会在白天来呢？但这至少表示当地政府采取了一些保护措施。他们甚至还在有石碑和历史标志的地方搭起了一个棚子。我绕过棚子，顺着台阶直接来到墓前。墓地上杂草丛生，我想可能政府每年只会在清明节派人来这里打扫一次吧。清明节在早春四月，而我是在九月来的，所以上面早长满了各种藤蔓和野竹，要想走到墓前，确实需要费一番周折。

从他的诗歌来看，贾岛似乎不怎么喝酒，我想这可能与他所受的佛门戒律有关。但我还是为他和自己各倒了一杯，然后读了一首《病蝉》。在中国，因为蝉破土以后会蜕掉一层皮，所以一直是重生的象征。亲人们经常会在死去的人嘴里放一只玉蝉，希望其早日获得重生。贾岛的那首诗是这样写的：

病蝉飞不得，向我掌中行。折翼犹能薄，酸吟尚极清。
露华凝在腹，尘点误侵睛。黄雀并鸢鸟，俱怀害尔情。

我把自己那杯酒一饮而尽，并把贾岛的那一杯洒在了墓前沾满露珠的野竹上，然后读起另一首诗。这首诗不是贾岛的作品，而是那位与他一起长大的堂弟无可写的《吊从兄岛》：

尽日叹沉沦，孤高碣石人。诗名从盖代，谪宦竟终身。
蜀集重编否，巴仪薄葬新。青门临旧卷，欲见永无因。

我轻轻拍了一下贾岛的“守护者”，算是作别吧，然后回来开始等出租车。二十分钟后，我坐上了开往遂宁（或称长江）的长途汽车，继续我的“缅怀贾岛”之行。

公元 837 年，贾岛初到长江之时，应该不会如后来那般快乐。但是，能远离都城的动乱，偏安一隅，毕竟不是什么坏事。贾岛非常喜欢这个地方，甚至把自己的诗集命名为《长江集》。下面这首《题长江》就是他在公退之暇写的：

言心俱好静，廨署落晖空。归吏封宵钥，行蛇入古桐。
长江频雨后，明月众星中。若任迁人去，西溪与剡通。

剡溪在距离贾岛当时所在位置以东两千公里处，位于绍兴以南，因王子猷的故事而远近闻名。传说有一天王子猷突然想起要去拜访一位在溪边居住的友人，小舟在风雪中走了一夜，终于快到目的地时，他却突然停下来转身回去了。后来有人问他为什么这样做，他说，之所以去，是因为有去的兴致，既然兴致没了，那就没有继续的理由了。这个故事出自《世说新语》。绍兴和剡溪相对于唐朝来说确实是一个不错的退隐之地，但实际上，即便是在那里，也没有谁可以做到真正的退隐。时局变了，兴致与灵感也会变。到了剡溪并不一定代表抵达了剡溪，或许什么都算不上。在贾岛供职的院子里有一株日本梧桐，前任官员因为生气将其砍掉了，等贾岛到的时候，只剩下了一段木桩。至于蛇，很多的评论家认为，它的出现说明这个地方是如何的荒凉与僻静，也从侧面暗示了贾岛当时的危险处境。能有一处庇护之地，应该说他还算是比较幸运的，哪怕只是一段"木洞"而已。

贾岛的公事不多，所以很多时间他都在四处闲逛。在他云游时所作的诗篇中，很大一部分都提到了"明月山"，在那里他和很多隐士成了朋友，其中就有独孤崇。贾岛出身佛门，并以禅诗著名，因此与之交好是很自然的事情。但是，即便在流放途中，他依然会有那种"当官还是不当官"的纠结，这一点在那首《明月山怀独孤崇鱼琢》中可见一斑：

明月长在目，明月长在心。在心复在目，何得稀去寻。
试望明月人，孟夏树蔽岑。想彼叹此怀，乐喧忘幽林。
乡本北岳外，悔恨东夷深。愿缩地脉还，岂待天恩临。
非不渴隐秀，却嫌他事侵。或云岳楼钟，来绕草堂吟。
当从令尹后，再往步柏林。

在这首诗里，我们看到了贾岛的另一面。虽然佛家讲要有慈悲之心，但是慈悲不是空穴来风，每一位修炼者都有不同的业力背景，对于入侵家乡的契丹人，贾岛自然不会怀有慈悲。在这首诗里，他明确表示宁可放弃归隐甚至放弃修行也要把那些入侵家乡的野蛮人赶走，或者至少保卫家园不受侵袭。尽管在写这首诗时，契丹人并不怎么进犯他的家乡了，但在他记忆里，他们依然在烧杀抢掠。幸运的是，老天并没有赐予他那样的使命，这使得他可以在最后的岁月里有充足的时间去明月山访友、作诗。

离开安岳九十分钟以后，便到了遂宁“行蛇入古桐”的地方。我把包寄存在火车站，找了一辆出租车，让司机把我送到长江坝村，也就是明月山所在地。在确定司机已经听懂了我的意思之后，让他看了一下我从互联网上下载的地图。那个村子大约在涪江西岸以北二十公里处，涪江就是那条路过李白和陈子昂家乡的江。司机点点头说到那里差不多需要一百五十块钱。当然无论什么时候，只要司机说“差不多”，基本上就意味着“不少于”，而每到此时，我只能“任人宰割”。

我们沿 205 省道出城，该路从李白的家乡一直沿涪江延伸而来。大约走了十五公里，过鄞口村之后便转到一条乡村公路上，那是一条真正的乡村公路，直接向西取道一片农田，前行四五公里之后便到了长江坝村。农民们正在收豆子和芝麻，每家每户的房前都堆满了箕秆。以前我从未看见过真正的芝麻，原来那些黑色的种子是长在荚里的，而芝麻荚则长在一米长的秆上。成堆的箕秆围绕着村头的大树，铺满了整个场院。整个村子，只有一处外墙贴有瓷砖的房前没堆放任何东西，那里应该就是我要找的贾公祠了。几年前，这里曾是中国唯一的一处贾公祠，可是现在在北方，也就是他的出生地附近出现了另一座贾公祠，那里曾经遭受过契丹人的入侵，而位于长江坝的这座则是在他去世后不久建的。历经数次破坏、修复之后，能看到它的状况在不断改善，我很高兴。

司机把车停在了两堆箕秆中间，我下车直接来到祠堂前。但是门锁着，卖干货的小卖铺里有几个男人在玩牌，我问他们谁有祠堂的钥匙，其中一个叫胡建银的说他有，但是他要我等他玩完这圈儿后再说。原来他们在用纸牌打麻将。五分钟以后，胡先生起身出来帮我打开了祠堂大门。贾岛就在祭坛后面坐着，旁边分列着道教的天王和送子天神[①]。我在祭坛前摆好了三个杯子，这一次用的是威利特，我把两种上好的波本威士忌在同一天都拿来敬他了，可惜贾岛不喝酒，但神仙们

① 此处应该是两边塑总角童子，一个捧书，一个持笔。——译者注

贾公祠

或许会喝吧。

就在威士忌的香气慢慢升腾弥散的时候，胡先生告诉我一些有关这座祠堂的事情。该祠堂建于 2007 年，最初的那座在村后的山坡上，但是现在那里什么都没有了。周围的居民每逢十五或者节庆日都会到新祠堂烧香，贾岛已经成了当地人眼里的保护神。我在心里暗笑：当年放逐他的宦官和大臣们的坟前应该没有人烧香吧。

在长江的那些日子里，贾岛经常和朋友们聚在村子附近一处叫“玩月亭”的地方赏月。贾岛说玩月亭在明月山的山顶。于是，我问胡先生这座亭子是否在祠堂原址的上方，他摇摇头，说要亲自带我去看看。我们没有去村子后面，而是朝着相反的方向出了村。胡先生说虽然亭子已经被洪水冲走了，但是他依然记得原址。我跟着他沿一条田间小路向前走，两边的红薯和玉米刚刚收完，大约走了两百米，转向西面，然后穿过一片待收的玉米地，再往前走一百五十米左右停了下来，他说那里就是贾岛所说的玩月亭的位置。这次轮到我困惑了。因为无论从哪个角度来看，这里都是平地。看出了我的疑惑，他说洪水冲毁了亭子，把山顶夷为平地，明月山已经不是山了。

带我看完这些之后，胡先生穿过玉米地继续往南走，他要回家吃午饭了。眼见着他消失在涪江堤坝的另一面之后，我也要转身回村了。胡先生那些玩牌的朋友们曾一路跟随我们而来，在回去的路上，其中一个人停下来给我看了一些陶瓷碎片，据他说碎片是从以前那座亭子上掉下来的。回到祠堂，完成祭拜之后，我回到了出租车上。

到了205省道，我们向南顺着原路回遂宁，就在过该镇边界的时候，我看见山上有一座寺庙，司机说那是广德寺。贾岛经常去寺里拜访那里的僧人，尤其是方丈圆上人，他们经常在一起交流诗词。圆上人的师父是宗密，是当时著名的禅师，同时也是佛教华严五祖。在长安的时候，贾岛与宗密一见如故，一个月后，当贾岛离开长安去往安岳之时，圆上人托人告诉了他宗密去世的消息。于是，贾岛回信，写了这首《哭宗密禅师》：

鸟道雪岑巅，师亡谁去禅。几尘增灭后，树色改生前。

层塔当松吹，残踪傍野泉。惟嗟听经虎，时到坏庵边。

火车还有一个多小时才发车，所以我想到当年贾岛经常光顾的那座寺庙里去看看。司机直接将车开到了入口处，那里有一个停车场，能停一百多辆车，虽然今天是周日，但里面却一辆车也没有。很明显有人斥巨资将这座庙修复了一番，是希望这里游人如织的。我匆忙穿过大门，沿着台阶来到一排祠堂面前，这个地方太大了，我从未想到场面会如此盛大而奢华。由于所剩时间不多，我只能读一下佛塔底座上的文字。文字记载说里面供奉着一位唐朝僧人的遗骸，但是可以断定不是圆上人的。刚一读完，我就匆忙走下台阶回到了车里，在开车前十五分钟赶到了火车站。终于，司机揭开了“差不多一百五十元”的神秘面纱，这点并不奇怪，但是他竟然要三百元，这就有点可笑了，可我还是把钱如数给了他，他很高兴，我也很高兴。这一天过得很顺利，而且这种“顺利”还在继续——火车按时到站了。

火车驶离站台的同时，我也开始找自己的硬卧车厢——这趟列车没有软卧。当时，有人正在上面休息。因为是下铺，所以空着的时候

广德寺佛塔

总会被人占着。等到那人离开去另一处空铺时，我终于可以平躺下来，放松一下了。乘务员过来查票，我问他火车上是否有空调——天太热，我已经是汗流浃背了。可能有点尖酸，我觉得问这样的问题无异于往漂流瓶里塞纸条。几分钟以后，冷空气居然开始从通风口吹过来，欣喜之余我却不免叹了口气：要是中国人也这样抱怨，结果会怎么样呢？我伸直了四肢躺着，看窗外的乡村飞掠而过，不一会儿，便进入了梦乡。坐火车旅行就这点舒服,但是这种“舒服”到晚上9点钟就结束了，因为我要在万州下车，从这里到安岳与到达长江三峡最西面是一样的距离。

出了车站，我找了一辆黄包车直接到达市里的南浦宾馆，耗时十五分钟，花了十五块钱。之所以选择这家宾馆，是因为它距离公交车站较近，而明天我需要从那里出发开始一天的行程。

第十三天

杜甫、李白

早晨醒来，江上的晨雾夹杂着轮船的汽笛声扑面而来，它们在提醒我：这里是万州，大多数的客船都在三峡之间来来往往。然而，我对这样的游玩并不感兴趣，我要回溯三峡，去看看起始的地方，所以今天注定又将是漫长的一天。

走出宾馆的时候，大街上有些冷清。因为早晨刚下过一阵小雨，人行道略显潮湿。我坐上一辆开往奉节的汽车，二十分钟后万州便被我抛在了身后。奉节位于三峡最西端，以前需要沿公路盘山一周，耗费五个小时才能到达，如今隧道穿过大山，仅需两个半小时。

公元 765 年初，杜甫在成都待不下去了。靠山死了，那些有兵权的人开始叛乱，于是他不得不带着家眷乘船沿岷江而下，他要去的地方就是奉节，古称夔州。由于中途生病，行程被耽搁，所以直到第二年夏初才到达。上天保佑，他的朋友柏茂琳时任夔州都督，他在自己身边给杜甫挂了个闲职，并赠予七亩果园，而且在园子旁边还帮他租了一处房子。杜甫又一次得救了。然而时局还是太乱，夔州的大多数男人都去抵抗叛军了，剩下女人在后方的日子很不好过。杜甫到夔州不久，就在《负薪行》里记述了这一现象：

夔州处女发半华，四十五十无夫家。
更遭丧乱嫁不售，一生抱恨堪咨嗟。
土风坐男使女立，应当门户女出入。
十犹八九负薪归，卖薪得钱应供给。
至老双鬟只垂颈，野花山叶银钗并。
筋力登危集市门，死生射利兼盐井。
面妆首饰杂啼痕，地褊衣寒困石根。
若道巫山女粗丑，何得此有昭君村。

王昭君是中国古代著名美女，就出生在三峡中部，而巫山则是三峡最著名的一座山，位于夔州以东，后来整个夔州地区也被称为巫山，所以夔州女人也被称为“巫山女人”。对于生活的艰难，杜甫早已见怪不怪，他觉得新奇的唯有那里的景色，这让他在夔州写出了比在其他地方更多的诗。

在去寻找杜甫写作灵感之源以前，我需要先安排好自己下一站的交通问题。当初在美国安排这次行程的时候，一直不知道该怎样做才能在一下午的时间里从奉节到达三峡，因为坐船至少需要一两天。

幸运的是，我的一位中国朋友有奉节一家旅行社的联系方式，所以按照上面的号码，我拨通了黄女士的电话，她说时间不是问题，让我到了以后跟她联系，所以今天一到奉节，我就给她打了一通电话。她很忙，但是她的丈夫陈先生有时间，于是由他到奉节车站来接我，然后带我到码头花两百元买了当天最后一趟快艇的船票，一直困扰我的问题迎刃而解。接着，陈先生又帮我安排了当地的交通，五分钟以后，司机来了，同意两百块钱带我转完杜甫在这里的三处居住地。那天，道路之神一直在眷顾我。

谢过陈先生后，就开始了这一天的行程。现在是上午 10 点钟，我还有四个小时的时间。第一站是白帝城，位于奉节以东十五公里处，路况很好。十五分钟后，便到了景区的停车场。其实在路上我就应该猜到的，但到那里时，还是有点吃惊，整个停车场空空如也。到门口买票的时候吓了一跳，票价竟然高达一百二十元人民币，折合二十美元，好在有个七十岁以上老人购票打折的政策，而且对外国人也同样适用，所以六十八块钱差不多就够了。

白帝城原来是长江北岸的一座半岛，位于瞿塘峡入口处，而瞿塘峡是奉节到长江下游必经的第一道峡口，几千年来，一直作为军事要塞防御外敌入侵四川。然而，现在它已经不是半岛了。由于三峡大坝导致长江水位上升，半岛已经变成了江中的小岛，由一座风雨廊桥连接到北岸。以前没有注意过有风，如今走在那里，感觉风很大，于是我拉上了外衣的拉锁。

现在是9月的第一个星期一，我再次独处于一个空旷的景区。别人都去哪儿了？我的结论是时间不对。船到奉节，白帝城无疑是游客的首选，而现在一定是前船刚走，后船还未到的间隙，所以必须珍惜这个难得的机会。尽管很多地方都可以去看，但时间有限，所以决定不去小岛的顶上看祠堂了。我一路沿着高出水位大约五十米的新修的环岛人行道走着。很明显，主管部门在筹划防洪，否则大坝里的水会更多。风里裹挟着蟋蟀和鸽子的叫声，看见一群麻雀，让我忍不住慨叹时间的匆匆——夏天结束了，而我的巡礼尚未完成。

一路走来，景色越来越好，杜甫能在这里得到灵感是必然之事。白帝城东是俯瞰瞿塘峡、远眺巫山最好的地方。巫山是中国最著名的景点之一，人们可以在面额10元的人民币上看到它，这也是杜甫初来此地每天看到的景象。由于地处三峡西部，他称自己的房子为“西阁”。当年的西阁如今已身处水下了。后来人们在山顶附近又开凿了另一处“西阁”，而我对此并不感兴趣。站在杜甫曾经站过的地方，迎着狂风，我读了他初到这里时写下的一首短诗，是写给大昌严明府的。前一年冬天，他就是在大昌度过的，这首诗名为《西阁三度期大昌严明府同宿不到》：

问子能来宿，今疑索故要。匣琴虚夜夜，手板自朝朝。
金吼霜钟彻，花催腊炬销。早凫江槛底，双影漫飘飖。

有一个码头，泊着几艘游船，花点钱，游客们就可以乘船去看更好的风景了。但是风太大了，在岛上看看，我就已经很满足了。在汉语中，“瞿”的意思是“令人惊恐”，瞿塘峡是三峡之中最短的一个，只有八公里长，同时也最窄，风势最大。此时，正好有两艘巨大的游船进入峡口，风大如吼，波澜起伏，但是好像游客对此并不介意，为了记录下这壮观的景象，人们纷纷挤在甲板的栏杆处拍照。

杜甫一生作诗一千五百首，在夔州的两年间就写了四百四十首，简直是诗如泉涌，我希望能找到那些让他“涌”出诗来的地方。遗憾的是，三峡大坝的修建使得长江水位上升了一百七十五米，他和同时

三峡风景

代的其他人曾经住过的地方，现在应该已经是神鱼的家了。

虽然情况如此悲惨，但是我却有另外的线索去追寻他的足迹。一位汉语文学专业的学者在三峡大坝竣工之前来过这里，对杜甫曾经居住过的地方做过细致的考证和研究，他叫简锦松。除了多次亲自到这里实地考察，简教授还仔细研究了杜甫在此写过的所有的诗，甚至还研究了在他去世后来这里拜谒的人写过的相关诗歌。他还亲自考证当地的地名词典和历史记录，通过相互参照来确认杜甫在诗里所提到的山脉、河流、村庄的名字，最后得出的结果是：有相当多的地方随着时间的流逝已经多次易名。通过对比自己手头的信息，去除那些错误的推测，他准确定位出了两处草屋，那里诞生了杜甫在夔州的大部分诗篇。简教授与我倒是志趣相投：用尽毕生精力去寻找一些一千三百年前诗人写诗的地方。很幸运，我正好手头上有那些信息——去年在台湾，恰巧在书店看到了他的书。

走下廊桥，我让司机看了看简教授《杜甫夔州诗现地研究》一书里的地图。我们决定先去土地岭，那是杜甫的瀼西草堂所在地。根据简教授的研究，它位于西南山坡上，山下是草堂河，现在被他标注为“1号浣花村”。浣花村的名字取自杜甫成都草堂旁边的浣花溪。

不一会儿就到了，在路边，我抬头往上看了看。那里曾经有一个砖厂，但是大坝修完后就不见了，当然很多人和东西也不见了。山腰上有几处农田，一些农舍，小小的草屋。下山的时候我在草堂河（以前叫瀼溪）与长江的交汇处停了片刻，水下的某个地方就是杜甫在瀼西草堂的那个果园。

虽然房子是租的，但是他的果园却是都督给的，园子的收入再加上自己的薪水应该足够基本的吃穿用度，包括在夔州的房租。现在依然有农民经营果园，但是大多数的山坡上以及河水下游地区都种了蔬菜。杜甫在这里写了一百多首诗，其中有五首五言系列《暮春题瀼西新赁草屋》，该诗以百舌为背景，据说它有一百三十多种不同的叫声。

久嗟三峡客，再与暮春期。百舌欲无语，繁花能几时。

谷虚云气薄，波乱日华迟。战伐何由定，哀伤不在兹。

从公元 755 年安禄山造反开始，战乱持续了十二年，然而让杜甫心情沉重的不是战争，而是春天不能与长安的朋友在一起，以及即将消逝的青春。

回到公路上，我们继续前往杜甫的第二个草堂，一个被他称为“东屯茅屋”的地方。沿着公路来到草堂河，穿过草堂桥（这些都是当地有关部门为了纪念杜甫而命名的地方），然后上山走了大约三百米便到了简教授在书里称之为“2 号八陈村”的地方。

我们把车停在一座房子的前面，站在门口的一个人告诉我们说那里就是我们要找的地方。他还热情地告诉了我们另一个地方：沿着旁边的一座土山，大约走几百米就会到简教授称之为“黄桷树”的地方。我们所在的地方周围种了很多橘树，从那里俯瞰下去，是右边草堂河与左边石马河的交汇处。公元 767 年秋，杜甫把瀼西的房子让给了一位无处安身的朋友，搬到了这里。他在《自瀼西荆扉且移居东屯茅屋》一诗中有所记述，下面是他这五首五言系列中的第二首：

东屯复瀼西，一种住青溪。来往皆茅屋，淹留为稻畦。
市喧宜近利，林僻此无蹊。若访衰翁语，须令剩客迷。

东屯茅屋到夔州县城的距离是瀼西草堂的两倍，尽管游客相对少些，但是出自那里的诗篇却更多。杜甫在东屯茅屋居住的时间虽短，但那些诗已足以让他名震四方。站在山坡边缘，俯瞰他的故居，我想也许这里就是拜谒他最好的地方吧，我把酒洒在橘树根上，希望它们能把我的敬意传达给杜甫，也希望我的酒不会伤到橘树。

回到公路上，我和橘园的主人聊了一会儿。他说自己一辈子都住在那里，我要找的地方就在山坡下面，已经被淹在水下了。大坝建成之前，那里有很多的古黄桷树，这也是那个地方取名为“黄桷树村”的原因，现在它们应该在水下五十米的地方。“树很大，”他说，“需要好几个人才能合抱过来。”黄桷与榕树同属一科，在当地经常被用来表示某个地方具有历史价值或者具有公认的重要性，杜甫之前的房子就具有这样的价值。

我可以想象杜甫写诗的地方曾经树枝摇曳，但是激发他的不仅仅是这里的景色，应该还有生活。因为他能感觉到一切都要结束了。谢过主人之后，我让司机把我送回奉节，因为需要从那里上船。路上几乎没有第二辆车，司机认为按时到达目的地一点问题也没有，这让我们两个都很高兴。是的，我们提前了半小时，而这段时间足够我去吃一碗面。

最后，差一刻钟到 2 点，我穿过大门，进入码头，出示完船票，向下走了几百个台阶，最后来到一艘游艇上。游艇很长，一头系在码头上，四面是有机玻璃窗。已经有大约二十位乘客就位，还空着一百多个座位。2 点，船长鸣了两次汽笛之后准时出发。

杜甫和我一样，当年也是乘船离开这里。他在上船之前，把果园送给了一个没有土地的朋友，关于这件事他写了一首《将别巫峡赠南卿兄瀼西果园四十亩》：

苔竹素所好，萍蓬无定居。远游长儿子，几地别林庐。
杂蕊红相对，他时锦不如。具舟将出峡，巡圃念携锄。
正月喧莺末，兹辰放鹢初。雪篱梅可折，风榭柳微舒。
托赠卿家有，因歌野兴疏。残生逗江汉，何处狎樵渔。

船行驶在江面之上，这让我忍不住想起了杜甫的朋友李白。公元 759 年，也就是杜甫写这首诗的九年前，在被流放云南的路上，李白沿嘉陵江一路乘船来到三峡，船过白帝城，有话传来：李白可暂缓去云南。然后他掉转船头，一路又回到嘉陵江。那里距白帝城大约六百公里，当时他写下了《早发白帝城》：

朝辞白帝彩云间，千里江陵一日还。
两岸猿声啼不住，轻舟已过万重山。

由于游艇发动机的轰鸣声，我听不见“猿声”，但是却可以实现“过万重山”的轻快。看着那些山峰从眼前一闪而过，让人心生无限感慨。船长说，这艘游艇时速可达六十公里，且中途不停。这就是为什么称之为“快艇”。这不是游山玩水，而是尽可能快地到达三峡的另一端。在船舱里录像机的屏幕上，正上演着一部香港电影，那些不睡觉的乘客看得津津有味。

游艇后面，有一个艉楼甲板，可以容三四个人去上面抽烟。尽管水位在逐渐升高，但是三峡的景色依然壮观，于是我忍不住拍了一些照片。然而那么多打着旋儿的漂浮物，那些真正意义上的水上垃圾，让我不得不再次回到舱内。长江是一个开放的排污口，也是中国最大的“公路”，船长开船如同司机开车，每当他要靠近一艘游艇的时候，就会鸣一次笛，经过以后，还会带着溅起的大水花再鸣一次。

尽管船长说中间不停，但是他收到了一个电话，让他在一个叫“巴东”的地方去接八十个建筑工人，他们要去大城市宜昌玩两个晚上，因此，穿着都有模有样。在离开白帝城三个半小时以后，我们终于到达了太平溪码头，那些有船在坝区等候的游客下船了。

尽管到了目的地，但并不能上岸。需要先走过提前在码头停靠妥当的三艘游船。这是一个奇怪的制度，但是它至少不需要给所有的船在码头上准备空间。到了码头上以后，要走出去还需要爬上几百级的台阶——这是为了预防水位升高而建的。当然也有缆车，两块钱花得应该还是很值的，至少到车站时不会上气不接下气。然而，在车站里，但凡是车，都在推销旅游线路，我没理他们，直接出来了。我希望在外面的停车场能看到一些不那么让人讨厌的事情，但是每辆车都是如此。一辆又一辆的公交车和出租车从我身旁驶过，终于，有一辆出租车停下来，还好，司机答应了我的要求。二十分钟后，我便到了秭归。

这里应被称为“新秭归”，因为原来的秭归现在正身处水位以下三十公里的地方。这意味着，那里勉强算是我要找的那个地方，尽管我不知道如何抵达。三峡大坝改变了一切。出租车司机让我在市里的凤凰山公交站下车。现在是晚上 6 点钟，但是车站已经锁门了。中国大多数的公交车站都会一直营业到半夜，甚至更晚，因为总是有车开进开出的，但是新秭归不是这样的，我别无选择，只能等到第二天早上了。于是找了一家“福临宾馆”住下来，158块钱一晚上，这一点我不能抱怨。到房间放好包，我便去大街上找吃的了。很显然，我没有多少选择。于是，我进了一家写着“农家菜”的饭店，老板来自王昭君的家乡，距离我要去的地方不远。他说一天有两趟长途汽车到那里，但不是每天都有。而我所能做的就是期待明天一切顺利。

回到房间，我简单地洗了一个热水澡，算不上真正意义上的热水澡，水不温不凉的。但至少可以洗衣服，我已经有三天没洗衣服了。最后，在睡觉之前，我打开窗户吹了吹风。下面就是车站停车场，再远一点就是我明天要过的长江，江水浑浊不堪。我突然意识到这里的空气比三峡对面要清新很多，周围很安静，甚至可以听到蟋蟀的叫声。在三峡地区，人们都早早上床了，而我也不例外。

第十四天

屈原、骚坛诗社

我忘记设闹钟了，事实上也没必要，有雾角就够了，那些泊了一晚上的船不会等到云消雾散才起航。我朝窗外看去，什么也看不到，只能听到发动机的轰鸣声。窗下公交车站早已人声喧哗，我该出发了。即便走出宾馆，也依然看不见长江。街道离江不过两百米，可是雾气升腾，能见度很低。进了汽车站，看见有辆车里已经坐了很多人，因为担心是开往乐平里的，所以赶紧去售票处询问。

售票员说去乐平里一共有两趟车，一趟是早上 9 点半发车，另一趟下午 2 点半发车。我希望自己能早点出发，但是好像不大可能。于是只好去买 9 点半的票。然而，让人更失望的是 9 点半那趟车今天停运，据说是因为发动机出了问题。我想她在说有两趟车的时候就应该告诉我这些，但说不说已经不重要了。无论如何我都不想一直干等到下午 2 点半，我需要重新安排行程了。在去售货亭的路上，我还在想这个问题。由于担心在外面会待很久，于是我买了不少花生以在路上充饥。此时，路神又一次显灵——售货员告诉我有一趟早上 7 点 40 分的车去长江上游，我可以在四季桥下车，然后坐船到江北，再乘出租到乐平里。她还说在三峡大坝附近的茅坪，每天早上 8 点都有车直接发往乐平里，真是天无绝人之路。因为茅坪在江对面，我决定坐 7 点 40 分那趟，越早越好。假如这趟车路上出现意外，而茅坪公车班次不变、路线不改，那么我还至少可以有第二种选择。

售货亭同时也有行李寄存业务，我把包递给那位售货员并答应在下午 5 点之前赶回来——至少我希望如此。7 点 40 分，汽车准时出发。行车一小时，经过一段令人胆战心惊的山路之后，我在四季桥下了车。大桥边，有个金属遮阳棚，下雨的时候人们可以在里面躲雨。旁边有一辆摩托车，我问车旁边的那个人从哪里可以坐船，他说沿着旁边的一条岔道往前走三公里就到了，给五块钱，他就可以把我送到那里，原来他是一位摩的司机。把摩托发动起来以后，他便带着我一路风驰电掣般地离开了。

不一会儿我们就到了上船的地方，有两艘游艇泊在长江南岸：一辆是整点发的载人摩托游艇，一辆是汽车渡船，一天四趟，大概一次能载二十辆汽车吧。现在正好早上 9 点，我给了船老大十块钱，上了船。当看到这艘船有两个发动机时，问其原因，船老大说所有的游艇都必须有一个备用的发动机，因为有关部门不希望在大坝或者水闸附近有事故发生。当我告诉他我此行的目的地时，他说山里比较冷，我应该多穿点衣服。当时天气很暖和，我想象不到别的情况，甚至还很期待那种“冷”。

十分钟后，到了对岸，附近有六七个摩的司机等在那里，花三块钱他们就可以把我送到距此半里之遥的屈原镇，然后我再转乘其他车辆去乐平里。可是，我希望坐那种有封闭空间的交通工具，比如汽车。乐平里距此三十公里，路况极其不好，上面行驶着各种车辆，且坑坑洼洼，我都不知道那算不算是公路，鬼知道它应该叫什么。没出租车，但我却找到了一辆旧货车。司机说如果直接到乐平里，来回需要两百块钱。这么轻易就解决了交通难题，有点出乎我的意料。

司机名叫余仙凯，对于这里早已是轻车熟路，因此他根本不需要看地图。这一点让人很放心，因为在接下来的九十分钟里，除了雾什么都看不见，更别说那蜿蜒曲折的道路了。不一会儿我就找不到东南西北了，但是没关系，就在雾快要散尽的时候，我们拐进了一条岔道，然后直接开往乐平里。我想现在这里应该已经是游客如云了吧，但山谷四周看上去与二十年前我第一次来的时候一模一样。穿过村子，我还是发现了一些变化：多了两家宾馆和一个大的景点标志牌，也就这些了。确实有游客，但只是寥寥几个人。出村，过桥，就来到了屈原庙，这也是我此行的目的地，乐平里是屈原（前 343—前 278 年）故里。

众所周知，屈原就出生在这里，长大以后去了郢都，即当时楚国的首都。在那里，他成了楚怀王的顾问。唉，那位国王昏庸无能，且喜欢阿谀奉承，他竟然相信了邻邦秦国的空头许诺，最后导致楚国被秦国吞并。

乐平里

屈原的耿直导致了他一生颠沛流离的命运，也造就了《离骚》这部不朽之作。诗中遭受流放的他依然心怀故主，试图劝诫国王，表达着自身的高洁和欲超越这腐朽浊世的渴望。直截了当点出姓名是不明智的，于是他采用植物的名字来影射相应的人和事。我截取了其中的四个小节及结尾的两句，来说明屈原诗歌的风格和连续性：

第 5-8 句：

纷吾既有此内美兮，又重之以修能。扈江离与辟芷兮，纫秋兰以为佩。

汩余若将不及兮，恐年岁之不吾与。朝搴阰之木兰兮，夕揽洲之宿莽。

第 17-20 句：

惟夫党人之偷乐兮，路幽昧以险隘。岂余身之惮殃兮，恐皇舆之败绩。

忽奔走以先后兮，及前王之踵武。荃不察余之中情兮，反信谗而齌怒。

第 62-65 句：

忽反顾以游目兮，将往观乎四荒。佩缤纷其繁饰兮，芳菲菲其弥章。

民生各有所乐兮，余独好修以为常。虽体解吾犹未变兮，岂余心之可惩。

第 154-159 句：

时缤纷其变易兮，又何可以淹留。兰芷变而不芳兮，荃蕙化而为茅。

何昔日之芳草兮，今直为此萧艾也。岂其有他故兮，莫好修之害也。

第 186-187 句：

已矣哉，国无人莫我知兮，又何怀乎故都。

既莫足与为美政兮，吾将从彭咸之所居。

王逸《楚辞章句》说："彭咸，殷贤大夫，谏其君不听，自投水而死。"显然屈原采信了此说，效仿彭咸投了汨罗江。

我们不难发现，《离骚》对于后来诗人的影响非常深远，比如曹植。屈原将诗歌引入一种卓绝之境，或许也可以反过来说。他是诗歌精神的感召者也是代言人。正因如此，他的诗歌才得以名垂千古。他娴熟而老练的笔触，如天马行空、太虚神游，将诗歌推送上了新的高峰。节奏、韵律以及语言是如此优美，以至于王维无论身在何处，手边必备一本屈原的诗集。如果有人说旅游之时他会随身带着一本《诗经》，也许我会怀疑；但是我对王维的话深信不疑，因为发现了屈原的诗后，我也同样把它们带在身边。

屈原庙没什么变化，与我第一次来的时候一模一样。那时候，从长江流域的秭归旧址坐汽车沿三峡边上的一条公路来到乐平里，走过一座吊桥，然后是五公里的土路。当时我过了吊桥，沿着土路一步一步走到了庙里。这次依然是那条路，但我却坐在了一辆货车里。路上车辙很深，货车开不起来，我想步行都会比坐在车里快，但是余先生

屈原庙

坚持要开车把我送过去。我们把车停在了屈原庙的后面，我想从后门进，但门关着，敲了敲，里面没有什么动静。不远处的树桩上坐着几个人，我走过去向他们打听，他们告诉我说管理员在宜昌住院呢，只有他手里才有钥匙。我一下子觉得沮丧极了，因为千里迢迢、跋山涉水地来乐平里就是为了看看他，他不仅是屈原庙的管理员，还负责管理当地的一个诗社——骚坛诗社。这个诗社最早是由当地一些写诗的农民组成的，他们和后来的继承者一共写了五百年的诗歌。它是中国最古老的诗社。

管理员名叫徐正端，我第一次见他是在 1992 年 12 月，当时我正在为一档有关长江三峡的电台系列节目收集素材。我惊叹于乐平里的美景，还有屈原在当地人心里的重要位置。我跟树桩上的几个人说了自己此行的目的，立刻有人告诉我徐先生养病的地方以及病房的房间号。想到还有可能见到他，我心里一下子舒服多了。

余先生掉转车头，我们开始下山并再次穿过村子，爬上斜坡回到来时的公路上。我在写着“照面井”的牌子前下了车，沿石阶来到一池泉水旁。屈原活着的时候，经常对着它照，看到脸上有污点，便

照面井

会随手洗掉。我把一些酒洒在了“魔镜”前，朗诵了一首李盛良的诗。李先生是当地诗社的成员，有人把他的《照面井》刻在了旁边的岩石上。

井堪照面独称奇，一股清流万古诗。
莫道西湖灵隐寺，大夫遗水胜瑶池。

乐平里的诗人们都多少游历过一些地方，或者至少读过一些书。李先生的诗里提到了杭州西湖在灵隐寺附近的一小段溪流，还有西王母的瑶池。一个农民能写成这样，很了不起。我把手伸进水里，洗了一把脸，顿时觉得自己也神清气爽了。在我擦脸的时候，透过倒影，直接看到了山谷另一侧的斜坡，那里就是屈原居住过的地方。我第一次来的时候，有个农民告诉我，除了主人，谁要是吃了山坡上种的粮食，是会得痢疾的。这个说法有点耸人听闻，一直让我纠结了二十年，我也未敢去证真伪。

到了公路上，我让余先生把我送回渡船的地方。我想在太阳落山之前到达宜昌。车开得很快，但是到江边时，已经 12 点 40 分了，我想应该能赶上下午 1 点的那趟游艇吧，但遗憾的是 1 点没有游艇待发。余先生说船长去吃午饭了，下一趟要等到下午 2 点了。我想在这段时间里找一间当地的网吧查一些东西，但据说服务器坏了，所以只能执行 B 计划。我问余先生是否可以联系到船长，请他为我专门跑一趟，我觉得自己这个要求有点过分，但是余先生已经拿起了电话。船长同意了，五十元搞定。这件事容易得有点不可思议。

二十分钟后，我便回到了长江南岸，但并没有看到那位来往于高速路与江边的摩的司机。我问船长是否知道他什么时候回来，他掏出手机给摩的司机打了个电话。不一会儿，我就到高速路上等车了。对于这样一个相对落后的地方，一切不可能都变成了可能。五分钟后，我坐在了一辆回秭归的小货车里。从汽车站取了包五分钟后，我又坐上了开往宜昌的长途汽车。一小时以后，我在城里的盈嘉酒店要了一个房间。那天，路神可能心情不错，为此，我满心感激。

到房间把包放好，我出去拦了一辆出租车，让他带我去市中心医院。自从建大坝以来，宜昌的交通变得更糟了。医院只有四公里远，但是却花了将近一个小时的时间。我想这应该就叫“大坝交通”吧。到医院时已经将近下午 5 点了，医院很大，几乎占据了整个山腰，我又花了半小时才找到了徐先生住院的那栋大楼。

当我最终来到病房的时候，我很惊讶，那是一个单间。徐先生冲我招招手，让我坐在床边的椅子上，原来他在等我。村子里有人已经提前给他打电话了。他妻子也在这里，相互寒暄之后，徐先生便吩咐她去买饭了。妻子一离开房间，他就告诉我他得了肺癌，医生说最多还能活半年到一年的时间，他不想让妻子知道，但我想她应该已经知道了。我猜徐先生的病或许跟吸烟有关吧，因为他们那一代很多人都吸烟。如果他不是从年轻时就开始吸的，那么就是在监狱里开始吸的。在那样的地方，人总是要找点事做的。

徐先生 1928 年出生在乐平里，今年已经八十四岁了。父母都是农民，他们希望自己的孩子里至少有一个要有点文化，于是他被选中了，最后成了村小学的一名老师。然而有时候有文化并不是好事，1957 年，他因为“反革命”被判入狱，一待就是二十年，1977 年，“文化大革命”结束，他获得平反，被释放出来。等他再次回到乐平里，人已不再年轻，当然也不算老，他依然想做一些事，那就是重修屈原庙。他把自己的教师退休金攒起来，最后凑了二万六千元人民币，用来修缮旧庙并把屈原写过的所有诗歌都刻在了石桌上，所以大家可以看到一个乐平里土生土长的人是怎么做的。他还帮助复兴了骚坛诗社，该诗社曾在“文化大革命”的时候被强行解散。二十年前，当我第一次在屈原庙见到他时，他给我看了一组卷宗，里面记载了从明朝开始近五个世纪以来骚坛诗社的成员们所作的数千首诗。当时诗社有五十多位成员，现在却只有十二位了。他说有些人想入社，但是因为不会写古典诗而被他拒之门外。他说他们只想写“性”。徐先生说有些成员活动也不积极，一年只露几次面。唯一的全员到场的机会就是屈原逝世纪念日，即农历五月五日，那也是中国诗人的节日。

我们聊着天，他的妻子拿着两瓶冰啤进屋了，说饭马上就到。半个小时后，他的两个儿子带着外卖赶来了。在墙角处有一个小桌子，直接连在床上，儿子们把它支起来，徐先生把所有的饭菜都摊开放在上面，我们聚在一起吃了一顿令人难忘的晚饭。交谈中，我才得知二十年前的晚上，是徐先生的一个儿子给我提供的食宿。他还说现在他住院的费用都是两个儿子出的，一天一百五十元呢。很显然，儿子们让他骄傲。快吃完的时候，护士进来说吃药时间到了。我把这个看作是让我离开的暗示，于是起身道别。我问他是否可以把他写的一些诗寄给我，他答应了，于是我把名片递给他，并教他如何写地址。尽管几乎不能走路了，他还是坚持下床把我送到了电梯口。

两个月后，我收到了一本诗集，是他和其他三个诗社成员打印出来的。题目叫《骚坛联咏集》，里面还附了好几十首集子里未收录的手写诗歌。这个集子的第一首诗是徐先生在 1987 年写的，是他离开监狱十年后所作的一首《这株玉米苗》：

这株玉米苗，使劲吮吸雨露，争夺肥料。

他颜色分外绿，苗株格外高。

到了秋收季节，不结玉米，但生一个灰包。

这是一首农民诗，我真的希望他能写更多这样的诗。遗憾的是这本诗集里满是歌功颂德的“老干体”。不过，二十年的牢狱生活还是在他的作品中留下了痕迹。有一首《吊徐正容兄》：

碌碌忙忙苦一生，半从教育半从军。

闯南闯北歼残匪，御暑御寒课幼群。

老退居家攻子史，休闲园艺乐辛勤。

修桥补路舒心事，舍己为人可树勋。

屈原庙后面的那座桥就是徐正容先生重修的，以他的名义命名为“志愿者桥”①，这比奖牌好多了。在徐先生寄给我的诗里，有一首手写的题为《自慰》的诗：

无上荣誉至顶巅，教师任重不停鞭。

深更备改灯光下，尽日传帮讲桌前。

诱导真难防误导，睡眠总是不安眠。

酬金莫与他人比，学子成材亦慰然。

与屈原不同，徐先生的诗根植于《诗经》，他们的心思是古老的，风格也是古老的。一个农民已经学会了如何让自己的所思所想插上诗歌的翅膀飞翔，我希望自己能有一个机会（如果有，我想我会去的）参加他的儿子们在骚坛诗社每年的聚会，然后分享徐先生临终前寄给我的诗。或许我自己也会作一首吧。

---

① 经询问当地知情人士，并无“志愿者桥”的名称，而叫“七七桥”，因为那年捐建者七十七岁，后来改成了“思乡桥”。——译者注

第十五天

白居易、苏轼、欧阳修

夜里不管几点醒来，总是能听到雨声，且一直下个不停。宾馆就在葛洲坝附近，相隔也就几个街区。长江水就是在那里通过葛洲坝水闸的。长江年储水量世界排名第一，我想它在某个地方一定有取之不竭的水源。第二天早上起床的时候，雨还在下，外面人不多，或穿着雨披，或打着雨伞。喝完咖啡，我换上了胶鞋。在此次行程中这是第一次穿，很庆幸出门时没把它们忘在家里。

今天的安排很简单：上午先在附近的两个地方转转，下午去赶火车。第一个地方叫三游洞。刚到外面，恰巧有一辆出租车过来，我想都没想就钻了进去，告诉司机去三游洞。三游洞位于西陵峡以西，位于该城以北十公里处，地处三峡最西面。由于下雨，街上没什么车，所以，路上只花了几分钟的时间。

三游洞在长江北岸一座山腰上的公园里，需要徒步一段路——雨中徒步！所以我先到便利店买了一把伞，然后才买票进门。价目表上有个项目，添点钱就可以坐船在江上游玩一番。要不是下那么大的雨，我差点就去了。然而，步行似乎更有探险的感觉。

从入口处进入公园，沿着山路一直往下走，石阶很滑，我必须走在边上并紧紧抓住靠近悬崖的铁链。链子上绑满了各种许愿锁，是以前的游客为了纪念自己到此一游而留下的。路上有一处景观，上面记载说白居易曾来过此地。白居易是在公元 819 年和弟弟白行简以及他和薛涛共同的朋友元稹一起来的，他们就是“三游洞”里所说的三个游客。

再往下走，就到了洞里，这里比我预想的要大很多，至少有二十米长，十米高。一些自然形成的石柱把它分割成几个房间。这样的分区让人感觉比较舒服。石壁上是几个世纪以来历代游客留下的诗文。上面的文字繁多，但由于年代久远，已很难辨认，所以我也没有读的兴趣。

三游洞

在山洞的后面是三位游客的雕像，当然，白居易是最显眼的一位。公元 815 年，他被贬至下游七百公里外的九江，四年以后来到宜昌，他要去四川任职，路过宜昌便逗留了一阵，和他们在一起的还有元稹。元稹当时正被贬居于附近下游的一个城市。尽管还没到中午，但是天气很冷，而且还下着雨，所以我觉得应该喝点酒。随着酒香在当年游者的天堂里弥散，我读了一首白居易写给弟弟的诗《对酒示行简》，那首诗是他官复原职并与弟弟一起回长安那年所作。

今旦一尊酒，欢畅何怡怡。此乐从中来，他人安得知。
兄弟惟二人，远别恒苦悲。今春自巴峡，万里平安归。
复有双幼妹，笄年未结缡。昨日嫁娶毕，良人皆可依。
忧念两消释，如刀断羁縻。身轻心无系，忽欲凌空飞。
人生苟有累，食肉常如饥。我心既无苦，饮水亦可肥。
行简劝尔酒，停杯听我辞。不叹乡国远，不嫌官禄微。
但愿我与尔，终老不相离。

这也是在悬崖边的铁链上为什么会有那么多把锁的原因，人们到这里来，一是为了表示对古代先贤的尊重，一是为了表达对所爱之人的深情，希望能锁住彼此的心，生生世世永不分离。通读中国古代诗人的作品，我发现有太多的题目都以“送”或者“别”或者“离”开始。即使是那些没有什么压力的官员们，也会时常与所爱之人分离。

白氏兄弟和他们的朋友元稹并不是唯一带着这样的离愁别绪游览山洞的人。公元1059年，苏氏父子三人曾到过这里。父亲苏洵和他的两个儿子：苏东坡和苏辙。前些年，苏东坡和弟弟以及父亲回四川成都以南的老家去给母亲奔丧，处理完后事，在回宋都开封的路上，父子三人路过宜昌，拜访了三游洞。与白氏兄弟一样，苏氏兄弟两个也总是形影不离。两年以后，当苏东坡第一次离家到开封以西八百公里外的地方去开始自己事业的时候，弟弟苏辙一直把他送到了郑州西门。苏东坡在《辛丑十一月十九日，既与子由别于郑州西门之外，马上赋诗一篇寄之》：

不饮胡为醉兀兀，此心已逐归鞍发。
归人犹自念庭闱，今我何以慰寂寞。
登高回首坡垄隔，但见乌帽出复没。
苦寒念尔衣裘薄，独骑瘦马踏残月。
路人行歌居人乐，童仆怪我苦凄恻。
亦知人生要有别，但恐岁月去飘忽。
寒灯相对记畴昔，夜雨何时听萧瑟？
君知此意不可忘，慎勿苦爱高官职。

在这首诗里，苏东坡提到了有天晚上，兄弟俩在一起读韦应物的《示全真元常》的情景。由于在远方就职，韦应物很多年都不能与两个侄子相见，所以在那首诗里对于这种长久的别离略有微词。于是苏氏兄弟二人约好将来要尽早退休，然后共度晚年读书写诗。多么简单的快乐，多么高贵而卑微的理想，然而最终谁也没有做到。韦应物也是如此，他经常被贬或者被派往远离家乡的地方去做官。他们不停地漂泊，直到生命的终点。“别离”成就了中国诗坛上大量令人心碎的诗篇。给他们带来的威士忌太少了，想到这里，我自己都有点不好意思了。

收拾酒杯，整理好东西以后，继续沿石径往前走。上山容易下山难，于是，我沿着另一条岔道来到了山洞上面的一座亭子里。这是很罕见的重檐三叠结构，名为“至喜亭”。在第一层的石碑上刻有欧阳修在公元 1037 年专门为此亭撰写的《峡州至喜亭记》。从上面可以直接看到西陵峡，所以我想这里也许是海军的一个瞭望口吧。在汉语里，“至喜亭”意为船夫和商旅在成功渡过三峡之后终于可以松一口气了，表达行人为此感到的庆幸和欣喜之情。如果这座亭子再高一两层，我就可以登上去，看看对面，看看清澈的下牢溪如何在山这边的宜昌段汇入长江。第一次来这里，欧阳修也有过类似的想法，与我不同的是，他把自己的所思所想都写进了《下牢溪》一诗中：

隔谷闻溪声，寻溪度横岭。清流涵白石，静见千峰影。
岩花无时歇，翠柏郁何整。安能恋潺湲，俯仰弄云景。

与白氏和苏氏兄弟不同，欧阳修来此不只是路过，他当时是被贬至宜昌的。然而伴君如伴虎，被贬未尝不是好事。在这样的偏远之地，相对来说压力小，不需要像在朝廷上那样殚精竭虑，所以欧阳修很多时候都在附近游山玩水。在宜昌的两年，下牢溪是他最喜欢去的地方，这里有他写的另一首诗《下牢津》：

依依下牢口，古戍郁嵯峨。入峡江渐曲，转滩山更多。
白沙飞白鸟，青障合青萝。迁客初经此，愁词作楚歌。

被贬的欧阳修在诗里回顾了屈原被贬以及在诗中表达不幸遭受诽谤并被昏君流放的痛苦之情，可能他会想“这是否是老天对忠臣的不公”。历史在不断重演，这就是言为心声不可避免的结果，如他在最后一句所言，任何一个被贬官员到了此地都会想起屈原的《离骚》。然而在倒数第二句他也指出：这只是一个时间的问题，日子一长，那些迁客们便不会再依赖于屈原来表达忧伤了。

在亭子周围有好几条路，但是所有的石阶都一样湿滑。因为觉得看得已经差不多了，所以我决定另找一条路下山，希望那条路能直通出口。但是找出口却花了不少时间，最后终于听到入口处游客的声音了。回到公路上以后，我上了一趟公交车，直奔欧阳修公园而去。公园位于西陵大街的最西面，正好路过我住的宾馆。

如果说真正与宜昌有关的诗人，那么非欧阳修莫属，所以我想在公园里应该有他的纪念堂。在宜昌的这段时间里，他成了名副其实的桂冠诗人。文学评论家们认为，欧阳修的诗风是在宜昌从“批判唯心主义”变成了“结构现实主义”的。撇开这些文学术语，透过诗歌本身，确实可以看到一些东西。比如他在宜昌所作的那首简洁明快的《古瓦砚》便是如此：

> 砖瓦贱微物，得厕笔墨间。于物用有宜，不计丑与妍。
> 金非不为宝，玉岂不为坚。用之以发墨，不及瓦砾顽。
> 乃知物虽贱，当用价难攀。岂惟瓦砾尔，用人从古难。

欧阳修是宋朝伟大的文学家，因为幼时家贫，基本上可以说是自学成才，因此，在入仕之初，他曾受到很多位高权重之人的轻视。写这首诗的时候他才三十岁，但是很明显，在期待一个“英雄不问出处”的好朝廷的同时，他认为自己并不比那些出身高贵的同僚们差。在古代，中国人将墨条放在砚面上反复研磨，同时边磨边加入适量清水，最后获得墨汁。石板是最好的砚台，但是即使是一块碎瓦片也可以具有同样的功能。

希望在公园找到纪念堂的想法已经泡汤。这里只是一个开放的广场，里面只有一座欧阳修的半身巨石雕像，一面刻有他在被流放期间所作《对答元珍》[①] 中的最后一句诗。下面是整首诗的内容：

> 春风疑不到天涯，二月山城未见花。
> 残雪压枝犹有橘，冻雷惊笋欲抽芽。

---

① 此处指的并不是白居易和薛涛共同的朋友元稹。——作者注

夜闻归雁生乡思，病入新年感物华。

曾是洛阳花下客，野芳虽晚不须嗟。

洛阳是欧阳修仕途的始发地，那是几年前的事情了，但一切还恍如昨日，在那里自然有利于仕途腾达。如今，虽被流放到偏远之地，那里的人们却依然在怀念着他，他们以他的字号命名当地的一家书院，欧阳修晚年字号“六一居士”，书院就叫六一书院，位于西陵一路东头的一座小山上。当人们问他为何以此为号的时候，他说“吾家藏书

欧阳修雕像

一万卷，集录三代以来金石遗文一千卷，有琴一张，有棋一局，而常置酒一壶”。朋友说“这不才五一吗”，欧阳修说：“加上我这一个老翁，岂不正是六一？”六一居士由此而来。书院旧址曾在“二战”中被日军狂轰滥炸后成了一片废墟，现在人们在那里建造了一座纪念公园，用来缅怀那些战争中的死难者，六一书院也被迁到了长江附近的街道旁。我为已经不在了的六一书院倒了一杯酒，然后给自己也倒了一杯，就这样吧。

回到宾馆退房以后，打了一辆出租车，我便直接去了新建的宜昌东站。上车的时候，喇叭里正放着《红樱桃与白苹果花》，我情不自禁地在过道里跟着跳起了曼波舞。身后的人一定以为我神经不正常或者是在自我陶醉吧。第一次听这首曲子还是在四十年前呢。我把包放在行李架上，然后靠窗边坐了下来。音乐在循环播放，直到发车的时候这首曲子还在回响。

四十年前，我住在纽约，正在哥伦比亚大学攻读社会学博士。暑假的时候，我坐飞机去斯德哥尔摩迎娶一位瑞典女孩，但等我到那里时，她却改变主意了。由于返程的机票已经提前买好，而我当时所剩的钱已不够再买一张，所以那个夏天，我必须找点事做。我选择学瑞典语（对外国人免费）和交谊舞。整个夏天我都在跳普瑞兹布拉多的曲子。“曼波舞万岁。”我自言自语着。然后把头靠着窗户，把腿伸开，脚搭在对面的空座上，看着窗外的田野飞驰而过，不一会儿，我就睡着了。三个小时候后，我在襄阳下了车，住进了老城区富丽堂皇的川惠大酒店。把包放进了“金碧辉煌”的房间以后，就出去找吃的。在街道附近的一家小店，我看见门口挂着一块印有红十字的白布，那是我最喜欢看到的东西。进去以后，里面只有店主和妻子两个人，外加两张按摩床。妻子已双目失明，丈夫有少许视力，他告诉我躺下。按摩对后背大有好处，但我总是忘记它对于一个旅行者的重要性。一小时后，我确定自己是去吃了晚饭的，但是至于吃的什么却忘得一干二净了。

第十六天

孟浩然、王维、李白

襄阳，是孟浩然曾经春眠过的地方，而今，我却在这里醒来了。雨已经停了，阳光透过窗户照进屋子——今天是个大晴天。与此同时，《春晓》浮现在我的脑海：

> 春眠不觉晓，处处闻啼鸟。
> 夜来风雨声，花落知多少。

这是一首家喻户晓的汉语诗，也是我非常喜欢的一首诗。中国研究诗歌的人都会惊诧于里面所表现出来的纯粹的美好与快乐。然而我理解的这种美好并不等同于快乐，应该是一种伤心吧：外面有一年中最美的景色，而孟浩然却无法起床欣赏。这种想法常常使我无法乐观起来，比如现在，我会想：哦，外面没有满地落花等我，因为现在是秋天。然而无论是落花还是落叶，我都需要去看看孟浩然了。

出门的时候感觉到阵阵微风拂面，有些人甚至穿上了夹克，可能是担心风会更大吧，也许是他们过于乐观了，而我只穿了一件 T 恤。事实证明，这一选择是明智的，因为不一会儿我就开始冒汗了。

我要去城外的公园里拜谒孟浩然的墓地。襄阳是中国少有的几座古城墙和护城河均保存完好的城市，公园与我住的宾馆只有几个街区的距离。倘若不是天热得人汗出如浆，这里确实是一个散步的好地方。风景很美，但我无心赏玩。印象中，我在某张地图上见过此地标有孟浩然的墓地，就位于护城河边的休闲区。可是从东走到西，从南走到北，反复寻觅：穿过旋转木马和摩天轮，穿过六七座亭台……连墓地的影子都没有找到。向那些公园常客和员工打听时，他们一个劲儿地摇头。我还向遛鸟的老人打听了，他们当时正坐在椅子上听笼子里的画眉鸟唱歌。

我甚至还想去问问画眉鸟，我以前学过它们的语言。那是 1978 年，当时我们刚搬进台北竹湖以北的一个小农庄，有一天早上，一只画眉鸟出现在我的卧室窗前并不停地叫着，直到我也学它叫了几声才飞走了。第二天，它又来了，还是叫个不停，直到我有所回应，天天如是。有一天，它竟然还带了两只小画眉来，并把我们互相介绍给彼此，于是这就变成了两家人的来往了，如此持续了六年。后来房租涨了，我们不得不搬到山上的另一处农庄，从此，就再也没见过那“一家人”了。今天又见画眉，但此画眉非彼画眉。我和它们打着招呼，却得不到任何回应。看到孟浩然家乡的画眉在笼子里站在小横杆上唱着歌，我叹了口气，继续向前走去。

找遍整个公园依然无果，我便开始沿着汉江大堤往前走。汉江在古时候是襄阳城的北部疆界。我在护城河东面的大街上走了一个来回，依然未果。一小时后，我回到宾馆开始上网查询。这座城里确实没有孟浩然的墓地，网上说在城西南三十公里的地方有一处关于墓地的景观，很明显，这是旅游开发的噱头，不理也罢。然而，有好几个网站都提到了鹿门山上的一处墓地，那里是孟浩然十五到二十五岁学习的地方，这跟李白和陈子昂在离家不远的山上学习是一个道理。这个地方看起来比较靠谱，所以我决定马上动身去看看。直到今天，我依然不知道我是从哪里获得的这个信息，即在襄阳的地图上，有一个小方框，上面写着“孟浩然之墓”，真希望这个画面快点从脑子里消失。

出门上了停在宾馆门口的第一辆出租车，从这里到鹿门山的直线距离是十五公里，可是开车却要走三十公里。首先我们要穿过襄阳来到汉江北岸的樊城区，在里面跟打游击似的转了半天之后，来到一家天然气加气站加气。最后穿过唐白河，来到对面的218省道，再穿过两河（唐白河与汉江）交汇处的一大片涝原。

走了不到三公里，我们便离开218省道，在另一条公路上行驶了大约十公里。司机说现在在公路上开车还可以，要是一周以后可能就不行了，那时候涝原上的水稻收获完毕，人们该用公路来晾晒稻谷了。我庆幸着自己的运气：虽然没有满地落花，但是至少也没有满地稻谷呀。我们继续前行，前面出现了一座座小山，最近的那座就是鹿门山。我们把车停在山脚下，然后买了门票。中国现在四处都是这样：大山成了风景区，而森林成了保护区。这样做虽然有利于旅游业的发展，但是对于隐士们来说却不是好事。干脆建一个隐士沙龙？嘿嘿，无论如何也想象不出来会是什么样子。

在公路上走了几百米之后，我让司机停车，因为在拐弯处，我看见有个地方写着“孟浩然纪念馆”，这可真是意料之外的遇见。这些地方除了用于纪念，还是很多信息和书籍的源头，而那些信息和书籍只有在当地才能获得。我让司机把车开到一条岔道上，在不到二百米的地方，出现了一套古典建筑风格的楼群，看起来很威风。当我上前想一探究竟时，门口的保安让我们走开。他说土地开发商雇一个包工队来建这个楼盘，现在资金链断了，开发商跑了，所以这个地方就一直关着。这样也好，反正也没有我要找的孟浩然墓地。

我们又回到主干道，继续前行三百米后来到了鹿门寺。鹿门寺，始建于公元 1 世纪，是中国最早的佛教寺庙之一。据说鼎盛时期它的建筑曾经几乎遍布整座山，但是现在所有建筑用地加起来却不足一英亩——战争、革命以及时代的变迁都给它带来不同程度的消损。我来到前院和方丈说了几句话，当说及孟浩然之墓，他说附近确实有一座。然后他带我出前门，在公路上指着前方大概不到一百米的地方。接着他又补充说：那座墓地不是真的，只是一座衣冠冢。我走上前，准备亲自去看看。其实只是一座小土堆而已，一个简单的墓碑，旁边的两块石板上各刻有一首诗。尽管这里并不是孟浩然真正的墓地，我还是在墓前倒了三杯酒。酒香缭绕在衣冠天堂，我则转到了墓地后面，因为我想看看是否还会有其他发现。

墓地旁边有一条向下走的路，前行五十米，有一处松荫覆盖的斜坡，上面有一幢砖石结构的建筑，这是纪念庞德公的。庞德是公元 3 世纪时住在山里的一位隐士，他不是一般的隐士，全国各地的人们都来拜会他，并希望能得到他的指点。他是一个圣人，也是孟浩然的偶像。孟说在庞德曾经住过的地方，自己建了一座小屋，尽管他时不时地要离开那里回到襄阳，但每到晚上，却都要回来过夜。在《夜归鹿门山歌》里，他曾经记述过这样的一次晚归：

山寺钟鸣昼已昏，渔梁渡头争渡喧。
人随沙路向江村，余亦乘舟归鹿门。
鹿门月照开烟树，忽到庞公栖隐处。
岩扉松径长寂寥，惟有幽人夜来去。

我的朋友加里·弗林特曾经按照孟浩然的路线在城市与寺庙之间走了一遍，并将相关照片放在了他的网站（Mountainsongs.net）上。在我写这段文字的时候，那些照片还在。加里也是一位诗人朝圣者，然而，他不乘出租车，而是租一艘船沿汉江而下，穿过十公里长的渔梁沙洲直到鹿门山脚下，然后上岸步行到鹿门寺。据他讲，从江岸到寺里需要一个小时的时间。大概这就是孟浩然为之而歌的那段路。毫无疑问，江岸的位置已经有所改变，但是那段路到了夜晚依然显得漫长而孤独。

我又折回来，收起酒杯，然后读了墓碑两侧的诗。文字已经模糊难辨，但是诗很短，其中一首是王维写的，题目是《哭孟浩然》：

故人不可见，汉水日东流。
借问襄阳老，江山空蔡州。

蔡州是襄阳以南汉江里面的一个沙洲，后来被洪水冲走了。人们一直困惑的是为什么王维要在诗里提到这个地方，这与孟浩然有什么联系。我也有此疑惑。困惑归困惑，这并不妨碍人们喜欢王维的诗。

虽然孟浩然和王维在一起的时间不长，但他们却是最好的朋友。他们被诗意地联系在一起，文学评论家们称之为“唐朝最伟大的两位山水田园诗人”。他们的诗，不是写山，就是写水。与王维不同的是，孟浩然一生布衣。他最后一次去长安参加科举考试的时候已经四十岁了，也就是在那时，他与王维成了好朋友。落榜以后，孟浩然回到家乡，从此再也没有去过长安。然而两个人的友谊却持续了一生。孟浩然去世时，王维的心都碎了。墓碑的另一面是李白的一首《赠孟浩然》：

吾爱孟夫子，风流天下闻。红颜弃轩冕，白首卧松云。
醉月频中圣，迷花不事君。高山安可仰，徒此揖清芬。

李白来此只能空鞠一躬，因为当他过襄阳来见孟浩然的时候，孟正好离家远游去了。一千三百年后，我来了，他依然不在，我也只能空鞠一躬，喝完杯子里剩下的酒，回到车里。

从鹿门山下来，我们开始按原路返回，经过即将收获的涝原，即将被拆迁的樊城区，穿过汉江，进入襄阳。我让司机把我送回宾馆并在外面等我办离店手续。一切妥当之后，我们开始寻找除鹿门山以外，孟浩然住过的另一个地方。孟浩然在诗里说自己的家在襄水以南的城外，无论何时一旦离家，他能想起的就只有那个地方。例如《早寒有怀》：

木落雁南度，北风江上寒。我家襄水曲，遥隔楚云端。
乡泪客中尽，孤帆天际看。迷津欲有问，平海夕漫漫。

在鹿门山住了十年之后，孟浩然开始到长江下游游历，就在入海口附近的一些地方。这一游就是十年。以长江为分水岭,江东便是楚国，疆域覆盖了三峡与大海之间所有陆地部分。因此，孟浩然实际是去了楚国的最东边，而他的家乡则位于湘江以南，三峡最西头，距离湘江仅一箭之遥。

从宾馆出来，我们直奔南城门然后向西上 207 国道，大约一公里以后，停下车，因为我想看看如今的湘江是什么样子。唉，这应该是一天里第三次叹气了。孟浩然说他经常从门外就可以乘船，而且据说直到 20 世纪中叶湘江水域还是很宽阔的，但是现在由于城镇化建设，这条江大约也就灌水渠那么宽了。现在的它如死水一潭，名叫“南渠”。哦，湘江！

至于孟浩然家乡的具体方位，学者们也是意见不一。我认为以诗词文本为依据是最可信的，孟浩然在诗里记述了他从家向外看到的景致。根据这些，人们推测他的家应该位于岘山脚下 364 医院后面的田野里，距离南城门大约一公里处。公路另一边的盛丰路直通那里。路况很好，我们沿着它穿过医院来到一个岔道口：向右是青山，向左是岘山。岘山是孟浩然生前喜欢去的地方，所以我选左边这条，而这意味着需要在一条很窄的土路上缓行一段时间。最后，我们在医院后面的菜地里下车看了看。菜地周围有砖混结构的农舍，从襄阳城南门到这里，步行大概需要二十分钟，骑马也就五分钟吧。虽然位于城市边缘，但这里却非常田园化，所以不难想象出孟浩然在《涧南即事贻皎上人》里描述的情景：

弊庐在郭外，素产惟田园。左右林野旷，不闻朝市喧。

钓竿垂北涧，樵唱入南轩。书取幽栖事，将寻静者论。

再回到车里，我们开始往回开。到公路上以后，我告诉司机想去山的另一侧看看。孟浩然写了太多关于岘山的诗。从让人抑郁的南渠回到南城门，然后继续向东走了两三公里，到铁路桥下边的时候，我们停下车。

我要找一处历史遗迹，那是七百年前襄阳人为纪念一位叫羊祜的人而建造的。羊祜曾坐镇襄阳，都督荆州诸军事。他以德怀柔，深得军民之心，是西晋王朝的重要战略家。按照羊祜的军事部署，西晋一举灭吴，完成了统一大业，可是羊祜自己却在胜利前夕病故。羊祜死后，襄阳百姓在其生前游憩的岘山建庙立碑，以示纪念。当时的皇帝为表感谢之情，曾专门命人在碑前宣读捷报。孟浩然也经常携友来此饮酒休憩，追思古人。这首《与诸子登岘山》便是当时所作：

人事有代谢，往来成古今。江山留胜迹，我辈复登临。

水落鱼梁浅，天寒梦泽深。羊公碑尚在，读罢泪沾襟。

面对羊公碑，不只有孟浩然一人泪沾襟，整个世界也在为他落泪。考虑到当时的季节，人们站在这里，看到汉江潮起潮落，忍不住想起某晚曾携友来此的羊公，想起之后来此拜谒的前人，如今都已如风般消逝，而自己终有一日也如他们一样被追思，所以忍不住垂下泪来。

荆襄锁钥

为了纪念孟浩然的这首诗，襄阳人重新命名这座石碑为“堕泪碑”①。为此他们还建了一座寺庙并每年来此祭拜，这种习俗一直持续到现代。如今这里只剩下了紧挨铁路的一间被废弃的小屋。本来想寻找更多的线索，结果无意间看见了石碑。石碑立于路堤之上。周围垃圾遍地，但上面的文字尚可辨认：堕泪碑。我代表羊祜和孟浩然，代表襄阳百姓和后来的拜祭者向石碑上洒了一杯威士忌，这要比眼泪好得多吧。

回到出租车上，我让司机按照之前的方向继续向前开。之前，从鹿门山回去的时候，我曾给当地的文化部门打过电话，问他们是否有孟浩然墓地的信息。接电话的那位官员说真正的墓地在岘山南面的某个地方，在宋朝遭到了破坏，墓碑后来被置于谷隐寺内。当我问及东风林即襄阳西南三十公里处的旅游景点时，他说那里只是一座纪念性墓地，这就是他所知道的全部信息。

---

① 实际上，之所以为“堕泪碑”，是因为在羊祜死后，每逢时节，周围的百姓都会祭拜他，睹碑生情，莫不流泪，羊祜的继任者、西晋名臣杜预因此把它称作“堕泪碑”。——译者注

谷隐寺，唐时名“景空寺”，位于岘山南麓，是孟浩然经常去的地方，以前我也听说那里是佛教翻译家道安居住讲经的地方。我问司机是否听说过谷隐寺，他耸耸肩。我不是那种因为不认路就放弃寻找的人，于是让他继续往南开。大约走了一公里，前方出现了一座寺庙，我让司机停车，然后沿着一条碎石路拾级而上，到近前才发现原来是一座佛教寺庙，名为“观音阁”。穿过庙里的两座大殿，便来到了汉江边上，在这里，可以看见远处鹿门山及其附近的山峰。

该看的已经看得差不多了，我们开始掉转车头往回走。其实我还是想看看岘山的阳面有什么。在走了不到两百米的地方，有一条岔道通往山里，我问司机可否愿意一试。他也是一个愿意冒险的主儿，虽然路面大部分已经残损，但车还是可以开过去的。行进几百米后，我们来到一个大门口，门上着锁，到近前一看，锁只是虚搭在上面，推开门往里看了看，我便退了出来，回到车里。再往前行驶了大约一公里，在路的尽头，有一座采石场。在采石场与山地之间，有一群被废弃的两层砖混结构的建筑，上面已覆满青藤。我和司机一起下车看个究竟。他告诉我要小心一些，因为他之前听说过这个地方，这是“文革”时期的一座监狱。根据牢房号码，可以推断出当年这里至少关押了一千名犯人。毫无疑问，这里用作监狱再合适不过了，过了山脊，就可以把人处死。

穿过一些杂草丛生的建筑，我看见旁边有一棵古银杏，于是上前去看。树下，有一块石头，上面刻有“谷隐寺”三个字，这就是我要找的地方！远处几百米处，还有一棵银杏。如果谷隐寺是对着汉江朝东而立的话，那么这两棵树应该是分立于寺门口的。这是寺院门口的标准布置：两棵树，要么是香柏，要么是洋槐，但经常是银杏，而寺院大门一般是朝东或者朝南。谷隐寺已经不见了，孟浩然的墓碑应该就埋在几个世纪以来的乱石层下。我往树根上倒了一杯酒，希望他的在天之灵能够感知。

我也给自己倒了一杯，王维那首诗的最后一句又浮现在了脑海。我突然顿悟：孟浩然的墓地根本就不在岘山。它在汉江中央的沙洲上，

孟浩然墓志铭

而那座沙洲已经消失。所以很自然，王维知道他的朋友葬在哪里——如他的诗中所言“江山空蔡州”。孟浩然的墓地被毁，墓碑被送到寺里的原因不是由于战争或者盗墓者，而是由于汉江本身。这样的解释合情合理。真感谢威利特家族和他们十八年的陈酿，是他们帮我解开了困扰已久的谜团。

尽所能地在孟浩然的世界巡礼一番之后，我让司机把我送到襄阳东站，我已经买好了下午3点41分开往安陆的车票。车基本准时到站，所以总的来说，这一天还算顺利，我又恢复了往日的乐观。就让李白的《岘山怀古》一路陪我吧：

访古登岘首，凭高眺襄中。天清远峰出，水落寒沙空。
弄珠见游女，醉酒怀山公。感叹发秋兴，长松鸣夜风。

想到襄阳河神以及一直醉酒的山神，这次轮到李白叹气了：他们都不在了，那个李白和我去拜望的人也不在了。透过车窗远眺，四野一片丰收的景象，秋天又来了。两个半小时后，我念着李白的名字在安陆下了车。

第十七天

李　白

几年前，湖北安陆因为在广告上称自己是李白的故乡而被四川江油起诉，因为李白从五岁到二十五岁一直生活在江油，大多数人认为那个阶段是一个人形成故土观念的关键时期。然而，李白离开江油后就一直没回去过。他沿长江而下，穿过三峡，在中游地区游历了几年。公元 728 年，李白在安陆娶妻，并在那里生活了十年。这也是李白生命里比较重要的时期，安陆方面自然坚持认为自己才是李白的故乡，因为这对提升当地旅游业大有裨益。就这样，一场法律纠纷开始了。

最后，中国国家工商行政管理局被指派处理此事。他们认为安陆并没有涉及侵权。任何一个地方都有权利称自己是李白的故乡，江油也不例外。然而此事并未就此停息。就在处理意见下发不久，吉尔吉斯斯坦的托克马克市也声称自己是李白的故乡，因为那是李白出生的地方。随后甘肃天水也称是李白的故乡，因为李白在那里一直住到四岁。李白就像一个大蛋糕，每个人都想分一块。即使李白现在没死，我想他自己也会笑死的。安陆的旅游业确实因此获得了巨大的发展，我怎能不去李白的这个故乡呢?

然而即使去，也只能是惊鸿一瞥。想在那里待一整天的计划因为我的朋友安迪·弗格森的一个求救电话而彻底泡汤。安迪的工作是带西方佛教徒来中国做禅修。按照日程安排，明天他要带一个二十人的团到广州禅修。但经过几个月的筹划之后，生活跟他开了一个玩笑，因为某些原因，他自己却无法成行了。我们以前曾在一起工作过，工作性质也很相似，于是他请我帮忙给他代班，优厚的待遇让人无法拒绝。我和那些诗人朋友们解释说下次来中国我一定去看他们。但是我想在去广州之前应该能挤出一些时间到安陆附近的某个地方看看，所以还是尽早动身为妙。

早上 7 点半的时候，我在安陆招待所门口上出租车，直接去了白兆山。那是李白“酒隐安陆、蹉跎十年”之地。

修路让整个地方变成了迷宫，找对路之前，司机转了五次弯，好在最后，终于看到了一个醒目的棕白色路标，上面显示前方有一处重要的历史遗迹。山在公路左边，当然李白也在左边。他站在山顶上，白色的塑像在晨光中熠熠生辉。那座雕像大约五十米高。安陆肯定是花了大力气——至少投资商下了血本，所以他们当然希望会有一个大的收益。毕竟诗歌能带来钱，而那钱诗人分不走半分。

这条路也是他们预期收益中前期投资的部分，大概是十车道吧，直接通往碧山村。碧山是白兆山的另一个名字。最初的村庄早已不见，当然村民们也不见了。在这个地方，一个唐代风格的村子正拔地而起。安陆不想落后于李白的其他故乡，即使是把李白以前住过的地方夷为平地也在所不惜。

考虑到李白的妻子是前宰相的孙女，人们认为他理应搬到洛阳去结交那些达官贵人。李白搬到碧山不久，有人就问了他这样一个问题：你如此才华横溢，又突然有了这样的后台，为什么要选择住在这穷乡僻壤之中？李白因此写了一首著名的《山中问答》：

问余何意栖碧山，笑而不答心自闲。
桃花流水窅然去，别有天地非人间。

李白所说的“桃花流水”指的是陶渊明作品里的桃花溪。有一天主人公沿着桃花溪来到一个隐蔽的山谷里，几个世纪以来那里的人们从未遭受过战争或饥荒的侵扰。李白这首诗最后一句也是约翰·布洛菲欧德非常喜欢的。约翰也是一位译者，他曾经抱怨说我写这本书太辛苦了。实际上，如果三十年前没有他的帮助，我可能什么书也写不成。他曾鼓励我不要只是翻译寒山的一本诗集，最好是把他的诗全部翻译一遍。他甚至强迫我接受了这样一种理念：译诗即作诗。在约翰曼谷家里的大门上，就有“别有天地”四个汉字。事实上，他家确实是别有天地。

通过那个根本就不存在但马上就会有的碧山古村，沿着一条路况良好的公路，我们来到了一个超大的停车场，然而里面只有我们一辆车。

或许是因为我来得太早了吧，现在还不到早上8点。售票口处有一个牌子，上面说营业时间是早6点到晚6点。我想可能这个窗口的售票员去晨练了吧，然而另一个窗口也没有人。我径直走到后面，敲开了一扇门，里面的人说这里还在施工，然后挥手让我进去了。这里竟然不收费！

得知进门不收费后，我又回到了出租车里，告诉司机等我到10点左右。我们没有说多少钱，但是想着从安陆到这里，再回安陆，我给她一百元作为车费，再给一百元作为在这里等候的补偿，应该差不多了吧。我已经习惯了在合理范围内接受司机的要价了。回去的交通安排好后，我便径直朝纪念馆走去。

在“李白故乡”出现纷争之前，安陆就有一座李白纪念馆。从网上的照片来看，这个地方值得一游。即便什么都没有，那个地方本身也还是不错的，从上面可以俯瞰流经这座城市的府河，但是这条河目前不再流向外面了，河里的水都被储存起来，据说要一直等到白兆山新的纪念馆建立起来以后才能放闸通水。遗憾的是，正如售票处的那个人所说，这里还在施工。但无论如何，我都要进去看看。虽然这座纪念馆现在是一个巨大的尚未完工的空壳，而且看起来就像是个大吊灯，但我要看的是白兆山，不是纪念馆。

李白故里

李白在白兆山曾有两个栖身之处。搬到这里不久，妻子生下一个女孩，他在山脚的碧山村给家人建了一幢舒适的房子，还给自己在西面山顶下面造了一个隐居之处——我猜相对于日出，李白可能更喜欢日落。考虑到他的喜好，这点很容易理解。

李白十几岁的时候就开始修道了，所以来到这里以后，也需要进一步学习和研修道法。数世纪以来，在中国有一些特定的山脉被认为是精神修炼的圣地，而有些山则只是一座山而已，白兆山就属于前者。在这座山里，住着各路隐士，李白和他们中的很多人都成了朋友。居住在相对闭塞的环境里并不意味着一定是苦行主义者。以李白的《山中与幽人对酌》为例：

两人对酌山花开，一杯一杯复一杯。
我醉欲眠卿且去，明朝有意抱琴来。

山里让人分心的事物不多，所以里面的生活应该比在城里高雅多了。沿着公路一直往上走，我很高兴这座山没被采石场和伐木场破坏掉。要不是考虑到这里即将变成景区，我还真有建个小屋隐居的想法。走着走着，旁边出现了一条山路，由于公路一路向北延伸，看不到尽头，而山路看起来似乎直通东面，所以，我离开了公路，沿着山路向上爬了一会儿，来到一个小售货亭前，当时正口渴，便买了一瓶凉茶，顺便喘口气。凉茶味道不错，所以我又买了一瓶。卖货人说这座山两年前就对游客开放了，只是由于施工，大概 11 月份才能正式对外营业。看来，我来早了俩月。我问他那条公路通向哪里，他说直通山的西面，那里有一家正在建的宾馆。现在想想，幸亏自己选择了山路。离开的时候，他让我慢点，注意安全，他说见我来的时候走得太快了。我没有解释，继续以之前的速度马不停蹄地前进着。

这条路由几千个石阶构成，中间穿插好几段羊肠小路，然后穿过松树、香柏和洋槐林。洋槐给我留下了深刻的印象，当时它们正在开花，空气中弥散着印度香般的芬芳，尽管是在 9 月，蝉鸣依然不断。

这条山路最终到达了一个山口，在那里出现了另一间小售货亭，里面有更多的冷饮，于是我又买了一瓶凉茶，之后转向另一条南北走向的山路。

尽管空气很清新且凉爽宜人，但由于爬山出力，我还是汗流浃背了。缠在头上的头巾每隔几分钟就需要取下来拧一次汗，真是难以想象在夏天爬山会是什么样子。此时，李白的那首《夏日山中》让我产生出无数共鸣：

懒摇白羽扇，裸袒青林中。
脱巾挂石壁，露顶洒松风。

即便在大山里，不戴头巾也是会被文人耻笑的。全诗写出了作者旷达潇洒，不为礼法所拘的形象。

白兆山也是道教圣地，一路经过好几座道观。李白有一位偶像叫洪崖先生，他在成都以西的大山里修道，那里距李白长大的地方并不远。洪崖以腾云之功著名，传说最后他驾着祥云去了山东的蓬莱仙境。李白来白兆山也是希望能练就此功。一天，他想起之前的理想，忍不住写下了这首《日夕山中忽然有怀》：

久卧青山云，遂为青山客。山深云更好，赏弄终日夕。
月衔楼间峰，泉漱阶下石。素心自此得，真趣非外惜。
鼯啼桂方秋，风灭籁归寂。缅思洪崖术，欲往沧海隔。
云车来何迟，抚几空叹息。

实际上，我还真需要一架云车，一路沿山脊向上攀爬，我早已上气不接下气。见到的第一座寺院叫祖师殿，里面供奉着道教真武大帝，传说湖北省西部武术圣地武当山就是真武大帝飞天的地方。白兆山上所有的寺庙里都是来自武当山受训期满的道士。尽管他们来祖师殿主要是为了照看庙堂并收集香火钱，但据说没有游客的时候，这里也是一个修行的好地方。在门口对面，有一棵饱经风霜的银杏，看上去得有一千多年了吧，但似乎还有生命力。道教圣人庄子曾说过银杏是最长寿的树木，一想到这些，我感觉舒服了好多，仿佛自己就是一棵老

祖师殿

银杏树。

沿着山梁继续往前走，便来到了另一座寺院，里面供奉着道教的“三清”，他们代表着道教修行的进程，即从肉身转化为精、气、神。我和殿里的道士交谈了一会儿，点了一炷香，休息了一下。本来想绕过远处隐约的李白雕像到他之前居住地桃花岩去看看，但是已经没时间了。所以，我顺着山路回到山口，再从西面的浓荫里穿过去。一路上，风清气爽，而且还看见了几处石刻。这条路也通向白云泉，我想，白云泉应该是我与李白分享美酒最好的地方，但是管理部门为了防止像我这样的人接近泉水，在白云泉四周竖起了一排木栅栏。现在周围没人，所以我还是蹲下来，向里面连续倒了三杯酒，以此来表达我对李白和其他隐士们的敬意，是他们发现了如何把玉米变成精、气、神（用玉米酿酒确实不错）。

因为今晚之前我必须到达千里之外的广州，所以这次依然不敢久留。我开始顺着石阶下山。下山比上山轻松多了，有一段山路是水泥地面，这让我忍不住边走边跳起来。我不知道李白和他的隐士朋友们是否也这样跳跃过。下山时能有一段相对平坦的路面是再好不过的事情了。到了石阶部分，我慢下脚步，与此同时，竟然看到了之前没有注意到的一些东西。在荆棘覆盖的藤蔓上有一种白绿相间的果子，藤蔓已经枯黄——毫无疑问，这是一种茄科植物。在道教高人那里，它们可能是炼制仙丹的一味药材。还有黑色和蓝绿色的蝴蝶，它们依旧如夏日般飞舞。等走到最后一级台阶的时候，蝉声已经时断时续，几近消退了，远不是我之前听到的类似于"啸"般的气势。它们的日子快到头了，而我今天的白兆山巡礼也告一段落。在山里生活了九年之后，李白也离开了这里。在离开之前，他给另一位准隐士在《安陆白兆山桃花岩寄刘侍御绾》里留下了一些寄语：

云卧三十年，好闲复爱仙。蓬壶虽冥绝，鸾鹤心悠然。
归来桃花岩，得憩云窗眠。对岭人共语，饮潭猿相连。
时升翠微上，邈若罗浮巅。两岑抱东壑，一嶂横西天。
树杂日易隐，崖倾月难圆。芳草换野色，飞萝摇春烟。
入远构石室，选幽开上田。独此林下意，杳无区中缘。
永辞霜台客，千载方来旋。

李白所说的"三十年"有点夸张。他写这首诗的时候刚三十多岁，所以，二十年还差不多。无论如何，这首诗很好地描述了他在山里的那个家，那个我无暇拜谒的家。

回到车里，我让司机把我送回市里，也就几分钟的路程吧。到汽车站下车后，我没问她要多少钱，直接给了两百块钱。她微笑着说"今天下午不拉活了，去玩麻将"。哈，祝她好运吧。

正好赶上上午 11 点去武汉的车，离开之前，司机和大家商量：如果半路没人下车，而且大家愿意集体出一百块钱的过路费，那么他就走高速。这是我第一次听说乘客还有选择权，于是我立即表示愿意自己把过路费全出了。遗憾的是，有五六个乘客需要中途下车，所以只好作罢。不到一百公里的路程，愣是走了四个小时，慢得有点离谱了。还好，赶上了下午 3 点半的高速列车，我在晚上 8 点之前到了广州。下一步的朝圣之旅需要等上一段时间了。

旅程被打断的时候是 2012 年 9 月 14 日，星期五。再次启程则是在第二年的 3 月 9 日，星期六。从北京坐了四个小时的特快列车后，我出了武汉火车站。而六个月前，我是从这里上的火车。出站以后，我打车去了皇冠大酒店。入住登记完毕，我把包放进了房间，然后出去打车去了黄鹤楼。离天黑还有一段时间，对于李白的拜谒还没有结束。

在襄阳没有遇上孟浩然，李白听说孟正计划游历长江下游，于是托人带信说他们可以在武汉会面。公元 730 年，两个人如约而至。因此李白写了这首《黄鹤楼送孟浩然之广陵》：

> 故人西辞黄鹤楼，烟花三月下扬州。
> 孤帆远影碧空尽，惟见长江天际流。

司机把我放在了最新的那座黄鹤楼前的台阶下。那是一栋钢筋水泥结构、五十米的高楼，很扎眼。我没有爬上去的兴趣，只是想大概看看。这座楼与白兆山上李白的雕像一般高，传说是因为两千年前有仙人驾鹤经过此地而得名。但是这并不是李白诗里提到的黄鹤楼，它的原址位于第一座长江大桥下面，距此也就一公里的路程，而且我还听说那里有一块巨石做标记。所以欣赏完“新版黄鹤楼”之后，我沿着人行道一直走到了大桥下。

到第一座桥拱的时候，见到一位身穿制服的卫兵，他的工作是在这里站岗两个小时并呼吸各种汽车尾气。经过岗亭，我乘坐电梯来到

黄鹤楼原址

了大桥的第一层。那块巨石很显眼，就在长江边上的休闲区中央。昔日的黄鹤楼如今只剩下了一块孤零零的石头立在那里。这是李白和孟浩然分别的地方。也是李白二十八年后重来的地方。当时他因为卷入了皇帝一位兄弟的谋反而被捕入狱，刚从监狱里出来，虽说被释放了，但是惩罚并没有结束，他被贬到了长沙南部夜郎地区的山地部落。在去长沙的路上，经由武汉，听到有人弹奏《梅花落》，得作《黄鹤楼闻笛》一诗：

一为迁客去长沙，西望长安不见家。
黄鹤楼中吹玉笛，江城五月落梅花。

当我第一次读这首诗的时候，感觉很奇怪，因为我以为他说的“家”指的是长安的家，可是他在那里的时间很短，而且刚从那里被流放出来，怎会想念呢？或许他的“家”另有所指？后来，我意识到安陆就在长安的方向，或许这个想法更站得住脚吧。我在他写诗的地方边走边想，甚至突然想会不会有人因此在这里种下一棵梅树呢？这个想法很怪，但是没错，真的有人种了梅树，而且它正在开花。当看到有人与自己的想法不谋而合时，我总是会满心欢喜。我深深地吸了一口气，那芬芳便沁入肺腑了。走到江边的栏杆旁，我朝下面的岩石倒了一杯威士忌。因为听说李白是想上九天揽月才溺水而亡的，所以我想，下次下雨的时候，雨水就可以把我的敬意送到李白溺水的地方了。一想到这里，心情瞬时舒畅起来，这种好心情一直伴随我回到了宾馆。明天，我的旅程将要掀开新的一页了。

第十八天

苏 轼

苏东坡是我要拜谒的下一个对象。他不仅是一位伟大的诗人，还是一位伟大的散文家、书法家。但在仕途生涯中，他因极力反对王安石变法而被数次流放，第一次的流放地便是长江边城黄州。

我乘早班车从武汉赶到鄂州，鄂州与苏东坡流放地黄州隔江相望。由于第二天仍需从鄂州乘早班车离开，所以，我决定先待在鄂州这边，于是住进了长城花园大酒店。现在是早上 10 点，这一整天都没什么事。我一边喝早咖啡一边浏览苏东坡的资料，这时候，门外传来了敲门声，原来是服务员送水果。刚开始我以为她走错了房间，水果看上去五颜六色，有香蕉、梨子、葡萄、圣女果等。她说“欢迎来鄂州”，哦，原来确实是给我的。她把东西放在茶几上，便转身离开了。我不能让自己太分心，所以只是瞟了一眼。

一切准备就绪，我到街上打一辆出租车，然后直接去了黄州，黄州现在叫黄冈。苏东坡原名苏轼，公元 1080 年被流放黄州后耕作于“东坡”，不久，他便自号东坡了。司机问我去黄州哪里，我说去苏东坡纪念馆。十五分钟后，车便停到了遗爱湖公园门口。著名的遗爱湖就在这座公园内，司机告诉我沿人行通道走到公园东侧就能看见了。从门口到纪念馆大概有三百米的距离，纪念馆很新，以黑白为基本色调，具有宋代建筑的优雅之风。里面的陈设也很新颖，没有那种让人看腻了

苏东坡雕像

的玻璃柜，进去以后让人眼前一亮。很明显，这里的负责人参加过博物馆管理方面的专业培训，懂得将重点放在实景模型和视听效果上。

大厅里，邓丽君的歌《但愿人长久》在循环播放，这首歌取自苏东坡写给弟弟的一首词《水调歌头》：

> 明月几时有？把酒问青天。不知天上宫阙，今夕是何年。我欲乘风归去，又恐琼楼玉宇，高处不胜寒。起舞弄清影，何似在人间？
>
> 转朱阁，低绮户，照无眠。不应有恨，何事长向别时圆？人有悲欢离合，月有阴晴圆缺，此事古难全。但愿人长久，千里共婵娟。

嫦娥是住在月宫里调制长生不老药的仙女。来自台湾的邓丽君在黄冈人的心里占有一定的地位。20世纪80年代，北京方面认为邓丽君的歌太过靡靡之音，因此禁止公开出售她的唱片，但这并不影响人们喜欢她。当时在大陆有句话很流行，那就是：白天邓小平，晚上邓丽君。三十年，有很多变化发生；三十年，也有很多东西没变。

我穿行在一座又一座画廊之间，邓丽君的歌声逐渐消失。第一个画廊里是苏东坡各地故居的照片，还有他和弟弟墓地的照片。有一张墓地照片很让我惊讶，因为之前我曾代表朋友亲自去那里拜祭过，那是苏东坡小妾王朝云的墓地。苏东坡在王朝云十二岁时把她从歌舞戏班中赎出来，并纳其为妾，后来，在苏东坡最后一次被流放到惠州的时候，王朝云去世。惠州就在距离香港不远的地方，苏东坡说她是念着《金刚经》最后几句偈语去世的。

> 一切有为法，如梦幻泡影。
>
> 如露亦如电，应作如是观。

她自己热爱佛法，自然会对丈夫产生一些影响。在黄州的时候，苏东坡便开始了冥想，并研究起佛经来，比如《金刚经》《维摩诘经》《楞伽经》。

下一个画廊里则是一些苏东坡流放期间的实景模型。我最喜欢的是他和妻子在一起掰着手指头计算如何靠他微薄的薪水过日子的情景，这样的场景对我来说太熟悉了。还有一些是苏东坡在研究厨艺，比如东坡鱼、东坡肉、东坡豆腐、东坡汤，甚至还有东坡饼。有一面墙上，挂有一幅元代书法家鲜于枢的作品，上面书的是苏东坡的一首诗，诗里描写苏东坡黄州房前的一棵树在春天到来时的样子，名曰《海棠》：

东风袅袅泛崇光，香雾空蒙月转廊。
只恐夜深花睡去，故烧高烛照红妆。

大厅里只有我和那位女管理员。从我进门起，她就一直在织毛衣。在以前，女管理员们也都是织毛衣，而现在大家都在发信息，但是黄州似乎是个例外。突然，外面进来了一群重要客人，不知从哪里冒出来的一位纪念馆领导在给他们做讲解。他们就像一阵风，来得快，去得也快，不到十分钟就走人了。很明显，大家是去吃午饭，而且毫无疑问，有人会为他们埋单。剩下我，则继续欣赏那些实景模型，他们太逼真了，有一个是苏东坡正在弹琴的塑像，而在他身后的墙壁上就写着那首《琴诗》：

若言琴上有琴声，放在匣中何不鸣？
若言声在指头上，何不于君指上听？

我认为最好的部分是那座宋代城市的塑像模型。凡是苏东坡居住过或者写过诗的地方，都在墙上做了标记。城市已经变了，但是大多数的墙还保存完好。最后，有一个人机交互的实景模拟。我伸手拉了一下船桨，突然，自己就置身于长江之上了，船桨的击水之声传来，抬头便是赤壁。我怎么能不去赤壁呢？于是，它成了我下一个要拜访的地方。

退出大厅，穿过公园朝当初下车的地方走去，快到门口的时候，我停住了，那里有一幅巨大的石雕，上面刻有苏东坡的《赤壁赋》以及苏东坡立于水上的浮雕。进来的时候，我的心思都在纪念馆上，所以经过时没有注意。在《赤壁赋》相邻的另一座石雕上，是苏东坡的一首《寒食雨》：

> 自我来黄州，已过三寒食。年年欲惜春，春去不容惜。
> 今年又苦雨，两月秋萧瑟。卧闻海棠花，泥污燕支雪。
> 暗中偷负去，夜半真有力。何殊病少年，病起头已白。

关于寒食节的来历还要追溯到很久以前的一个故事——子推绵山焚身。说的是晋文公想让山里的一位隐士介子推下山辅佐他，但介子推拒绝了，晋文公便命手下人放火烧山，以此逼他下山，然而介子推心意已决，最后活活被烧死了。事后，晋文公非常后悔，命令全国禁烟三天。然而最早的寒食节可能与儒家祭祖之前于农历三月三沐浴的习俗有关。寒食节涉及死亡与重生，所以在这首诗的最后一句，我们看到苏东坡也谈起了自己的生老病死，这一时期也正是他信仰佛教的阶段。

读完石雕上的诗文，我便到门口去等出租了。黄冈出租车不多，来来往往的多是公交车和私家轿车。其实我也可以坐公交车去，但是在一个陌生的城市里，公交站牌的名字让人眼花缭乱，所以还是坐出租车更安心些。二十分钟后，终于过来一辆，我让司机送我去赤壁，到那里也就几分钟的车程。

赤壁位于黄州城西，以前在上面可以俯瞰长江，但是现在不行了。在大坝与赤壁之间多了一个池塘，很显然，由于被陆地包围，且比以前矮了二十米后，赤壁显得不那么陡峭了。我猜长江与池塘的水位之差也就二十米吧。尽管赤壁没那么高了，但依然还算是一个峭壁，于是我打算走近些看看。

这里就是公元 1082 年苏东坡和几个朋友趁着夜色携酒畅游的地方，也因此产生了他的两篇名作。在第一篇里，苏东坡慨叹说："客亦知夫水与月乎？逝者如斯，而未尝往也；盈虚者如彼，而卒莫消长也。"在第二篇作品里则记述了他酒醉酣眠，醒来忆起梦里曾有一只仙鹤飞过，后来仙鹤变成了一位道教的神仙。苏东坡也是一位道教信徒，尤其在炼金术方面。

我在赤壁对面靠近岸边的岩石上放好三个杯子，在里面倒满了黑麦威士忌。在第二次朝圣之旅中，我用黑麦威士忌代替了先前的波本威士忌。黑麦是不同于玉米的另一种谷物，直到近代才传到中国。托马斯·哈代就是这种贵族谷物的代言人。我觉得苏东坡会喜欢这种64度琼浆所带来的梦幻效果，而且味道也不错。就在我举目四眺的时候，开始下起小雨来。刚开始我以为是水池里的小鱼游到了水面上，后来一想，水池里怎么会有那么多的小鱼呢？就在我发呆时，苏东坡的另一首诗《鱼》浮现在眼前：

湖上移鱼子，初生不畏人。
自从识钩饵，欲见更无因。

在喝完那杯“雨加酒”之后，我改变了对这个地方的看法。刚开始，我不喜欢赤壁与长江被隔离开，但现在却对这里产生了好感。在池塘的另一头，有一片枯荷几近朽败，而新生呼之欲出。沿着河堤，柳枝已经开始泛绿，远处爆竹声声，宣告生命另一节点的到来，这让我想起了更多的诗篇。倒光杯子里的最后一滴酒，一大群鱼游了过来，我对它们说“不用谢”。

很高兴没忘带伞，我在雨中站了好一阵才等到一辆出租车。等车的时候我在想：人们为什么愿意在雨中来公园呢？或许，他们也和我一样吧。真担心那些人从车里出来以后改变主意再乘车回去，那样我就没车坐了。于是趁他们下车，我赶紧坐了进去并告诉司机去胜利大街和八一路交叉口。那里是黄冈旧城区的最高点。谢天谢地，在这几分钟的车程里，雨停了。沿着八一路，我一直在找道西楼群间的一块空地，历史学家们说那里是被苏东坡称之为“雪堂”的房子以及称之为“东坡”的那块农田所在地。楼群后面，有很多的参天古树，但就是找不到我要找的地方。没有小巷，没有胡同，只是一栋楼挨着一栋楼。市里最大的百货大楼位于街道以东，周边的树木很高，很明显是因为某种原因而被特意保护起来的。等雨再下起来的时候，我决定放弃了，于是撑起雨伞，开始沿着青砖湖路下山。

这条路是新近修的，据说是当年苏轼每天从他称之为“临皋亭”的家到地里干活的必经之路。因为他从家门口就可以看到长江，居室因此得名。有一天夜里，晚归之后，他写下了这首《临江仙·夜归临皋》：

夜饮东坡醒复醉，归来仿佛三更。家童鼻息已雷鸣，敲门都不应，倚杖听江声。

常恨此身非我有，何时忘却营营？夜阑风静縠纹平。小舟从此逝，江海寄余生。

最后两句招致了一些谣言，人们传说苏东坡从流放地逃跑了。当地的县官听说这首词以后还专门到他家里去巡察了一番。由于苏东坡名气很大，这个故事也传到了皇帝那里，皇帝当场哈哈大笑，但是并没有因此缩短他的流放期。

这条从“临皋亭”到“东坡”田的路一直通向过去的一座窑厂，这也是为什么这条路叫“青砖石路”的原因，名字一直未变。街边的店铺依然专门出售各种瓷砖。临皋亭应该就在江边的这条路上，但是一路上我能看见的除了鳞次栉比的店面就是百货大楼，每一个被我问到的人都一脸迷茫。

苏东坡喜欢去的另一个地方是定惠院，位于江边，距离这里稍有些远。初到黄州时，临皋亭正在修建，于是他到定惠院小住了一段时间。后来，即便是搬到了山上的“雪堂”，他还是会经常下山与僧人们聊天。也就是从那个时候起苏东坡开始接受佛教。他还写了很多关于定惠院的诗词，其中就有这首《卜算子·黄州定惠院寓居作》：

缺月挂疏桐，漏断人初静。谁见幽人独往来？缥缈孤鸿影。

惊起却回头，有恨无人省。拣尽寒枝不肯栖，寂寞沙洲冷。

“漏”在这里指古人计时用的漏壶。而梧桐则是传说中可以吸引凤凰的一种树木。如今，树上的叶子已经没了，枝干暴露无遗。独自在沙洲上待一个晚上应该也是别无选择的吧，根据大多数寺院的传统，如果有地方，访客可以在里面最多待上三晚。很明显，留给这位可怜隐士的地方是“疏桐”之下。沿着小巷望去，在历史学家们所说的寺庙原址，我所能看见的却是定惠宾馆的霓虹灯牌，或者也可以叫“沙洲宾馆”。

顺青石砖路一直走到青砖湖，然后沿另一条路向西走，这里通向今天最后一个目的地：安国寺。那里是苏东坡常去的地方，现在看到寺院依然还在，竟觉得有点惊讶。里面有两座新殿，还有明朝的一座石塔——黄州青云塔。这里除了葬礼，已经不再举行任何宗教活动。寺院和里面的游乐设施一样，是公园的一部分。我极力想象着僧人们坐在旋转的大茶杯里的情景。之前，我曾想要找到那间“浴室”，从而体会一下苏东坡的那首《安国寺浴》里描述的感觉：

老来百事懒，身垢犹念浴。衰发不到耳，尚烦月一沐。
山城足薪炭，烟雾蒙汤谷。尘垢能几何，翛然脱羁梏。
披衣坐小阁，散发临修竹。心困万缘空，身安一床足。
岂惟忘净秽，兼以洗荣辱。默归毋多谈，此理观要熟。

目前，中国各大城市都有了洗浴房，在那里，你可以洗澡，还可以享受按摩，甚至还可以小睡片刻。一想到洗澡和睡觉，我立刻就想回去了。很幸运，路上遇到了一辆出租车，所以我直接回了鄂州。到房间时还不到下午 2 点，但是这一天的任务结束了。天哪，我的房间没有浴缸！所以只能洗淋浴了。淋浴之后午睡片刻是朝圣路上难得的恩赐，为此，我依然心存感激。醒来之后，一个人吃光了服务员早上送来的所有水果，包括圣女果。

第十九天

杜甫、屈原

很高兴在朝圣之旅第二阶段能有一个轻松的开始。但是接下来的任务，就不那么容易了。为了赶早上 6 点 25 分的火车，我需要起一个大早，为此还专门安排了一辆出租车 5 点 45 分来宾馆接我。

鄂州的新火车站还未竣工，走在里面，感觉自己像是进了飞船舱，又大又空，且非常冷，夜里温度大概降到了零下 4℃左右。为了让自己暖和些，我开始像其他早到的乘客那样，不停地搓手、跺脚。谢天谢地，二十分钟后火车终于到站了，于是我又回到了前一天刚离开的武汉老火车站。到武汉老站的时间是早上 7 点 45 分，但我需要到新站赶 8 点 45 分的动车。新站距此有十五公里的路程，而且正赶上早高峰，好不容易打到出租车，我告诉司机越快越好。他却一脸轻松地说“不必担心，时间绰绰有余”。听完这话，我努力让自己打起精神。司机熟悉这里的每一条街巷，一番拐进拐出之后，竟然提前十五分钟到达车站。为了表示感谢，我多给了他五十块钱。

早上 9 点之前，武汉还是我之前记忆中的一座城市，而现在却近在眼前，满目都是翠竹覆盖的山峦，一望无际的稻田，一眼看不到边的油菜花以及开满花的果树，春天正在大步迈向夏天的门槛。然而，这样的景象并未持续太久。我们的车速是每小时三百公里，火车直接穿山而过，无须环山绕行。四十分钟后，我和其他五个人从岳阳火车站下了车，其他人可能要去长沙或者广州。如果在一千年前，这就是他们的流放之路，而如今，我猜他们应该是去“淘金”的。

一出站口，我就开始留心当地的交通了。因为在接下来的两天里，我要乘车去乡下。遗憾的是，在岳阳没有多少动车停靠，而且外面的出租车也不多。然而目前幸运的是：站台上等出租的加上我也就两个人，而外面却有三辆车候在那里，我选了一辆比较新的。司机告诉我车是三个月前买的，一听这个，顿时感觉自己的档次提高不少。在去市里的路上，我把想法跟他说了，即在接下来的两天里想雇他的车。

把大概路线介绍完以后，因为必须要征得运营公司的同意，他打了一个电话。几分钟以后，公司回电话报价。我觉得还算合理，便一拍即合。然而，他又说自己明天有安排，会让另一个司机陪着我在岳阳办事。

人们只要到岳阳来，一般都会去岳阳楼，那是这座城市最著名的建筑，所以我也要去那里，而且不到三十分钟就到了。岳阳楼位于洞庭湖东岸的一座公园内。下车时，司机说在外面等我，同时帮忙联系另一位司机。

从公园门口到岳阳楼，需要步行五分钟。岳阳楼曾在 20 世纪 80 年代进行过一系列的修缮，如今远远看去，屋檐似有凌空欲飞之势。顺着楼梯上到第二层，可以远眺到洞庭湖北部。再往北一公里，就是洞庭湖与长江的交汇处。我之前曾到过洞庭湖，然而每一次感觉都不一样。近千年来，洞庭湖主要起到为长江中下游地区防洪的作用。冬天湖面面积为三千平方公里，而到了夏天，则可达到两万平方公里，当时的储水量使它成为中国第二大淡水湖。冬天，水深降至三米以下，很多人会骑自行车到湖中的一些岛屿上玩。现在是

岳阳楼

3 月中旬，春雨使洞庭湖水位上涨，里面已经可以走船了。载满沙石的货船“突突突”地从这里经过，然后朝长江方向开去。远处一艘游船正开往湖上著名的景点——君山岛。那是中国著名的绿茶之乡，同时也是娥皇、女英两姐妹的墓地所在处。四千五百年前，她们自杀殉情的故事给这座岛屿蒙上了一层不可抗拒的神秘面纱。

从岳阳楼可以观测海军演练，这也是最初建造该楼的目的，但那是一千八百年前的事了。从那以后，它又经历了多次修缮——每次侧重点都不同。最近的一次修缮以唐代风格为主，这让我有了一种杜甫就在身边的感觉。公元 768 年，杜甫写下了这首《登岳阳楼》后，过了两年便去世了。

昔闻洞庭水，今上岳阳楼。吴楚东南坼，乾坤日夜浮。

亲朋无一字，老病有孤舟。戎马关山北，凭轩涕泗流。

古代吴国控制了长江下游以东地区，而楚国则控制了长江中游，包括南部的沅江和湘江，它们为洞庭湖提供了大部分水源。由于不能回北方的家乡，杜甫留在了岳阳，并坐船来到湘江。因为长沙的军事暴动以及自己日益恶化的健康状况，公元 770 年，他又回到洞庭湖，坐船沿汨罗江去投靠另一位朋友。

岳阳楼已看得差不多了，所以我决定前往汨罗江。第一位司机还等在公园门口。他把我介绍给了替班，然后说还有点麻烦，需要我完成一些必要的手续。到出租车公司总部，需要先填一些表格，然后付上一半定金。因为车将来会驶出所在辖区，所以接着又去公安局备案我的护照号码。做这些事花了一些时间，但是相对于过去各种烦琐的手续，已经算是简而又简了。一切就绪后，已经时过正午，我和第二位司机一路向南，终于驶上了 201 省道。

半小时以后，在 31 公里标记处，换到岳临高速西行，公路位于汨罗江滩涂沿岸，我以前也曾经到过这里，非常喜欢途中的景色。在到达洞庭湖之前，汨罗江也时有泛滥，江水瘦下去的时候，便留下这无尽的滩涂。绿草如茵，有牛羊点缀其间。行驶几公里以后，离开湿地地区，我们开始在一些长满冷杉的小山中穿行，这同样令人心旷神怡。离开高速六公里，沿着汨罗江一路终于到达屈子祠村，公路到达当地的渡口时，也便到了尽头。我们拐到旁边的一条岔道上，继续沿着江流前行，绕过一座覆满绿树的小山之后到了屈子祠。屈子，即屈原，他也知道“二妃”在汨罗江下游洞庭湖溺水自杀的事情。等到下车以后我才发现祠堂大门紧闭，这有点让人莫名其妙，因为那天是星期一。我挨个儿敲着旁边的小门，依然毫无反应。没办法，我只好沿公路走到一座亭子前，因为在这里可以看到当年屈原投江的位置。

屈原的故乡位于楚国西边界的三峡地区，离开故乡以后，他一直住在距离下游宜昌不远的楚都，并最终成了国君的高级顾问。但是他太过正直了，老天对诗人们的诅咒同样降临到了他的头上。劝诫国君提防秦国野心时，屈原遭到了对手的陷害，于是被流放到洞庭湖一带。有一天，他正在汨罗江与湘江的交汇处游历，遇见了一位渔夫，当时的情景记录在了屈原的《渔夫》一诗里：

> 屈原既放，游于江潭，行吟泽畔，颜色憔悴，形容枯槁。渔父见而问之曰：“子非三闾大夫与？何故至于斯？”屈原曰：“举世皆浊

屈子祠

我独清，众人皆醉我独醒，是以见放。”

渔父曰：“圣人不凝滞于物，而能与世推移。世人皆浊，何不淈其泥而扬其波？众人皆醉，何不哺其糟而歠其醨？何故深思高举，自令放为？”

屈原曰：“吾闻之，新沐者必弹冠，新浴者必振衣；安能以身之察察，受物之汶汶者乎？宁赴湘流，葬于江鱼之腹中。安能以皓皓之白，而蒙世俗之尘埃乎？”

渔父莞尔而笑，鼓枻而去，歌曰：“沧浪之水清兮，可以濯吾缨；沧浪之水浊兮，可以濯吾足。”遂去，不复与言。

“濯缨”在古代是仕途光明即将上朝为官的暗喻，而“濯足”则暗示官运不通退隐归田。同时这也是儒家思想对于仕途的辩证描述。屈原没有听从渔夫的建议，最后投身汨罗江溺水而亡。从那以后，中国人开始通过赛龙舟来表达对屈原的怀念，之所以要赛龙舟，表示大家想从龙王那里夺回他的尸体。每年到了屈原逝世的日子，人们都会举行这样的活动。英语里称那一天为“龙舟节”，由于正是农历五月五日，处于夏至节气，所以在汉语里叫“端午节”。这个与两千多年前的屈原有关的节日是中国最古老的节日之一，如今，它又被称为“端午诗节”。

回到车里，我让司机送我到渡口。我并不打算过江，只是想和屈原一起喝杯酒。他是中国第一位伟大的诗人，他文辞华美，节奏明快，读他的诗常常让我有翩翩起舞的冲动，而且我还要感谢他做到了“诗以言志”。站在屈原曾经投江的地方，我读了他的最后一篇作品，那是《九章》里的最后一篇《怀沙》：

浩浩沅湘，分流汩兮。脩路幽蔽，道远忽兮。

曾唫恒悲兮，永慨叹兮。世既莫吾知兮，人心不可谓兮。

怀质抱青，独无匹兮。伯乐既没，骥焉程兮。

民生禀命，各有所错兮。定心广志，余何畏惧兮！

曾伤爰哀，永叹喟兮。世溷浊莫吾知，人心不可谓兮。

知死不可让，原勿爱兮。明告君子，吾将以为类兮。

洒酒入江，游鱼争食，似乎它们也喜欢威士忌，而我却要踏上归程了。上山穿过村子的时候，在路边的凉棚下，有人正在造龙舟，于是我决定上前看看。那人说是在为三个月以后一年一度的赛龙舟做准备，自己已经造完六艘，还要再造十二艘。每个人都想从这个村子买龙舟，因为这里是赛龙舟的发源地。他还说他的龙舟是用山坡上的冷杉造的，哦，就是我们来时经过的那个山坡，而现在，我又将再次经过那里。

沿省道向北前行大约三十公里，前方有“普德庙”的标识，而且还有一个指向东的箭头。上面说普德庙距此八公里。到岔道口的时候，箭头不见了，没有办法，只好向路人打听。那里以前是一座古老的道教寺庙，但是等到了一看，却发现它一点也不“老”——它被完全重建了。庙里各殿供奉着不同的神，保佑着各种信仰的人。在这样一个落后的地方，如此大兴土木显得有点扎眼。但我到这里不是参观庙宇的，沿着通往大殿的路，我来到了屈原的一座墓前。之所以叫“一座墓”，是因为他还有其他墓地。

在屈子祠村的渡口与普德庙之间，共有十二座屈原墓。第一次去屈子祠的时候，馆长说没人知道哪一座才是真的。之所以建这么多的墓地，无非就是为了防盗。他说一些考古学家曾经挖开了几座，但是里面的东西都可以追溯到屈原时代。很多年前，我曾拜访过路边的第12号墓地，所以这次我想拜访普德庙附近的4号墓地和距此以西一公里处希望小学附近的5号和6号墓地。就在我到6号墓地拜谒的时候，一不小心，脚被藤蔓绊住，头朝下摔了一个大跟头，这正是我想要的一个信号，在摔倒的地方，我拿出酒，再次敬了屈原一杯。

拜谒完三处墓地，我想应该差不多了，因为我还要赶往另一座墓地，但不是屈原的。在201省道南行八公里，再向东转上308省道，我们开始沿着杜甫在汨罗江的踪迹一路寻来。离开岳阳以后，受当地为官的朋友之邀，杜甫曾一路沿着湘江南下，但是由于疾病以及当地

屈原6号墓地

叛乱，他又不得不回来；再次经过洞庭湖，开始沿汨罗江去平江投靠另一位朋友。那时杜甫五十八岁，《逃难》一诗就是那个阶段的作品之一：

> 五十头白翁，南北逃世难。疏布缠枯骨，奔走苦不暖。
> 已衰病方入，四海一涂炭。乾坤万里内，莫见容身畔。

妻孥复随我，回首共悲叹。故国莽丘墟，邻里各分散。

归路从此迷，涕尽湘江岸。

江里的驳船上，一些人在挖沙子，另一些人则好像在淘金。我问司机他们在干吗，他的回答证实了我的猜测。他还说政府已经明令禁止了，但是有些人还是希望能在那里淘到金子。行驶几公里后，转个弯就到了平江，杜甫的朋友曾是那里的知县。再前行几公里向南转到另一条直通乡下的公路上，旁边有标识说杜甫墓就在前方四公里处。杜甫尚未到达平江便病故了，是他的儿子和朋友在一个叫“小田”的地方安葬了他。刚开始我以为是“小天”，因为在汉语里，“田”与“天”同音，而我更喜欢后者。

我曾经希望早一点到达“小天”，但已经不可能了。太阳已经落山，孩子们正走在放学的路上，所以我在想杜甫墓祠是否已经关门。几分钟后，我们把车停到了墓祠停车场。朝大门走去的时候，我的心情十分低落，门关着，用力一推能感觉到它是从里面锁上的。我想之所以没开，大概也是因为今天是星期一吧，没有为什么。门旁的标识牌上说这里每天早上 8 点到下午 4 点开放。现在是下午 4 点 10 分，出于习惯，我还是拍了一下门。就在我准备拍第二下的时候，门开了。

这里与我第一次来完全不一样了。当时我和朋友芬·威尔克斯以及史蒂芬·约翰逊一起坐拖拉机来拜谒杜甫墓祠，那时它已经变成了一所当地小学。我们把拖拉机停在学校门口，校长出来了。我们冲他挥手，他也朝我们挥了挥手。说明来意之后，我们便被带了进去。门口的通道一侧挂着杜甫画像，但是在最显要的位置挂的却是马克思、列宁、毛泽东和斯大林的画像。

第一次来的时候，校长带我们穿过走廊，经过三年级和四年级的教室，最后来到一处园子。他打开大门，里面野草正盛。最靠里面的杜甫墓已经满覆杂草，周围用石头围了一圈，坟前的墓碑上有他的名字。在野草丛中，我还看见了开花的罂粟，但是好像没有人想要从中去收获什么。我们在那里站着，整个学校的人都聚在一起来看热闹，很显然，我们的到来打乱了教学秩序。我们以最大的虔诚表达完自己的敬意后，谢过校长直接回到了拖拉机里，半个学校的孩子都在追着我们跑，甚至还有几个爬上了拖拉机。经过家门口时，他们纷纷下了车，不停地冲我们挥着手，直到看着我们消失在路的尽头。他们也该回家吃午饭了。

那是二十二年前的事，如今学生们早已放学，墙上革命英雄的画像也不见踪影，这里终于成了真正的杜甫墓祠。虽然已经关门，但是我请求管理员看在我千里迢迢来的分儿上让我进去待几分钟，我只是想表达一下自己的敬意。她的态度缓和下来，带我走了进去。穿过之前经过的走廊，来到杜甫墓前，我倒了三杯酒。威士忌的芬芳弥漫在“小天”之时，我读了他的一首《客至》，这是杜甫在成都时写的。当时他正住在浣花溪旁，那段时光给予了他生命里少有的快乐。

舍南舍北皆春水，但见群鸥日日来。
花径不曾缘客扫，蓬门今始为君开。
盘飧市远无兼味，樽酒家贫只旧醅。
肯与邻翁相对饮，隔篱呼取尽馀杯。

在杜甫墓地旁边的凳子上，我坐了半个小时，要找一个好邻居已经很难，而要找一个能在一起喝威士忌的好邻居则难上加难。我确信，如果杜甫能喝点好酒，那么他一定能写出更多的诗篇。最后管理员走上前，说她要锁门回家做晚饭了。对于她能让我进来，我深表感谢，并把剩下的酒洒在了杜甫的墓地上。回到车里，我让司机从地图上看了看今晚要过夜的地方，大约需要向南行驶一百公里，所以直到晚上7点我们才到宾馆。早就知道这一天会很累，但是已经没有比这更好的结果了。

第二十天

谢灵运、黄庭坚

今天的朝圣之旅从上梨开始。上梨是一个中等规模的小镇，所以能在那里发现一家高档宾馆让人很是吃惊。几年前，从作为禅宗临济派发祥地的寺院回来时，我曾驾车路过上梨，当时那里连两层的建筑都没有。然而十三年后，我却可以在高端大气的上梨国际酒店用早餐了。我的那位司机是第三次来这里，所以对于这种巨变也很惊讶。他今年二十出头，人很给力，无论走什么样的路，哪怕是我指挥错了方向，他也没有怨言，所以看他连早饭都没吃好就随我出来，心里有很多不忍，但是没有办法，今天的行程安排得非常紧张。

酒店位于 319 国道附近，前一天晚上我们就是沿着那条路过来的。今天从这里出发，还是要沿着这条路走一公里左右转到 312 省道，然后环山绕行七十五分钟就到了潭埠镇。镇子很小，本来昨天是想在潭埠镇过夜的，现在想来有点庆幸不用走这么远。这里最多算是一个大一点的村子，不能称之为“镇”，当然也不会有上梨国际那样的酒店了。我们一到镇里就开始问路，两个小店的店主指给了我要去拜谒的诗人纪念馆的位置，他们的说法一致，所以我想，方向应该没问题。

一离开潭埠镇，我们就开始在公路左边找岔道，据两位店主说，需要从那里转弯。但是哪里像有一条公路的样子呢，那里除了房屋就是小卖店，中间隔着一条不起眼的土路。大约走了两公里之后，我们意识到可能走得有点过了，于是掉头向一群正在等公交车的妇女问路，她们说我们刚经过的那条土路就是。唉，刚经过的时候，还以为是谁家房后的便道呢，原来是一条公路！

我们沿它又走了两百米，在岔道口向左转，行驶一公里后，又意识到走错路了，于是掉头换成了右边那条。这一次走了三百米左右，便在左手边看到了要找的地方——谢灵运纪念馆。纪念馆的外墙镶着瓷砖，外面廊檐有立柱支撑。

谢灵运是公元 5 世纪最伟大的两位诗人之一，另一位是陶渊明。

文学评论家称谢是山水诗鼻祖。尽管这样的评价只是一个标签，但却恰如其分。他开辟了诗歌的新领域，当然，在谢灵运之前中国就有了山水诗歌，但是那时候诗人仅仅凭借想象创作，并未将自己真正融于山水之中。谢灵运则完全抛开想象，亲自游历于山水之间。人们甚至还传说他发明了一种专门用于远足的鞋子，一种“上山则去前齿，下山去其后齿”的木屐，后人称之为“谢公屐”。对谢灵运来说，城市之外的生活可以让他远离世俗的羁绊，充分享受自由带来的快乐。

虽然生于名门望族，但谢灵运个人却对名利毫无兴趣。在一位叔叔的安排下，他从小在佛教寺院里长大，在那里学会了梵文，甚至可以做一些梵文翻译。谢灵运与很多道士、隐士为友，以至于成年以后觉得相对于那些所谓的社会精英们，自己与僧人道士似乎有更多的共同语言。在描写家族田产的作品里，谢灵运写过一首名为《田南树园激流植援》的诗，里面描述了自己对于隐士生活的追求：

谢灵运雕像

樵隐俱在山，由来事不同。不同非一事，养痾丘园中。
中园屏氛杂，清旷招远风。卜室倚北阜，启扉面南江。
激涧代汲井，插槿当列墉。群木既罗户，众山亦当窗。
靡迤趋下田，迢递瞰高峰。寡欲不期劳，即事罕人功。
惟开蒋生径，永怀求羊踪。赏心不可忘，妙善冀能同。

然而自由也有其自身的局限性，比如如影随形的孤独感。谢灵运总是感觉自己要被社会吞噬，所以竭力与之保持着一定的距离。由于好营园林，他变得越发富有，也越发放荡不羁。作为当时两大望族之一的谢家（另一个是王家），家长们希望他能在南京的朝廷安心任职，然而由于好游山玩水，他却经常荒废政事。谢灵运对东晋一片忠心，即使在被刘宋王朝取代以后，依然写诗颂扬东晋的统治，因此为之付出了惨重的代价：那就是一系列的放逐，甚至于最后的死刑。

他的第一个流放地是位于永嘉的一座沿海小镇，这只算是一个轻微的警告，因此流放反而使他有了更多游山玩水的机会。由于思乡情切，一年以后，他称病还乡，回到了位于杭州东部和上虞南部的庄园。他的田产很多，几乎占据了两座县城的大部分地区，里面景象壮观，也就是在那里，谢灵运创作了长篇名作《山居赋》。

即便与世无争，谢灵运依然会陷入危机之中。之前，他在朝廷上惹恼了一些不该惹的人，对方安排地方官员指控他侵占公共土地，因此谢再一次遭到流放。这一次去的地方比较远——山西临川。山西名山很多，到那里不久之后，他便游览了很多以道教神仙华子期名义命名的山脉。除了佛法，谢灵运还研修道教瑜伽以及炼金术。他非常敬佩那些能在山里把凡人之躯修成不死之身的古人。虽然谢很欣赏古人的追求，但是他自己却不打算步其后尘，这在《入华子冈是麻源第三谷》一诗中有明确的阐述：

南州实炎德，桂树凌寒山。铜陵映碧涧，石蹬泻红泉。
既枉隐沦客，亦栖肥遁贤。险径无测度，天路非术阡。
遂登群峰首，邈若升云烟。羽人绝仿佛，丹丘徒空筌。

图牒复磨灭，碑版谁闻传？莫辨百代后，安知千载前？

且伸独往意，乘月弄潺湲。恒充俄顷用，岂为古今然！

从诗中可以看出来，虽然谢灵运很赞佩那些能走进大山修身养性之人，但在评价他们的成就时，还是很现实的。由于一直喜欢山中徒步，他为后人开辟了很多路，当然，在诗歌方面也是如此。一千六百年后的今天，潭埠镇的人们仍然记得他，这一点有目共睹。

纪念馆是新建的，门却锁着，且空无一人。五十米开外有一处农舍，我走上前想看看是否有人。到门口的时候，正好迎面出来一个女人，手里拿一大串钥匙。原来她就是纪念馆的管理员。我随她到一扇侧门前，看着她逐个尝试手里的钥匙，那串钥匙有三十多把，可想而知她试了多少次。最后，门终于"咔嗒"一声开了。

我一直期待着能有意外发现。走到里面，大厅很大，阳光从天井射进来，当然，雨也可以飘进来。天井下方的水泥地板比两侧的地面要低很多，下雨的时候，这里就成了一个临时蓄水池，然后再由排水沟把水排到外面。大厅的墙上挂满了各种关于谢灵运的新闻报道，主要是关于他的生平以及中国其他地方以这样或那样的形式纪念他的活动。在这些报道中，让我惊讶的是，在离永嘉不远的温州也有一座谢灵运纪念馆。走近一看才知道，原来那不是他的纪念馆，只是一座宗祠，是谢家人举办葬礼或相关祭祀活动的场所，祭坛上排满了谢氏祖先的灵位，当然那里也是谢灵运第一次任职的地方。我想谢家人可能认为"谢灵运纪念馆"几个字比简单地称之为"谢氏宗祠"更容易筹到钱吧。

在这里建纪念馆的初衷源于潭埠镇曾是皇帝因为谢灵运祖父谢玄的卓著功勋而赐其的封地，当时谢玄在保卫东晋免于遭受北方军事力量入侵方面立下了汗马功劳。等他去世以后，这块地就传到了孙子手上，后来孙子去世，当地人把他的尸体要了回来，葬在了下一个我要去的地方。

很感谢管理员让我进去参观，并告诉我关于谢灵运墓的事。这样，

谢灵运宗祠

如果能找到墓地的话，我将把省下来的酒洒在他的墓前。

我们又回到公路上，一路向东朝万载方向进发。和以前一样，路况很好，乡村景色也十分怡人，路边的溪水很清。能在大山以外的地方看到如此清澈的河水，在中国是一件越来越难的事了。三十分钟以后，万载到了，而我却陷入一片懊悔之中，或许我们该早几年或晚几年来，总之不是现在。如今整个县城乱糟糟的，如果能有一个好的规划，可能就不会那么一锅粥了。我想象着那些乡下人来此打工或者来买冰箱或平板电视时的心情。或许我错了，说不定他们也喜欢这种嘈杂呢，或许他们认为这样才代表繁华呢。费了九牛二虎之力后，我们终于在汽车站对面找到了一条出城的路，然后沿着它一路向北开去。

根据我掌握的资料，谢灵运墓位于城北两公里处的里泉村以北，这个听起来容易，但是我想也许是那些测量人员的测距仪出问题了吧。出城后走了大约四公里才在转弯处看到了里泉村。一进村子我们便向路人和小卖店的主人打听谢灵运墓的消息，但他们好像都不知道。最后，我让司机在村小学前停了车，老师们应该有人知道吧，果真有个老师知道墓地的所在地。他送我走出学校大门，并指着来时的路说往回走一公里左右，在右侧有一条岔道，岔道对面有个水泥厂。果然，刚过水泥厂，在两家乡村商店之间就出现了一条窄道，一座金属拱门上写着几个大字：里泉枞木亭移民新村。

本来想找一个上面有谢灵运名字的标识，所以这个牌子上的字让人很是困惑。后来才得知这里的七千多村民都是五十年前从浙江省迁来的，为了建大坝，他们祖祖辈辈生活的新安江如今已经变成了现在的千岛湖。

无论如何，一想到这是那位老师指点的方向，自己并没有走错路，我便有了信心。路上车辙很深，汽车开不快。又走了五百米，我们在几处农舍前停了下来。有一个农妇正坐在门前编篮子，我走上前向她打听。她说沿着那条环竹林和稻田的水泥路一直走到有台阶的地方就到了，墓地就在台阶的最上层。遗憾的是，那里有好几组台阶，而我又走错路了，在上面转了好一会儿才下来；然后又不得不向附近一位正在翻地的农民打听。他的地距离那组正确的台阶不到一百米，我终于找到了谢灵运的墓地。

刚到那里的时候，我有些惊讶，很明显，用于建造位于潭埠镇的

谢灵运墓

新纪念馆和对这里新墓地的投入资金是一样的。这里还残存着去年扫墓时留下的彩旗和塑料花。坟墓后面有一座清朝墓碑，实际上那里才是墓地的正前方。尽管上面的字迹已经模糊不清，但依然可以确定这里是谢灵运死后的埋葬地。到临川一年以后，他便被地方官员纠弹，要被治罪。谢灵运不服，反倒把那个官员扣押起来。这种行为进一步加重了他的罪行，最后被免死流放当今的广州。但是刚到广州不到一年，他便以叛逆之罪被判处死刑。记载于《广弘明集》的《临终》是他生前的最后一首诗，在那首诗里，他把自己比作对旧朝忠心耿耿的四位古人：

龚胜无余生，季业有终尽。嵇公理既迫，霍子命亦殒。
凄凄后霜柏，纳纳冲风菌。邂逅竟无时，修短非所愍。
恨我君子志，不获岩下泯。送心正觉前，斯痛久已忍。
惟愿乘来生，怨亲同心朕。

尽管谢灵运没有实现“岩下泯”的夙愿，但是能在一个有竹子和冷杉的地方安眠也算是一个不错的归宿了。墓地四周很静，偶尔有鸟鸣其间，山下的稻田里传来农民锄地的声音，不久就要春耕了。我给谢灵运倒了一杯黑麦威士忌，用以表达我的哀悼和敬意。长寿固然不错，但是无论寿命长短，人们的生活总会有不如意的地方。我喜欢他的诗，而且还有多得难以想象的人也喜欢。

回到车里，我们直接朝最终的目的地进发了。它位于此地以北一百公里处，即修水县城外。虽然在地图上看起来并不远，但我并不想走那条直达的路，而是选择了一条蜿蜒的山路。去万载的时候则正好相反，那时候我们是驶过一条又一条的公路后直达高速路口。现在选择这条山路，要到目的地当然会多费点时间，但是上路以后你就会知道，仅用“畅通无阻”形容还远远不够，有一段时间，车子行驶在山坡之上，路上几乎没有别的车，竟让人生出飞翔之感，就像一只大雁在春天飞向北方。我们经过一些中国著名禅师居住过的地方，如马祖、百丈、黄檗、洞山，山峦如梦如幻，让人如行画中。山上要么是竹子，要么是冷杉，当汽车飞驰而过时，那些美景被远远落在身后，仿佛在依依不舍地道别。

到修水出口时，我才意识到自己从天上又回到了人间。在去城里的路上，我让司机在横跨修水河的大桥前靠边停车。右边就是黄庭坚纪念馆。它紧临修河，眺望环城的群山，这里确实很美。我沿大厅外的走廊一路走来，在一块石刻前停下了脚步，上面有一首黄庭坚的《鄂州南楼书事》，我相信每一个中国学生都曾用心背诵过这首诗：

> 四顾山光接水光，凭栏十里芰荷香。
> 清风明月无人管，并作南楼一味凉。

和谢灵运一样，黄庭坚也是一个崇尚自由的人。他除了是南宋著名诗人以外，还是一位著名的书法家。他的一幅书法最近在北京拍卖，最后以六千四百万美元成交。大厅里都是他的书法副本。看着那些字，我真想知道他是怎么一笔一画地写出来的。他人很怪，诗歌亦是如此。他总是能独辟蹊径并有意造拗句，押险韵，作硬语。由于黄庭坚来自修水，而修水位于江西省，所以文学评论家们一般称他为“江西诗派”的祖师。“江西诗派”包括很多与他同时代的重要诗人，当然也包括后来的一些诗人，比如陆游和范成大，他们也是我最近要去拜谒的一些诗人。

一个人如果想当官就必须会写诗，但是诗写得好并不代表他一定会平步青云。和他的老师苏东坡一样，在王安石变法运动中，黄庭坚处于反对一派。因此他也和苏东坡一样，屡次被放逐；最后一次被贬至远离都城的西南地区，并最终客死宜州。然而他的尸体却被人带回修水以西的老家安葬，这也正是我们要去的地方。

从纪念馆出来，重新回到大路上，前行大约一公里后向西转向另一条公路，七公里后向南穿过修水河，便看见一个写着“双井村”的路牌。按照路牌上箭头指示的方向东行一两公里后，向北拐进一个满是稻田的山谷，爬上覆满茶树的山坡，之后，没用几分钟我们便到了目的地。

一到村里的广场就让我受惊不小。在广场中间有一座十米高的黄庭坚雕像，只看高度，就知道他们下了血本。可我想知道的是村里哪儿来那么多钱？雕像后面是一座尚未完工的纪念馆，它一定花了比这个村所有的土地价值加在一起还要多的钱。当然也很明显，这不是一村之力可以做到的。修水文化部门的官员一定有规划，并找到了相应的资金支持。双井只是一个小村庄，但是它正变得越来越不像村庄。

我在周围转了一会儿，拍了一些照片，最初的那种懊恼的情绪才逐渐消失。一想起此行的目的，便赶忙沿着街道去了黄庭坚墓地。现在是午饭时间，但还是有一群孩子发现我了，他们把我团团围住，并热情邀请我去参观他们的学校。老师不在，他们就闹翻天了。走廊上悬挂着黄庭坚的诗，孩子们坚持让我读几首听听。黄庭坚的诗如同他的书法一样，总是神出鬼没，而且他还非常善于观察。孩子们要和我一起读他们最喜欢的那首诗《蚁蝶图》，诗的旁边就是他的画作。

胡蝶双飞得意，偶然毕命网罗。
群蚁争数坠翼，策勋归去南柯。

“南柯”一词源于一则寓言，说的是一个人在槐树下睡着了，梦到自己做了树内蚁国的南柯太守，并与蚁王的女儿成了亲。梦里他经历了二十多年的起起伏伏，醒来后却发现，自己不过才在树下睡了不到半个时辰，并因此悟到了“生命短暂而虚幻”的本质。谢过孩子们带我参观诗歌画廊后，我又回到了村里那条唯一的大路上，朝着它的尽头走去。

和早上的经历相比，寻找黄庭坚墓地简直是小菜一碟。出了村子，一位老人告诉我沿着岔道往前走，有围墙的那座院子就是。院子里有一尊与真人大小差不多的黄庭坚雕像和一座水晶墓碑。我在往祭坛上摆酒杯的时候，猛然发现院子外面有一间茶馆，看上去很不错，但我已经没时间喝茶了，那就以酒当茶吧。

黄庭坚死于宜州，那里是皇帝经常流放失宠臣子的地方。没有多少官员能在遍布高山部落的西南边陲幸存下来，黄庭坚也只是从绘画、诗歌以及偶尔的访客中能得到些许安慰。临死之前，他的哥哥元明和一位朋友刚从修水赶过去看望他。大家一起度过农历新年后，黄庭坚在城外客栈为哥哥等人饯行，并写下了这首诗《宜阳别元明用觞字韵》：

霜须八十期同老，酌我仙人九酝觞。
明月湾头松老大，永思堂下草荒凉。
千林风雨莺求友，万里云天雁断行。
别夜不眠听鼠啮，非关春茗搅枯肠。

明月湾是修水河的一部分，离黄庭坚墓地不远。这个名字也用来指代村子附近黄氏祠堂的所在地。纪念大厅就在祠堂里面，每年黄家的后人都会在大厅举行纪念仪式，祠堂和纪念大厅依然存在，当天要不是因为赶汽车时间紧迫，我肯定就去那里了。

表达完敬意之后，我喝光了黄庭坚和两位访客剩下的酒，并收拾好杯子朝出租车走去。然而此时，车旁却多了一个陌生人。他说自己就在当地的文化事务办公室工作，要去修水办事，问我能否载他一程。连一个村子都有自己的文化事务办公室，可见确实是有建设规划

黄庭坚墓

的。想着反正也没什么坏处，就让他坐到了后面。他的言谈举止很低俗，但我什么也没说。三十分钟后，司机把我送到了修水新长途汽车站，我付给了他另一半的车钱，外加 30% 的小费。钱不少，但那是他应得的。挥手告别的时候，那个文化事务办公室的工作人员还在和他说着什么。我挥挥手，进站买票并准备登上开往九江的长途汽车。

几天以后，我收到了那位曾在岳阳火车站接我的出租车司机的电话，他说替他开车的那个人从那天以后再也没有回岳阳，这话让人心里堵得慌，我想他可能是钱被骗光了没脸回家。但无论如何，他是一个好司机，也很享受我们的旅程，他还用手机拍了很多照片发给女友。一个人永远不知道生活会在哪里失控。

对我来说，那天只是错过了下午 2 点的汽车，因为我想在九江过夜，因此只能等那趟下午 3 点的末班车。等车的时候，我拿出了随身带的黄庭坚的诗，正好翻到《夜发分宁寄杜涧叟》：

阳关一曲水东流，灯火旌阳一钓舟。
我自只如常日醉，满川风月替人愁。

分宁是修水的旧称，旌阳是修水县东面的一座山，“阳关”出自王维的《送元二使安西》，这是王维送别一位去丝绸之路的朋友时创作的一首诗。

渭城朝雨浥轻尘，客舍青青柳色新。
劝君更尽一杯酒，西出阳关无故人。

王维的诗非常有名，以至于被谱成了当时的流行曲。当黄庭坚举手挥别之时，当他顺着修水漂向未知的异乡之时，一定有人在吟唱这首《送元二使安西》。

黄庭坚不是哲学家，但却是一位伟大的诗人，诗歌比散文更能达意。对他而言，整个世界光怪陆离，而不仅仅是洒满月光那么简单。最后，我把他的诗收了起来，登上了开往九江的末班车。

第二十一天

韦应物、白居易、陶渊明

刚过早上5点我就醒了。如果说有一件事自己还算擅长，那就应该是睡觉，然而这次却怎么也睡不着了。索性穿衣起床，先煮了一些咖啡，接着打开窗帘朝窗外眺望。长江就在不到一百米远的地方，黎明的晨雾中传来轮船的汽笛声与发动机的轰鸣声。我现在在九江，九江的意思是有九条江在几英里之内的地方汇入长江。而我住的宾馆是“九江大酒店”，前天晚上，我还在找名为“白鹿”或“豪爵”的宾馆，因为很久之前我曾在那两家宾馆住过，但是现在已经倒闭了。出租车司机说自从新火车站附近成了市中心以后，江边的很多宾馆都停业了。我从来没听说过九江还有自己的火车站，看来我已经完全与现实脱节了。好在司机知道江边还有一家宾馆没停业，那就是“九江大酒店”。其实它一点也不“大”，住宿条件也不算太好，但是从房间可以看到雾霭蒙蒙的江景，这也是我为什么喜欢待在老城区的原因。窗边有一个茶几，一把扶手椅，我坐在那里喝着咖啡，看着天空逐渐发白。现在看来，那位司机的推荐还是不错的。两小时后，他来宾馆接我，新的一天就这样开始了。

晨雾未散，天就下起雨来，看来今天需要穿雨鞋，带雨伞，我很庆幸自己提前订了出租车。昨晚下车之前，我就和司机说好第二天要租他的车，请他早晨来宾馆接我。我们先是沿着大坝往前走，来到九江大酒店以东约一公里的地方，这里是今天的第一个目的地——浔阳楼。

浔阳是九江的旧称，浔阳楼是当地最古老的地标。公元785年，也就是浔阳楼建成不久，韦应物就被从滁州（又名永阳）调往浔阳任江州刺史一职，到浔阳后，写了《登郡寄京师诸季淮南子弟》一诗：

始罢永阳守，复卧浔阳楼。悬槛飘寒雨，危堞侵江流。
迨兹闻雁夜，重忆别离秋。徒有盈樽酒，镇此百端忧。

江州刺史是韦应物担任的官职之一，担任地方行政官吏与被流放所写出的诗歌是不同的。韦应物与浔阳楼关系密切，但楼里面却满是关于《水浒传》里英雄们的壁画和陶瓷雕像。《水浒传》是一部明代武侠小说，我没有读过，所以并不知道里面的主要英雄曾在这里题过反诗。在我看来，那并不算是诗，在极度愤怒和妄自尊大的情况下，怎能写出好诗呢？我一直爬到第三层，也就是顶层，那里有一间咖啡屋。时间刚过早上 8 点，天气很糟糕，冷得要命。除了门口的售票员，其他工作人员尚未到岗；当然，也没什么游客。我一个人走在外面狭长的廊檐下，看江上的船只在风波里出没，看江边公园里游伞如莲。

韦应物并不是唯一与浔阳楼有关系的诗人，白居易也曾被贬九江，并于公元 815 年到公元 818 年之间任江州司马，期间写过一首《题浔阳楼》：

> 常爱陶彭泽，文思何高玄。又怪韦江州，诗情亦清闲。
> 今朝登此楼，有以知其然。大江寒见底，匡山青倚天。
> 深夜湓浦月，平旦炉峰烟。清辉与灵气，日夕供文篇。
> 我无二人才，孰为来其间？因高偶成句，俯仰愧江山。

从浔阳楼上看到的风景至今未变，至少与古人诗句中的描述大概相符。长江之水依然北逝，向南十公里处的庐山依然难识“真面目”。然而，浔阳楼附近的彭泽却早已不见。当陶渊明、韦应物和白居易在九江之时，彭泽河口是一座旧港，小镇最先于那里形成，而且彭泽也是最重要的九条江之一，但它现在已不在原来的地方了。在 20 世纪，入城之前彭泽被改道西流。城市寸土寸金，是不可能让一条河流浪费土地资源的。不过我想香炉峰应该还在吧，毕竟撼山不易。庐山依然笼罩在烟雾之中，真希望雾能早点散开，这样，我就可以确定香炉峰是否还在。在廊檐下淋了几分钟的雨，我冻得够呛，于是赶紧回到车里。司机姓徐，在我周游中国的旅程中，有好几个司机都姓徐，我想，我一定是与徐氏家族有着某种冥冥之中的缘分。

从浔阳楼出发，继续沿长江大坝向东行驶，刚驶过一座新建的长江大桥——大桥的建成在很大程度上会促进城市的进一步扩张——我们在另一座楼前停住了。这里被称作“琵琶亭”，用以纪念白居易与九江的渊源。白居易在九江流放三年，写下了三百多首诗，其中就有最著名的《琵琶行》。我上前看了看，亭子正在翻新，到处是成堆的建材，雨也越下越大，于是忙不迭又回到车里。此处并不是琵琶亭的原址，原址位于马路对面我昨晚过夜的地方。也就是在那里，白居易遇到了一位琵琶女。琵琶曲激发了他创作《琵琶行》的灵感，共四十四句，最后一句是“座中泣下谁最多，江州司马青衫湿”。我不知道出于什么原因，亭子在清朝时被移到了现在的位置。

车开过庐山北麓，沿西侧前行，路边有农民在翻地，可能他们觉得天气很快会转晴。他们身着黑色的雨衣，与去年秋天种下去如今正蓬勃开放的黄色油菜花形成了鲜明的对比。穿过几个村庄，到了与 105 国道相交的地方，我们上了另一条岔道，直接朝山里开去；过西林寺，然后在东林寺前停了下来，因为往前走已经没有路了。东林寺是 5 世纪佛教净土宗举办宗教活动的地方，他们念着“阿弥陀佛”，希望去世后能在西天得以重生。佛教徒还把“阿弥陀佛”融入日常生活用语里。比如有好事发生，他们会用“阿弥陀佛”提醒自己一切都是虚幻；有坏事发生，他们依然会用“阿弥陀佛”提醒自己一切都是过眼云烟。

我以前曾到过东林寺，认识那里的住持，徐先生到里面问路的时候，我并没有下车。我曾经计划从这里沿山路步行登顶，公路建成以前，人们都是沿着那条路上山的，但这至少需要三四个小时，而我现在只有一小时的时间，显然行不通。我要去的是白居易的庐山草堂，作为江州司马，大概也只能建造一座草堂。政事？他能有什么政事可做呢？考虑到现在下雨，我希望能有其他路可走，比如伐木工人运送木头的公路，这样会省很多的时间。徐先生回来的时候告诉我确实有那样一条路，而且几乎直通草堂。

在写给朋友元稹的信中，白居易称他的草堂是最漂亮的地方，希望自己能永远留在那里。当然，由于需要去长江上游更远的地方赴任，他最后还是离开了。我之前在宜昌的三游洞见过白居易、白行简和元稹的雕像。几个世纪以来，他留在香炉峰下的草堂几经重建，据互联网上的信息，上一次修建是在几年前。

从东林寺出发，沿着一条水泥路向前行驶。斜坡笼罩在烟雾之中，道路蜿蜒崎岖，坡上的木兰花刚刚开放。我想路上肯定会遇上当地人，他们会告诉我该怎么走，可惜一路上连个人影都没有。有好几次我们都转错了弯，再回来，再转，再回来，如此反复几次后终于遇上了一位当地的农民。他认识路，然而他指给徐先生的那条路路况更差，直到实在不能再往前开的时候，我下了车，告诉徐先生自己将在一小时后回来。但是徐先生不放心我，于是锁上车，和我一起出发了。走了大约十分钟，我们来到一座小屋前，里面有人正在修屋顶，原来他也负责卖票。大山里突然出现这样一个地方确实有点怪怪的。很明显，负责投资重建白居易草堂的人是获得政府特许的。付完两个人二十元的门票之后，售票员指着一块刻有“桃花溪”三个字的大石头说，沿着桃花溪往前走三百米就到草堂了。看来，我们需要接着向上爬。

山上茶花盛开，落花满径，如一条白色的地毯，非常漂亮，连徐先生都停下来用手机拍了几张照片。但是山路却越发崎岖难行了，它更像是一个暗喻，提示我们要不断攀越岩石，而卖给我们票的人就在

桃花溪

不远处站着。十分钟后，我们来到一座拱门外，迷雾当中，有几处乡村建筑若隐若现，其中就有白居易草堂的复制品。这几处建筑是前几年盖的，但显然已经支离破碎，这样也好，看起来更逼真些。除了草堂，还有一座亭子和一个泉水池，周围是一望无际的茶树。

亭子旁边的墙壁上是白居易的诗《山居》：

> 五架三间新草堂，石阶桂柱竹编墙。
> 南檐纳日冬天暖，北户迎风夏月凉。
> 洒砌飞泉才有点，拂窗斜竹不成行。
> 来春更葺东厢屋，纸阁芦帘著孟光。

旁边还有后来加上的题注：

> 香炉峰下新卜山居，草堂初成，偶题东壁。

孟光是一位隐士的妻子，曾陪同丈夫一起隐居山林，白居易无法说服妻子效仿孟光，只好用屏风上的一幅画来意指与妻子不在一起。一般情况下，屏风画多与女人闺房有关。

我在草堂各处转了一会儿便来到了水池旁，这里是敬献黑麦威士忌最好的地方，香气在小池和附近的亭子里弥散开去。我来到一片空地上，希望从那里可以见到香炉峰。确实可以看见一点，但是太模糊了，过了一会儿，又看不见了，这和当年白居易在的时候一个样子。也许香炉峰有点害羞吧，为了鼓励它再次出现，我读了一首白居易的《山中独吟》：

> 人各有一癖，我癖在章句。万缘皆已消，此病独未去。
> 每逢美风景，或对好亲故。高声咏一篇，恍若与神遇。
> 自为江上客，半在山中住。有时新诗成，独上东岩路。
> 身倚白石崖，手攀青桂树。狂吟惊林壑，猿鸟皆窥觑。
> 恐为世所嗤，故就无人处。

白居易草堂

读到一半，徐先生也跟着读了起来，这让我又惊又喜。他说上小学的时候就学过这首诗，后来虽然经历了“文革”，但是依然有印象。

回到小池旁，我把一杯酒倒进了池子里，另一杯洒在了池边的岩石上，而将第三杯一饮而尽。天太冷了，我应该把三杯全喝了，但沿着溪流走回去需要一颗清醒的大脑。一回到车里，我就让徐先生计算一下从这里到东林寺门口的车程，大约是 2.7 公里，而从停车的地方到草堂，大约是 3.5 公里，建议未来的朝圣者最好在野生茶花盛开的 3 月来。

回去经过东林寺和西林寺，我依然没时间去见故人，因为我和陶渊明有个约会。我们重新回到公路上，然后往回开，再转向沙河方向。沙河是陶渊明的故乡，也是陶渊明纪念馆所在地。那里距公路只有三公里。本来只是一座小县城，但是现在却扩张到了公路边，成了一座全新的城市，这里大楼林立，高科技工厂比比皆是。沙河新建以后，徐先生也没有来过，问了三次我们才找到柴桑路。沿着柴桑路穿越老城区，最后在一座小山前转向渊明路，我们直接开到了陶渊明纪念馆前。

二十年前第一次来的时候，这里还只是一栋小房子，现在，却从一栋变成了六栋。房子周围布满池塘、亭台和花园，新建的庭院也几经修缮与美化。我经过时瞥了几眼，里面陈列着与陶渊明有关的书法和绘画作品。陶渊明比中国历史上的任何诗人都更能赋予山水画家创作灵感。结庐在山中的隐士生活是人们最喜欢的主题，但是有点奇怪的是，陶渊明和白居易不同，陶渊明从来就没在山里住过，他更喜欢“结庐在人境”。馆里还有诗人与朋友饮酒的画作，这个比较接近事实；还有一些是根据他在《桃花源记》中描述的世外桃源而创作的作品。但是我对书法和绘画不感兴趣，所以，径直去了以前的纪念馆大厅。

进去的时候，正好有个旅行团出来，导游提醒我快点参观，因为要吃午饭了，这里将在十分钟后关闭。大厅内和以前比没有太多变化，只是墙上多了一张地图，标注了陶渊明在庐山附近居住过的地方以及相关的一些照片。陶渊明的祖先位高权重，曾在南京为东晋的朝廷效命，当然，人们希望他也能那样。然而等到陶渊明成年以后，家族势力日渐衰弱，家人只能帮助他在离家不远的地方谋得一官半职。在任江州祭酒时，陶渊明辞官回家，于庐山南麓购置了一处田产，他的大多数优秀作品就是在那里诞生的，包括《读山海经》诗三首。下面就是其中的第一首：

孟夏草木长，绕屋树扶疏。众鸟欣有托，吾亦爱吾庐。
既耕亦已种，时还读我书。穷巷隔深辙，颇回故人车。
欢言酌春酒，摘我园中蔬。微雨从东来，好风与之俱。
泛览周王传，流观山海图。俯仰终宇宙，不乐复何如。

“周王传”说的是西周周穆王远足的故事，他把游遍四海看作是自己的使命。《山海经》是中国先秦时代的重要古籍，也是一部最早的神话奇书。于草庐之中，陶渊明纵观宇宙万物，并认为自己应该做一个超然而快乐的人。陶渊明区别于其他诗人最大的地方就是：他能安贫乐道。我想：老子应该会喜欢他吧。

导游跟旅行团挥手道别的时候，我赶上了她，说想去参观陶公墓，她用手指着一些台阶说陶公墓就在上面。我想问的是真正的陶公墓现在是否允许拜谒了，而她指给我的只是一座替代品，它只是作为公园的一部分存在而已。我想要去的是那座真正的陶公墓。1991年和2005年，我曾两次试图拜谒，但因为是一处军事基地，所以两次都被警告不许靠近。她说这倒是真的，真正的陶公墓不对公众开放。

无论如何，我还是去看了看那座“假坟”，然而，我却不想在这里祭献威士忌。读了一会儿碑文，我又回到徐先生的车里，告诉他已经办完事了。回去的时候，汽车再次经过沙河，或者叫“柴桑”，因为柴桑曾经也很著名。下一个要去的地方是陶渊明居住的地方，在那里，他把乡村生活变成了一个文学流派，如《酬刘柴桑》里所言：

> 穷居寡人用，时忘四运周。榈庭多落叶，慨然知已秋。
> 新葵郁北牖，嘉穟养南畴。今我不为乐，知有来岁不？
> 命室携童弱，良日登远游。

几乎没有什么诗人能将诗歌写得如此田园，同时又显得如此真实，我已经不想再走了。空气中的雾气未消，但是陶渊明的故乡并不在山里，也不在庐山脚下。

回到原来的国道上，南行十五公里后来到与212省道的交叉口，向右走便能看见世界上最高的露天铜铸大佛，因其由东林寺投资兴建，又被称为“东林佛”。我第一次见东林寺住持果一时，他就和我说起要建这样一尊大佛的计划，当时觉得有点不靠谱，没想到现在真的建成了。大佛四十八米高，用了四十八公斤黄金，整体价值达十亿人民币，而所有这些竟然全部来自捐献。大佛为阿弥陀佛像，佛祖欢迎信徒到西方极乐世界来，躲开这纷纷扰扰的尘世，在净土之中修行得道。我并不相信永生，无论是宗教意义上还是尘世意义上的。在这片贫穷的土地上，出现了这样一座巨大的艺术作品，很让人无语。所以和其他游客一样，我也只是看看而已。在《维摩诘经》的第一章，释迦牟尼对他的一位会众说：“宝积，一个菩萨的佛土是正念之土。当他得悟时，不虚伪、不欺骗的众生会在他的佛土出生。”不可否认，塑造一尊雕像比净化心灵要容易得多。

回到车里，我们沿着 212 省道一路向西前进三公里，在靠近温泉村的道边停了下来。我第一次来此地是在 1991 年，那时候，这里除了一处旧居，其余的房子全是砖混结构；十四年后再来，这里依然如故。陶渊明最后一位后人就住在这里，遗憾的是他刚刚在一周前逝世。从他的院子里，依然可以看见引发陶渊明无尽诗情的南山，正是那座山，让他有了创造《饮酒诗》二十首中第五首的灵感。

> 结庐在人境，而无车马喧。问君何能尔？心远地自偏。
> 采菊东篱下，悠然见南山。山气日夕佳，飞鸟相与还。
> 此中有真意，欲辩已忘言。

自从上次离开以后，整个村庄的土坯房都被拆除了，取而代之的是温泉酒店、公寓大楼以及各种各样卖泳衣的商店。当年的小桥不见了，甚至连陶渊明亲手栽下的树也不知去处，这真是太令人沮丧了。我让徐先生从侧道另一边的一家五星级庐山度假村门前开过去，他有些犹豫，我冲门卫挥了挥手，并告诉他一直开。车到度假村主楼时，我们停了下来，下车的时候，我让徐先生在这里等着，但是他决定再陪我冒一次险，于是锁上车我们又一起上路了。

没过一会儿，就到了醉石旁，我给徐先生讲了醉石的来历。那是陶渊明与朋友饮酒的地方，也是激发他作《桃花源记》的地方。传说桃花源的入口之处有一条小溪。陶渊明和朋友在一块巨石上面喝酒，那块巨石就是现在的"醉石"，跟白居易的草庐差不多大。在岩顶，我给徐先生看朱熹来此参观时留下的记录。

朱熹是宋朝一位伟大的理学家，石头上很多人的名字都已经被磨蚀掉了，但是只有朱熹的名字依旧可见。徐先生有点难以置信，不住地摇头。他很奇怪为什么这块石头没在博物馆，实际上，我很高兴它没在那里。它太大了，短时间内无法运走。我们坐在上面，看着溪水从脚下流过。这个地方很漂亮，雨早已停了，现在正阳光普照。在我们凝神之时，这条小溪在不断地汇入其他河流，然后再彼此交汇，直到最后消失。我们就这样坐了有十分钟。扶着徐先生从巨石上下来以后，我独自一个人在溪边待了一会儿，并向里面倒了一杯威士忌。这不是桃花，但它依然会随着流水抵达另一个世界。

回到212国道上，我们开始朝西往回开了。走了不长时间，我让徐先生换到能上山的一条岔道上。之前我曾沿着这条路上过两次山，但都一无所获，所以希望这次会有所不同。可是走了一百米以后，我意识到还是不行。有个警示牌上说这里是禁区，徐先生将车慢了下来，但是我告诉他一直往前开。又走了不到一公里，我们就无路可走了，前面出现了一座军事基地。

停车以后，我来到大门口，告诉那里的士兵自己想去看看陶渊明墓地。看到我在这里，讲着汉语，而且还要求进入军事基地，士兵很吃惊。然后他进了岗亭，给负责人打电话。不一会儿外面就来了一辆吉普车，里面下来几个军官模样的人，身后跟着好几个士兵。他们问我来这里做什么，难道没有看到警示牌吗？我告诉他们自己正在环游中国，希望能对他们国家的一些伟大的诗人表达敬意，陶渊明就是其中之一，并且还说自己有多喜欢他的那首《归园田居》：

少无适俗韵，性本爱丘山。误落尘网中，一去三十年。
羁鸟恋旧林，池鱼思故渊。开荒南野际，守拙归园田。
方宅十余亩，草屋八九间。榆柳荫后园，桃李罗堂前。
暧暧远人村，依依墟里烟。狗吠深巷中，鸡鸣桑树颠。
户庭无尘杂，虚室有余闲。久在樊笼里，复得返自然。

但是军官们的态度很坚决：没有上级的书面允许，任何人不准进入军事基地。无论我怎么请求，他们依然不让进，而且还一个劲儿地催我赶快离开，更别说允许我去拍陶渊明墓地的照片了。我别无选择，但这并不代表就没办法了。我回到车上，拿起早上喝茶时徐先生给我的纸杯，往里面倒了一些64度黑麦威士忌，并请那位说话最多的军官代我把它洒在陶渊明的墓地上。对于我的请求，他看上去很吃惊，可是他又不能不帮，于是只好接过杯子。当然，任何一个中国人都不会拒绝这样的请求的。我也很满足。对于一位曾经提倡简单、自由生活的人，只要我的敬意能通过威士忌传达给他，就已足够了。

完成了当天的参观计划之后，我让徐先生送我到了附近德安县的汽车站，恰好赶上下午 3 点开往江西省会南昌的高速列车。但是南昌并不是我的最终目的地，所以一到那里，我就赶紧打车去了另一个汽车站赶下一趟开往临川的车。遗憾的是，直到晚上 7 点我才抵达临川。在临川宾馆入住登记时，我早已精疲力竭，甚至忘了吃晚餐。但我却记得洗衣服、洗澡，记得自己躺在床上读韦应物写给偶像的那首诗《效陶彭泽》—— 彭泽是一个地名，位于九江上游，陶渊明曾在那里做过县令，虽然后来辞职还乡，但彭泽却成了他的代称。

霜露悴百草，时菊独妍华。物性有如此，寒暑其奈何。

掇英泛浊醪，日入会田家。尽醉茅檐下，一生岂在多。

阿弥陀佛!

第二十二天

王安石、辛弃疾

又一次，天不亮我就醒了，但说来也怪，感觉精力却很充沛，可能是因为昨晚洗了热水澡并且不到9点就睡觉的缘故吧。现在终于感觉到按计划行事的好处了。倘若前一天累了,第二天一定要少安排一些。这一点只有等到上了年纪才会深有体会。岁数大了，得给身体留下恢复的时间。

我又在天亮之前开始喝咖啡。等到太阳升起的时候，我已经在喝第二杯了。天有点阴，但没有下雨，因为路面没湿。今天要去的第一个地方就在街口，早上9点才开门。

9点之前，我就离开房间前往王安石纪念馆了。只有五个街区的距离，等我到那里的时候，刚好开门，且无须门票。有六七个人在花园里练气功，而去王安石纪念馆拜谒的却只有我一个人。

王安石在这座城市可以算是家喻户晓，他就出生在东北方向距此四十公里的桐乡，父亲常年在外做官，因此他的童年大部分时间都是在城湖村的外婆家度过的。城湖村位于桐乡和临川之间，但由于临川是该地区的行政中心，所以被认为是王安石的故乡。很高兴看到王安石的诗用大字体印在纸上，这样，即使是上了年纪的人隔着一定距离也能看到。我最感兴趣的是他描写故乡的诗，其中有一首叫《乌塘》，乌塘是王安石外婆家附近的一个池塘。

乌塘渺渺绿平堤，堤上行人各有携。
试问春风何处好？辛夷如雪柘冈西。

柘冈山位于城湖村的东面，是王安石非常喜欢的地方，甚至和李白、陈子昂一样，他还在那里建造了一座读书堂。由于小时候过的是一种半隐居的生活，后来又随同父亲去外地做官，所以王安石很小就被看作是一个怪人：不修边幅，且行为举止不同常人。他崇拜隐士寒山，相传寒山也是一个怪人。他在《拟寒山拾得》二十首中的第七首是这样写的：

> 我读万卷书，识尽天下理。智者渠自知，愚者谁信尔。
>
> 奇哉闲道人，跳出三句里。独悟自根本，不从他处起。

王安石虽然赞美那些无为的修道者，但他自己却不是一个“无为”之人。父亲死后，王安石二十三岁便通过了科举考试，此后在长江流域的很多省级部门都任过官职。“无为”的世界观以及个人的不拘小节并未妨碍他去扶弱济贫，无论在哪里当官，他的事迹总会被人们津津乐道，后来在朝中平步青云，成了皇帝面前的红人。

由于职责在身，无论是在省内为官，还是在朝廷效力，王安石都很少回家，所以像《过外弟饮》里描述的团聚场面是很少见的。他的“外弟”的房子就位于城湖村与柘冈山之间，即乌石冈附近。

> 一自君家把酒杯，六年波浪与尘埃。
>
> 不知乌石冈边路，至老相寻得几回。

很少有人赞颂王安石的短诗简单明了，他本人也不如苏东坡或欧阳修聪明，他的诗风与白居易极其相似：语言朴实直白。虽然王安石并

王安石纪念馆

未想过要以诗动人，但他的散文却打动了无数人，因此被认为是宋代最伟大的散文家，并与苏东坡、欧阳修齐名。

王安石的政治生涯很辉煌，成为宰相以后，他在中国实施了一场意义最深远，同时争议也最大的变法运动，就连毛泽东和周恩来都很佩服他，他们对于王安石的评价在展厅墙上被突出显示出来。他曾目睹农民生存的艰难，因此决定做些事来改善他们的生活。春天，他以20%的利息贷款给农民（以前的利息是60%），等秋天丰收以后再行收回。同时他还主张允许小企业主借贷，甚至还提出要建立一套稳定的国家预算体系。然而这些措施却遭到了既得利益集团的反对，即富商、放贷人、地主乡绅以及朝廷上的那些传统的保守派。在一片反对声中，王安石的变法很快就夭折了，那些措施在他离任以后，也变成了一纸空文。

王安石最后一次离开都城开封的时候，并没有回到临川附近的老家，而是沿大运河一路到了南京，并在钟山脚下建了一处房子。父母已经去世，因此他也就没有回老家的必要了。南京位于大运河与长江的交界处，交通十分便利。在几十年的时间里，他结交了很多朋友，他们也纷纷去南京看望他，甚至那些曾经持不同政见的人，比如苏东坡，也曾到南京与他举杯畅饮。王安石彻底归隐以后，过了十年的“无为”生活，每天要么侍弄自己的小花园，要么与钟山的僧人聊天，要么写点诗，比如《午枕》就是其中的一首：

午枕花前簟欲流，日催红影上帘钩。
窥人鸟唤悠飏梦，隔水山供宛转愁。

随着对王安石的了解日益加深，对他也就越发崇拜。但是纪念馆的展览并不能回答我所有的疑问。王安石死后，被葬在了钟山脚下的花园内，然而在接下来的两个世纪里，他的坟墓却莫名其妙地消失了，没人知道缘由，直到最近才大白天下。接下来的行程将帮我们解开这个谜团。

回酒店退房，然后找了一辆出租车，和司机说好要去的地方之后我便离开了临川。过涪江大桥后转向东南方向的316国道。国道与涪江并行，沿国道行驶二十公里，过浒湾镇，然后向北换到946县道行驶十一公里之后，过琉璃乡，向西驶上633县道八公里，继而穿过一片片农田和低矮的丘陵。沿途有很多土地庙。我想：土地爷们真能保佑一方水土，还是只想利用农民的虔诚以满足私欲？不一会儿，我们又在黄源村换到了664县道上，等公路到了尽头，只好沿着一条石渣路继续向南进发。

路上车辙太深了，司机只好把车停在了路边，距离月塘村还有两百米，我只好步行了。之所以不辞辛劳地来这里——之前我已经跟大家卖过关子——是因为前几年研究人员发现了王安石家的宗谱，上面揭示了困扰历史学家几个世纪的难题，那就是：王安石的遗体怎么处置的？答案是族人在村边的山坡上重新安葬了他。

月塘村不大，但却历史悠久，古槐已过千年，房子基本上都是砖混结构，在村子中央有两座巨大的石门楼，其中一门匾上书“荆国世家”——王安石死后曾被追封为荆国公。另一门匾上书“金陵衍派”，金陵是南京的别称，王安石与之有着不解之缘，那里是王安石辞相后居住的地方，也是他死后安葬的地方。现在王安石及其后代子孙的墓地就处于村舍的环抱之中，而这里世世代代的村民则成了守墓人。

我在村子里转了一会儿便来到池塘边，池塘南面是一层层梯田，种植了水稻，远处呈金字塔状的是凤山。据当地的村民讲，以前在山坡上和山脚下都是王氏家族的墓地，那里风水极好，但是现在墓地不见了，原因是王氏家族与另一个家族有宿怨，到了明朝，也就是王安石被重新安葬不久，对方家族里有一个人官至礼部尚书，为了报仇，将王氏家族的墓地统统夷为平地。直到最近，有一记录此事件的石碑出土，真相才得以大白，历史才得以还原。

走过田野，那里有头牛正在享受冬日最后的时光，虽然已经有好几块地被犁过了，但是距离真正的春播还有一个月的时间。远处有农民在修整水渠，我走过去向他打听桃源窠的位置。根据那部宗谱记载，那里是王安石墓在凤山的确切位置。顺着他手指的方向看过去，是一

月塘村王安石墓

片片稻茬以及山上的簇簇松竹。在我拜谒过的所有墓地中，不得不承认，王安石的墓地是离我最近的，因为无论形骸是否还在，毕竟这里是他真正的安息之所。

因为找不到任何坟墓的迹象，于是，我又回到了池塘边。这个池塘由王安石的一个堂兄弟建造，状如半月，因此该村名字为“月塘”。这里似乎是举行拜谒仪式最合适的场所了，于是我坐在池边的一块岩石上，拿出了酒杯，趁酒香四溢之时，开始翻阅王安石的诗集。

翻到他给女儿写的那首诗时，我停住了。王安石的女儿生于公元1047年，那一年二十七岁的王安石到明州（今宁波）任通判一职。一到那里，他就开始实施新政，这些政策为日后的变法奠定了基础。农民因为新政受益而欢呼，但是无论怎样的快乐都无法弥补次年王安石的丧女之痛。他把女儿葬在公闲之时常去的明州城南护城河外一座小山上。两年以后，他在离开明州去异地赴任的前一天晚上，最后一次划船去了那里，并作《别鄞女》一诗：

> 行年三十已衰翁，满眼忧伤只自攻。
> 今夜扁舟来诀汝，死生从此各西东。

我把敬献王安石的那部分黑麦威士忌倒进了池塘，自己喝光剩下的部分。王安石划船回去了，而我也要回到村边正在等我的车里了。

从月塘村出来向北不到十公里就是王安石的外婆家，也是他的读书堂所在地，因此很想去那里看看，应该已经是“辛夷如雪柘冈西”了吧。但是根据临川纪念馆的资料记载，山上的读书堂如今已被水库淹没了，更没有了乌鸦伴行的道路，而且到那里需要将近一个小时的车程。一想起早上曾警告过自己要少做事，便打消了这个念头，一切按计划行事吧。

我们重新回到316国道上，然后在一个叫“浒湾”的地方停车吃午饭。一般情况下，从早上出来一直到晚上我才会吃点饭，不过这次，我不想那样疲于奔命了。点的三个菜都很合胃口：西红柿炒鸡蛋、葱爆肉和蒜蓉菠菜。考虑到那天还有很多安排，因此无法保证是否能吃上晚餐，所以我抓住机会，能吃一顿是一顿吧。出发前，我还去了药店，因为感觉喉咙有点疼，所以买了些红霉素。要在平时，我肯定会往死里喝酒，但是这次不行，我需要把威士忌留给那些诗人们。

从浒湾出发，继续沿着316国道向东行驶。我要拜谒的下一位诗人是辛弃疾，他是宋朝伟大的抒情诗人，与李清照难分伯仲，而且他们都是济南人，在此次行程的第二天，我曾经拜访过他们的故居和纪念馆。金人占领北方以后，李清照和辛弃疾都逃到了南方，并最终融入了同样背井离乡后以杭州为都城的大宋王朝。李的父亲是一位高官，公公是当朝宰相，杭州的亲戚们向她敞开了大门。而辛弃疾则是凭借自己卓著的功勋，步步升迁，才跻身于当时的贵族行列。后来，由于朝廷推行“主和”政策，而辛弃疾则极力主张抗金，所以处处受到排挤，直到最后被贬谪。公元1181年，在被冷落二十年之后，他终于放弃了重整山河的宏愿，卸职回到了上饶，并在那里生活了十五年。在这十五年里，他依然不放弃要为国尽忠的想法，因此创作了这首《满江红·暮春》：

家住江南，又过了、清明寒食。花径里、一番风雨，一番狼藉。

红粉暗随流水去，园林渐觉清阴密。算年年、落尽刺桐花，寒无力。

庭院静，空相忆。无说处，闲愁极。怕流莺乳燕，得知消息。尺素始今何处也，彩云依旧无踪迹。谩教人、羞去上层楼，平芜碧。

虽然现在上饶已经没有了任何辛弃疾居住过的痕迹，但是在上饶南部确实曾经有过，那也是我接下来要去的地方。这次要走的是一条非常典型的迂回路线：从浒湾到金溪，向北通过高速公路到鹰潭，然后向东走另一条高速到铅山，从那儿再下高速然后穿城到202省道。不到半小时，我们就进入了永平镇，镇子不大。公元1195年，上饶的房子被烧以后，辛弃疾搬到了永平南部的一处田庄，并决定效仿偶像陶渊明过几天田园生活。然而，说起来容易，陶渊明朴素的生活理想不是轻易就可以实现的。辛弃疾发现自己太寂寞了，这在《贺新郎·邑中园亭》一诗中有明确表达：

甚矣吾衰矣。恨平生、交游零落，只今余几！白发空垂三千丈，一笑人间万事。问何物、能令公喜？我见青山多妩媚，料青山、见我应如是。情与貌，略相似。

一尊搔首东窗里。想渊明、停云诗就，此时风味。江左沉酣求名者，岂识浊醪妙理。回首叫、云飞风起。不恨古人吾不见，恨古人、不见吾狂耳。知我者，二三子。

在这首词的序中，辛弃疾提到的“停云”指的是陶渊明的话：“停云，思亲友也。罇湛新醪，园列初荣，愿言不从，叹息弥襟。”和陶渊明一样，辛弃疾也有许多未实现的愿望，而且也经常唉声叹气，邻居虽善，却未必志趣相投，这也是田园生活的遗憾之一。

在去永平的路上，我们来到了看上去好像是唯一的一处交通信号灯前，在等红灯的时候，我摇下车窗，向旁边的女出租车司机挥挥手，并问她是否知道陈家寨，我还说自己在找辛弃疾墓。那时候我想，假如我在新泽西的卡姆登这样做，会有人指给我去沃尔特·惠特曼墓的方向吗？女司机点点头，说只要花五十块钱，她愿意在前头带路。这真是太过分了，但是考虑到一寸光阴一寸金，我还是挥挥手表示同意了。她的车上有三名乘客，但很明显在金钱与责任的较量中，她毫不犹豫地选择了前者。奇怪的是那些乘客也没有下车的意思。在城外的边界处，有个指示牌，上面写着距辛弃疾墓 9.2 公里。即使没有她，我想也能找到目的地。但是乡村公路，你懂的，对于历史遗迹的指示没多少是准确的。在指示牌处，女司机向西转弯，我们也一路跟了过去。

突然，我意识到今天还是很不错的，我们不需要每隔几公里就下车问路，不用造成任何延迟就能到目的地。吃红霉素的时候我眉头都没皱一下，现在药也开始见效了。令人难以置信的速度很让人享受，前面那辆车像脱缰的野马在乡间小路上飞驰，只在通过居民区时才稍稍收敛，我们几乎跟不上她了，颠簸与极速让人既心慌又欣喜。她开这么快，我想，应该与她车上的乘客有关，谁愿意过久耽误自己的行程呢？

不一会儿，我们就把陈家寨村甩在了后面，接着就是彭家湾村。最后在路面损坏得只剩下一个单行道的地方，她停了下来，说自己只能到这里了，墓地就在前方不到半公里的地方。付钱之后，她的一位乘客也下了车，并说可以带我们去那里，这真是一个天大的惊喜。很显然，他并没有什么要紧的事做。一个好汉三个帮，这句话一点也不假。由于最近雨水较多，道路几乎成了泥潭，好在不是很远。路上梨花开满山坡，此情此景怎能不让人高兴呢？唯一一个声称自己曾到过辛弃疾墓的人告诉我说那个地方很难找，当然，我们也是左拐右拐的。给我们带路的那个人说这条路原来是一条小径，后来用推土机拓宽了些，大概再过一个月就可以修好了。我相信，听到这个消息，想来这里的朝圣者会很高兴的。

不到十五分钟，我们就到达了山脚下，辛弃疾墓就在一百多米长的斜坡上，那里也正在大兴土木。辛弃疾和谢灵运一样，正在得到人们越来越多的尊重，考虑到辛弃疾墓地的偏远，我想也许只有那些意志最坚定的朝圣者才能亲眼见到吧。

上斜坡的时候，我不得不绕着那些台阶上的石头走。这里有点乱，但是至少墓地完整，所以可以在那里给辛弃疾敬酒并背诵他的某一首诗，因为辛弃疾喜欢云与山，我选择了这首《玉楼春·戏赋云山》：

何人半夜推山去？四面浮云猜是汝。常时相对两三峰，走遍溪头无觅处。

西风瞥起云横渡，忽见东南天一柱。老僧拍手笑相夸，且喜青山依旧住。

关于看山的问题早有禅释——见山是山，见山不是山，最后见山只是山。然而在辛弃疾的笔下，似乎更多出了几分情趣，这也是他的词的魅力所在。等我到墓前敬献威士忌的时候，已经是下午 5 点钟了。听说以东五公里的地方还有一处辛弃疾故居，或许还应该有一座纪念馆吧，我很想去看看，但是那里应该也快关门了。谢过那位领路人，我收起杯子，并告诉他自己还想去拜访辛弃疾故居，他说不用着急，

辛弃疾墓

现在那里什么都没有了。听他这样一说，我竟然有一种如释重负的感觉，更让我惊喜的是，他竟然主动提出还要给我带路。如果有人能将我从迷宫般的寻找中解救出来，那真的是皆大欢喜。然而不仅仅是要给我带路，他还告诉我去那里的一条捷径，时间紧迫，这是最好不过的事了。

葫芦泉

回到车里，“导游”带领我们上了一条很窄的公路，然后朝东穿过田野、一条尚未完工的高速路，前行几公里后在八水源汽车站换到 202 省道，向南行驶六公里后靠边停车。“导游”说那个地方没有标记，只是一座农舍。我们来到一家院子里，几个农民干完一天的活计，正在那儿坐着聊天。

“导游”上前和他们解释来意，房主也向我们介绍了一下自己。他姓周，并说辛弃疾故居离他家也就一百米的距离，他把我们带到山脚下去看辛弃疾的葫芦泉。泉水就来自于旁边的故居旧址。我们这样一群陌生人，竟然站在了世界上最伟大的诗泉旁，真不知道自己是哪世修来的福气。周先生又指给我们看了两个小池，它们是辛弃疾在一块巨石之上开凿出来的，泉水可以先流到第一个深一点的池子，然后再通过一个弯道流到较浅的里面。我以前从未见过这些东西，真是大开眼界了。

公元 1186 年左右，辛弃疾先是买下了这眼泉水以及周边的土地，后来，他在上饶的房子着火以后，便在泉边建了一幢新房，他生命里的最后十年就是在这里度过的，房子早已不见，但是流泉依然还在。虽然已在他的墓前敬过酒了，但是有泉水的地方怎能错过呢，尤其是这眼诗泉。倒好三杯酒，我把它们摆放在池边，开始大声朗诵起辛弃疾的《青玉案·元夕》，这是他最著名的一首词，大家也都跟着一起读起来，就连周先生也不例外：

东风夜放花千树，更吹落、星如雨。宝马雕车香满路。凤箫声动，玉壶光转，一夜鱼龙舞。

蛾儿雪柳黄金缕，笑语盈盈暗香去。众里寻他千百度，蓦然回首，那人却在，灯火阑珊处。

我把其中一杯酒倒入水池，然后把另一杯递给周先生。喝完以后，他的眼睛亮了起来，并不停地咂嘴。他告诉我这里每年也就来三四个游客，所以没有什么改造计划。另外一些与辛弃疾相关的地方，比如斩马桥和期思渡口，也什么都没有了，不过是一种记忆罢了。我喝完自己的那杯酒后，把杯底的几滴又倒进了池子里，然后换上一杯纯净水敬辛弃疾和他的那些理学朋友们。买下这处房产不久，辛弃疾和哲学家陈亮在公元1188年便到了这里，并举行了一个小型的庆祝活动。他们的朋友理学大师朱熹本来也要来，但因为有事耽搁了。喝着纯净的泉水，两个人慷慨激昂地表示要将抗金进行到底。但是他们没能等到那一天，最后都在伤心中死去了。我为他们的壮志豪言干杯！生活不能没有目标。

谢过周先生以后，我们又回到了车里。继续向南行驶三公里后，我们的“导游”在公路边的一座砖厂前下了车。对于他的帮助，我深表感谢，并准备拿出一百块钱作为酬劳。但是他说什么也不要，最后他还告诉我那座砖厂就是他的，他从心里愿意给我们带路。

与“导游”分别后，我们掉转车头开始朝铅山城外的高速公路开去，最后顺原路往回返，但我已经不需要再回临川了，我要去鹰潭赶晚上10点的火车。现在是晚上7点，还有三个小时，我到街对面的一家廉价旅馆租了一个房间。房间的墙壁是胶合板，一张床占据了大部分空间。但是里面有淋浴，有热水，这就足够了。看了一会儿电子邮件，我还睡了一小时觉，后来，在北上的列车上又接着睡了。

第二十三天

谢朓、李白

火车晚点一小时后终于驶离鹰潭，我买的是硬卧，硬卧车厢里每个隔间共有六个床铺，外面没有门。软卧则不同，每个隔间里有四个床铺，且空间是封闭的。但有卧铺，已经让我很满足了，尤其还是下铺。上铺离顶棚太近，翻身都有困难，更别说坐起来了。等我上车的时候，那些吸烟的乘客已经睡着，所以大部分时间，我睡得很好。即使中间醒来也没什么，毕竟这是在火车上。

火车“咣当咣当”地响了一个晚上，慢腾腾地如同一架老牛车。到达宣城时，已经早上 8 点半了。竟然晚点两小时！不过这对我也有好处，因为我要去的地方一般都在 8 点以后开门。一出车站，我就眯起眼睛，阳光太强了。本来我想把包裹寄存在火车站，坐晚一点儿的火车到下一站，再换乘出租。一走出车站，我立刻改变主意了。路上都是出租车，我想还是从头到尾乘坐同一辆出租车比较好，于是直接走到了等车的队伍中。轮到我的时候，我跟司机讲明路线后，他放下计价器就带我出发了。宣城是一座幸运的城市，因为它和两位桂冠诗人联系在一起，他们是李白和谢朓，我将从谢朓开始拜谒。

谢朓是公元 5 世纪最伟大的诗人之一，同时可与之媲美的还有陶渊明以及谢朓的叔叔谢灵运。为了区分二谢，人们往往称谢朓为“小谢”，而称呼谢灵运为“大谢”。两个人除了有共同的血缘以外，还共享着“中国山水诗人鼻祖”的美誉。除陶渊明之外，一直到晋朝，中国诗人一直都在描述宫廷生活。如果写世外之事，由于没有直接经验，多数也会将之写成一个理想国。然而谢氏叔侄不同，虽然他们也属于贵族，而且也并不能完全摆脱宫廷诗歌的影响，但在他们的笔下，世外生活往往是亲身经历的活生生的世界。

谢朓之父是刘宋王朝的一位高官，母亲为宋文帝之女长城公主，然而当谢朓成年的时候，刘宋王朝已被南齐王朝取代，因此宫廷生活步步惊心。在他二十多岁的时候，南齐九个潜在的皇位继承者以及他们的家人、支持者相继被人谋杀。

这一切都发生在南京。从东晋到隋朝，南京应该算是六朝古都了。中国在分裂了四百多年以后，终于在隋朝得到了统一，后来隋被唐取代。二谢的早期生活，要么是南京宫廷，要么是南京阴影。小谢以写“颂帝功”“颂藩德”的应命之作而著名，要不是后来发生了一件事，他可能永远都是一个小诗人。也正是由于那次事件，他的创作方向才得以改变。公元 495 年春，时年三十一岁的谢朓被派去宣城担任太守一职，虽然只有一百五十公里，但是对于谢朓来说，这已经足以让他对自由和焦虑有了更深的思考。离开首都，眼看长江越来越远，当时他的心情在《之宣城出新林浦向板桥》有精确的描述：

> 江路西南永，归流东北骛。天际识归舟，云中辨江树。
> 旅思倦摇摇，孤游昔已屡。既欢怀禄情，复协沧洲趣。
> 嚣尘自兹隔，赏心于此遇。虽无玄豹姿，终隐南山雾。

从此谢朓便和宣城以及雾霭蒙蒙的南山联系在了一起，事实上，他一直被人称为“谢宣城”。他的五十多首诗歌，或者说他诗歌的三分之一，都是在宣城任职时创作的。那是他匆匆人生里最动人的时刻，虽然做不了一只豹子，但他却让自己真正地融入了山林。

我的第一站是谢朓在宣城的故居。它位于一座小山顶上，从那里可以俯瞰一条河流，蜿蜒流向宣城。也就是在那个地方，他写了一首《高斋视事》，诗中概述了他处理地方日常事务的情况，每天一睁眼，他要做的第一件事就是处理公文。

> 余雪映青山，寒雾开白日。暧暧江村见，离离海树出。
> 披衣就清盥，凭轩方秉笔。列俎归单味，连驾止容膝。
> 空为大国忧，纷诡谅非一。安得扫蓬径，锁吾愁与疾。

与叔叔一样，谢朓对群山有一种天生的亲近感，毫无疑问，谢灵运对于隐士生活的追求以及以陶渊明为代表的万事求简的生活理念肯定会对他产生深刻的影响。尽管带给他无尽灵感的“高斋”早已不见，但是为了纪念他，镇上的人们还是在原址建了一座塔楼，并命名为“谢朓楼”。

没用五分钟我们就到了谢朓楼。山如土丘，而上面的谢朓楼则越发显得苍然。楼分上下两层，四边飞檐翘角。环山公园里的谢朓像由整块石料雕成，诗人坐在那里凝视远方，手里的酒杯倾斜，让人担心里面的酒随时会洒将出来——大概这就是诗人的迷醉与沉思。绕过雕像，走在长长的台阶之上，那里直通谢朓楼的入口。旧楼早在1937年“二战”的时候就被日军毁掉了，1997年人们在原楼基础上进行了重建。

走上台阶，我注意到二楼的栏杆上有一条毯子，很明显，应该管理员晒在那里的。门口有一群人在打牌，我走上去和他们攀谈了一会儿，并问毯子是怎么回事，其中一个人说是他晒的，退休以后，他一直在这里看楼。我告诉他想上二楼看看，他摇摇头说二楼是禁止外人进入的。于是，我求他说我只是想看看谢朓当年在那里都看到了什么景色。说到谢朓，他的态度缓和下来，并嘱咐我一定要小心，里面的楼梯坏了。事实证明，他没有骗我。

二楼堆满了民间庆祝活动用到的各种道具，我连挤带绕地走到北阳台前，就是在这个地方诞生了谢朓的《后斋回望》：

> 高轩瞰四野，临牖眺襟带。望山白云里，望水平原外。
>
> 夏木转成帷，秋荷渐如盖。巩洛常睠然，摇心似悬旆。

当时谢朓在这里可能很开心，并希望能从这里清理出一条通往草屋的小路，可是，当他从书房向外望过去，突然感觉自己像是被困在了群山与不远处的首都之间，不得动弹。这种纠结一直未得释然，因为他的生命太短暂了。原本想从阳台看到敬亭山，因为谢朓的很多诗里都提到过这个地方，可是，如今举目望去，却是满眼树木。下楼谢过管理员后，我直接回到车里，并让司机把车开到山上去。

谢朓楼距敬亭山只有五公里远，我们从昭亭北路到那里仅用了十分钟。“昭亭山”是“敬亭山”的旧称，为了避讳当时皇帝的名号，公

谢朓楼

谢朓雕像

《独坐敬亭山》石刻

元 3 世纪，“昭亭山”改为“敬亭山”。到了转弯处，我让司机一直往里开到水阳江边。

先前来过这儿的游客说这里是欣赏敬亭山的绝佳地点，然而当我到那里时，却发现一切都变了，我所看到的是起重机正从驳船上把砾石和河沙装上卡车。回到公路上，我们把车停在停车场，还好，收费不高。司机想和我一起去看看，于是我们一起上路了。其实今天我们并不孤单，虽然不是周末，但这是春天，且阳光大好，所以来此游玩的人很多。刚出发，就看到了一座巨大的李白像。敬亭山也是李白喜欢的山脉之一。旁边的小路直通山上的寺院和两座佛塔，我们没理会它，只是沿着大路走，大路沿着山坡蜿蜒开去，看不到尽头。这座山以产茶著名。路上经过一块巨型的岩石，上面刻有李白的诗，汉字已被漆成绿色，其中就有这首《独坐敬亭山》：

众鸟高飞尽，孤云独去闲。
相看两不厌，只有敬亭山。

李白不仅喜欢敬亭山，也喜欢宣城，因此总是不停地到这里游历。算上流放和被皇室排挤等原因，他一共来过这里七次。我们沿着小路继续前行，人群逐渐稀疏起来。三十分钟后，我们便到了独坐亭，据说李白就是坐在这里创作了那首著名的《独坐敬亭山》。山不算高，大约也就三百米的样子，但是那里非常适合漫步，所以毫无疑问，李白肯定是经常来这里散心的。从独坐亭可以俯瞰部分山道和隐隐半城风光。李白足履所至（包括他的四个“家乡”），他最爱的还是宣城。

站在上面待到呼吸平稳以后，我告诉司机看得差不多了，该回去了。我们是通过敬亭山路回城的，这条路位于城市北门与敬亭山之间，是人们经常走的传统路线。路上，我一直在寻找某个东西，但是一直未能如愿。路的两边是某个涉及整个宣城北部地区的在建项目，司机说这里将要建一座唐朝国际城，而我要找的地方是谢公亭。谢朓曾在那里送别了挚友范云，两人别时伤心到泪流满面。李白也认为谢公亭是一个令人心碎的地方，这一点从他的《谢公亭》一诗中有所体现：

谢公离别处，风景每生愁。客散青天月，山空碧水流。
池花春映日，窗竹夜鸣秋。今古一相接，长歌怀旧游。

司机说他从未听说过谢公亭，路上我们也没有去问别人。谢公亭在以前是宣城人道别的地方，并不仅限于诗人。而现在人们都不记得它了，我也决定放弃寻找，让司机直接送我去当涂，我想和李白来一次正式的道别。自从开始这次朝圣之旅，我就一直在追随他的足迹，是时候做最后的道别了。很高兴自己当初选的是出租车，而不是火车，从高速公路到当涂出口，一共用了不到一小时的时间。

在生命的最后两年，李白经常往返于宣城和南京之间，谢朓也曾经这样做过。当终于病到无法远游时，李白来到当涂寻求叔叔的庇护，李白的叔叔李阳平时任当涂县令。第二年李白去世，享年六十一岁。在他死后人们传说他是因为喝醉酒，在长江边试图上天揽月而溺水身亡的，当然这个故事很唯美，大家也愿意相信它是真的。我想李白要是活着的话，应该也会信以为真的。在最后的几个月里，李白已经病到无法下床，幸运的是，他的叔叔是一个有着极强文学鉴赏能力的人，而且最终成了侄子的遗稿保管人。后来他开始整理李白的存世作品，里面有多达一千多首的诗歌。

高速出口距李白墓仅一公里，不一会儿就到了。李白墓位于青山西麓花园般的风景之中，被一堵长长的白墙环抱其间。公元 762 年，李白去世，最初他被安葬在龙山以西几公里的地方，一百五十年以后，按照他的遗愿，尸骨才被移到了青山脚下。我不知道他为什么最初没被埋在这里，无论来过多少次，我总是忘记找人问这个问题。

停车场很大，能容纳一百多辆车吧，但是现在除了我们的车，就只剩另外两辆景点员工的车了。我觉得有点奇怪，因为那天是周五，阳光明媚，天空湛蓝且天气已经转暖。当涂不是宣城，这里是农村。几年来李白墓地显然已经成了一座公园，周围有池塘、桥梁、展厅和花园环绕。付完停车费，我们开始在公园里散步，并最终来到了展厅前。其中一个陈列柜里有几块原来墓地里的砖头，墙上挂满了各种画，上面记述了李白生前最后几年发生的一些事件。其中有一幅描述了他躺在床上梦想着能过上理想的生活。虽然他是一位诗人，但是却从未放弃“一笔一剑走江湖”的梦想。对于李白来说，虽然诗歌弥补了他的很多错误，但是仅有诗歌还远远不够。

在大厅后面，穿过一道门，就来到了一座封闭的花园，里面就是李白墓。我坐在墓前的石凳上，想起 1991 年我和朋友芬·威尔克斯、史蒂芬·约翰逊第一次来这里参观的情景，当时我们就坐在这条石凳上，我还拿出李白的诗歌，给芬和史蒂芬大声用中文朗诵，后来还把它现场翻译成了英文。之后，有二十四个日本人排着队来了，他们在绿草覆盖的李白墓前一字排开，就像军人列队一样。我们有点莫名其妙，不知道这是怎么回事。只见其中一个人走到墓前，点上蜡烛和香，然后又重新回到队列中，和大家一起齐声高唱李白的诗歌。后来我才得知，原来他们是日本致力于研究唐诗的俱乐部成员，需要指出的是他们当时是用古代唐朝的方言来唱诵李白诗歌的。

蜡烛和香燃烧之时，俱乐部的领队以唱诵李白生前的最后一首诗《临路歌》结束了整个表演。在《临路歌》里，李白把自己比成大鹏鸟，一个完全自由的精灵。他还提到了中国人相信的太阳起于扶桑，以及孔子认为麒麟“出非其时世道将乱而大哭”。这首诗的形式和线条

李白墓

与屈原的诗歌极其相似，同时也证明了李白以诗直面死亡的决心。当然，我们也能感觉到他写这首诗的时候已经上气不接下气了。

大鹏飞兮振八裔，中天摧兮力不济。
余风激兮万世，游扶桑兮挂石袂。
后人得之传此，仲尼亡兮谁为出涕？

当歌手唱到最后一句的时候，他的声音开始变得沙哑，而最令人奇怪的是竟然下起雨来，就好像老天在哭泣一样，接着整个队伍在墓前鞠躬，最后鱼贯而出。他们一走，我们就坐在了墓前潮湿的草地上，实际上雨不大，洒在身上很舒服。我们随身带了啤酒，开瓶以后，每个人都喝了一口，然后把剩下的洒在了墓碑上。如果说有某个诗人喜欢喝酒，那么你肯定会想到李白。

而今天，我打算用一种度数更高的酒来敬李白。墓地设计师考虑得很周到，在墓碑的顶部设计了一个窄窄的石槽，以前来的时候，我根本没有注意到这细节。我想这要比我的杯子更合适，然而已经有人捷足先登了，现在里面大概有一整瓶白酒，我只好往里面滴了几滴黑麦威士忌，但是我怀疑这根本就没用，因为中国白酒的气味太冲了。

回去以后，我让司机往回开到高速公路上。李白之所以要求将自己埋在青山脚下，是因为想靠近偶像谢朓在乡间隐居的地方，即青山的另一边。到达高速口后，我们转到高速下面的那条路上，前行一两公里后，不远处出现了一座貌似佛塔的建筑。我们继续向北走了一段水泥路后，才发现那里不是佛塔，只是矿区里的一座矿井而已。无论是什么矿，在这样的矿区采矿，肯定会赚大钱的。前行半公里左右，向右转到了矿区后面的一条土路上，然后蜿蜒而上到青山东麓。山路坎坷颠簸，有好几次司机都想放弃了，但是在我的要求下，他还是跟着一路开了过来。到达谢朓故居时，我感觉汽车似乎也有点上气不接下气了。

在南京和宣城的往返途中，谢朓认为这里是他见过的最美的地方，也是他管理辖区的一部分，于是他在半山腰建了一处房子，从那里可以远眺青山河。房子建成以后，他在新居比在宣城的衙门里待的时间还要长，当然作为太守他有这个特权。

遗憾的是公元 496 年谢朓在宣城的任期结束了，山上的隐居生活也因此画上了句号。之后他被派往湖南，代表皇帝去拜谒南岳衡山。军队生活教会了我一个道理，那就是除非必要，否则绝不要主动去学什么，因为迟早你会被身上的技艺所累。庸人多长寿，这是我在军队里学到的真理。谢朓没有从军的经历，但是他会写宫廷颂德之辞，因此被皇帝选中到远在湖南的衡山去散播圣名。衡山是中国南方的圣山，对于谢朓来说，也是一次长途跋涉，但是此行并未给他或者皇帝带来什么好运。等他再回到南京时，皇帝已经驾崩，谢朓随后也被卷入一场皇位争夺战中。由于他拒绝参与到夺位阴谋之中而遭诬陷，随后冤死狱中。没有人知道他死后尸体是怎么处理的，在南京周围及其墓地里也没找到任何相关证据。大多数人认为他被葬在了老家附近的青龙山上，因此当地的老百姓把他的住宅改建成了纪念祠堂。无论葬在哪里，对我来说，要拜谒这位连李白都崇拜的诗人，祠堂应该是一个比“高斋”更合适的地方。

下车以后经过一段泥泞的小路终于到达谢公祠，很显然，一切都变了。祠堂周围是青山寺里的六座佛教大殿。一进大厅，就遇上了那里的女住持，法号圣英，八十二岁，据说已经在这里待了三十二年。她邀请我共进午餐，但是我告诉她在旅行中，我一般不吃午饭。令人惊讶的是，她竟然能理解，她说吃午餐确实容易误事，尤其是想找厕所又找不到的时候。我问她谢朓墓的事情，她说人们在山上四处都找过了，但是没有任何发现。

然后她带我来到了位于两座新建佛堂之间的“谢公祠”，里面厅堂不大，旁边的厢房主要用于储存杂物，如今已经上锁，而主厅依然对外开放。它和我家的卧室大小差不多，十平方米左右，里面有三个跪垫，前方是一座祭坛，上面的石头上刻有谢朓的浮雕，左右各有六个稍小的雕像，他们分别是道教和佛教的先贤。祭坛旁边的两副对联分别书写“有因必有果”“无始更无终”。

谢公祠内的祭坛

考虑到这里的气氛，我没有拿出包里的威士忌，三鞠躬之后，谢过住持并与之道别。在回出租车的路上，经过谢公池，我看到里面有信徒放生的乌龟和鱼。池塘是谢朓挖的，最初很小，后来，就如同故居里的其他东西一样，它也被扩建了许多。在无法找到谢朓墓的前提下，这里似乎是祭奠他最合适的地方。我并不是唯一有此念头的人，早在我之前，李白就已经这样做了，如他的《谢公宅》里所描述的：

青山日将暝，寂寞谢公宅。竹里无人声，池中虚月白。
荒庭衰草遍，废井苍苔积。惟有清风闲，时时起泉石。

和李白一样，谢朓也是怀才不遇之人，他除了写一些“颂帝功”的诗词之外，更多的时候是借诗言志。当威士忌的芳香袅袅升起之时，我吟诵着他的那首《王孙游》，该诗源自屈原的《招隐士》：“王孙游兮不归，春草生兮萋萋。”

绿草蔓如丝，杂树红英发。
无论君不归，君归芳已歇！

那天是农历三月十五，事实上，春芳正在逐渐消逝，在向谢朓敬完酒以后，我把它倒进了池塘里，然后乘出租车直接回当涂了。在当涂新建的汽车东站，我踏上了前往南京的征途。两小时后，我入住了新世纪大酒店，它与南京火车站在同一条街上。房间坐北朝南，可以看到玄武湖。当年湖对面囚禁“小谢”、处死“大谢”的王朝如今早已如荒草覆冢，成了历史遗迹。事实证明，诗歌具有诗人难以想象的作用，谢氏叔侄比当年那些判处其有罪并将之置于死地的人们至少多活了一千五百年。一想到这些，我又忍不住敬了自己一杯酒。

第二十四天

王安石、范成大

今天的中国古诗人巡礼将再次从王安石开始。离开临川以后，南京成了王安石的第二故乡，同时也是他最喜欢的城市之一，甚至辞官后他也一直住在那里，去世后便葬在了钟山脚下。我希望去拜望他在南京的故居以及那座给予他无尽灵感的钟山。然而，由于要赶上午 11 点的火车，所以这次拜望注定只是惊鸿一瞥。早上 8 点之前，我就从新世纪大酒店退了房，然后出去打车。我让司机看了下我从互联网上下载的地图，在南京城东北角的地方，我用彩笔标出了一块三角地，那里就是王安石的故居。在司机研究地图的时候，我让他顺便想想该怎样绕开那里的警卫。

公元 1037 年，初到南京时，王安石十七岁，由于父亲要赴南京任江宁通判，他便随之一路来到这里。通判不同于知州，通判对州府的长官有监察义务，就像当年谢朓做的是宣城太守，而不是刺史一样。两年后王安石父亲去世，利用为父守孝的三年时间，他苦读诗书，守孝期满后参加了当时的科举考试，并以第四名的成绩为自己赢得了入仕的机会。当时王安石没有选择在开封为官，而是要求去外省任职。这一走就是二十年，扬州、宁波、潜山、常州等都有王安石执政过的痕迹。

母亲去世后，王安石辞职回江宁守孝，期满以后，他决定要去做那件思考了二十年的事情。在外省任职期间，他一直在进行经济改革试验，并希望能将成果在全国范围内推广。他的建议得到了皇帝的支持，但是却受到了顽固保守派的反对：可以得到高息的时候，谁愿意低息贷款给农民？国家为什么非要有预算？军队为什么就不能任人唯亲？虽然王安石的动机很好，但是变法最终还是失败了。皇帝能为他做的也只能是在公元 1075 年恩准他辞去相位，从此闲居江宁府。

回到南京之后，王安石在城市东北角的钟山脚下买了五十亩地，在父母的墓地附近盖了一处房子。因为这部分田产位于城墙与钟山之间，因此被他称为“半山园”。我给司机看的地图上就有这个地名。我还告诉他现在半山园属于海军指挥学院，要进去恐怕有一定困难，他表示理解，但是令我惊讶的是，他竟然对此颇有兴趣。

汽车驶进仍被称为“半山园”的区域，我们开始寻找没有守卫的入口。那天正好赶上当地周六早市，因此一路走走停停，非常缓慢。结果也不尽如人意，四周除了墙还是墙，在别无选择的情况下，我们干脆直接把车开到正门口，门关着，并由一位穿海军制服的警卫把守。他头戴海军帽，上面的两条飘带搭在背后，看上去可爱极了，可是他的行为一点也不可爱。他命令我马上离开，就连我要见一下他们领导的请求也拒绝了。没办法，最后我们只能放弃了。

然而司机好像不是一个那么轻易妥协的人，由于海军指挥学院与王安石的田产都位于明城墙内，他把我带到了一个有台阶的地方，那些台阶直达城墙顶部，他认为也许我可以从城墙上眺望到王安石故居。我在网上见过王安石故居，里面的房子里有关于王安石的一些物品，周边有几处亭台，当然，少不了一个花园。看起来他的想法不错，于是我开始沿着台阶向上爬。到达城墙顶上以后，我发现在南段城墙上有人在散步，还有人在慢跑。这里可以俯瞰下面的公园，而城墙本身也是公园的一部分。然而我需要去的是被一间警卫室隔开的北段城墙。警卫室后面是一片森林，它们在数个世纪的风吹雨淋中倔强地生长着。看起来要穿过去的希望不大，但我还是从警卫室前走了过去，原来里面的警卫不是军人，而是公园里的工作人员。跟里面的两个人简单介绍了自己的此行目的之后，他们让我进去，并且嘱咐我小心点。警卫室的后面是一堵墙，用来专门防止我这样的人穿越，但墙上有个洞，所以我还是设法钻了过去。在绕过一个大垃圾堆的时候，我一直在想：谁会在城墙顶上倒垃圾呢？但这个疑问并不能让我放慢速度。垃圾堆的后面有一条林间小路，也许司机的想法是可行的。然而，前行三百米之后，我面前出现了一堵墙，中间有一道上锁的铁门，边上写着“军事禁地”四个字。通常情况下，对于这四个字，我会假装看不见，但是今天却束手无策了。要想翻过墙，得有一架梯子或者是一条末端有钩子的绳子，可惜现在我的手头上什么都没有，也许这也是一件好事吧，万一被抓，装傻是说不通的，虽然很多情况下那个方法也能奏效，但这次肯定不行。我已经别无选择，所以只好放弃。顺着来路穿过小树林，绕过垃圾堆，钻过墙洞，最后回到警卫室，并对两位看门人表示感谢。

王安石生命里最后十年的生活对我来说近在咫尺，却又遥不可及。妻子去世当天，他写下了在半山园的最后一首诗《一日归行》：

> 贱贫奔走食与衣，百日奔走一日归。
> 平生欢意苦不尽，正欲老大相因依。
> 空房萧瑟施穗帷，青灯半夜哭声稀。
> 音容想像今何处，地下相逢果是非。

妻子的去世让王安石的心都碎了，他无法面对曾经与她朝夕相处的家，于是只好选择离开。他把房子送给了僧人朋友，后来他们把它改成了报宁寺。同时，王安石在城南秦淮河流域的内桥附近买了一处小院。住进去不久，他也去世了，尸骨被葬在以前的花园里，就在妻子与父母的坟墓旁边。多年来，无论是朋友还是当初的政敌，大家都会去那里祭拜他。三百年后，明朝朱元璋决定扩建皇宫，因此需要外扩城墙，于是把王安石的那部分田产也囊括在内了。当时王安石和妻子以及父母的棺椁被挖掘出来，重新安葬在了月塘，也就是我前两天去过的那个地方。

最后十年，也就是从王安石住进半山园到妻子去世前的那段时间里，他一直在家与钟山之间穿梭，有时是步行，有时是骑驴。钟山不是禁区，所以我想让司机带我去那里。出明城墙后，我们驶上了明陵路，或多或少是在沿着王安石当年的足迹在走。几分钟后，我们经过了他最喜欢的地方——梅花谷。梅花谷最惹眼的地方是在钟山前有一个新月形的湖泊，而湖后面的钟山上则植满梅树。我来的时候，梅花正在盛开。我和大多数的中国人一样，认为梅枝上闪闪发光的白色花瓣如雪一般晶莹。那些梅花一般于冬末春初的春节期间盛开，但是梅花谷的梅花却在 3 月中旬开，而且也不是白色的，它们是粉色和红色的。

这里没有白梅花。王安石在《红梅》一诗里也注意到了这一点。

春半花才发，多应不奈寒。
北人初未识，浑作杏花看。

司机说钟山上有四十多万棵梅树，那可真是梅花如海了。湖面波光粼粼，红红的梅花与钟山倒映在水里，此情此景美不胜收，但是我无法停下来欣赏，因为还要去另一个地方，虽然它并不在当天的行程安排里，但我还是觉得有必要去看一下。不一会儿，我们就到了钟山入口处，那里也是明孝陵所在地，我要找的地方就在孝陵附近。司机在停车场排队停车的时候，我一个人下车走了进去：这里对老年人免费开放。

刚过早上9点，所以时间很充裕，不过，还是越快越好吧。我从入口处踏上了一条名为“翁仲路”的神道，这里直通皇陵，沿途屹立着各种石像，有文武官员，也有各种神兽，它们或来自现实，或来自神话传说。由于没能找到指示牌，我只好向一位路过的老人问路。他说自己每天都会到山上走走，至于我要找的地方就在小湖对面，说起小湖，即便是在冬天，依然会有很多人到那里游泳。果然，绕过小湖，在桂树与竹林后面，我看到了那幢黛瓦白墙的房子。

这里就是定林寺的旧址，如今被称为“定林山庄”，用以区分南京城里与之同名的另一座寺庙。定林寺是王安石最喜欢去的地方，有时也会住在里面，因此他也称那里为自己的“书斋”。进到入口，穿过一条小溪，我想这里可能就是他在《钟山即事》里所描述的情景吧：

涧水无声绕竹流，竹西花草弄春柔。
茅檐相对坐终日，一鸟不鸣山更幽。

王安石在这里回应了另一位写过“鸟鸣山更幽”的诗人。至于我更喜欢谁的说法并不重要，孰优孰劣，对于这座山来说也不重要。

进入“山庄”以后，我一直想找到一些王安石的痕迹，毕竟这里也被称为王安石纪念馆。然而在第一个大厅里却是另一位文学人物刘勰的展厅，刘勰是中国第一部文艺美学著作《文心雕龙》的作者，我对文献阅读从不感兴趣，我要的是一首诗。刘勰在定林寺度过了生命里的最后二十年，在这二十年里，为了完成自己的作品，他广泛查阅寺里的藏书，因此，这里有他的展厅也是正常的。剃度为僧一年以后，他就去世了，死后被葬在了寺庙西面的竹林里，然而现在他的墓地与寺院一样，已找不到任何痕迹了。

我在各个展厅里穿梭，连我自己都不知道在找什么。在走廊两边的石碑上刻有很多王安石的诗，它们以不同的书法风格呈现在人们眼前，我停下来读了五六首，但是我想找的不是这些，应该是一些能让我感觉与王安石似曾相识的东西。最后，在回到入口的时候，终于被我找到了。其实刚进来时，我应该朝右而不是朝左走。

王安石弥留之际，很多朋友都来看望他，他让其中的一位画家朋友画一幅他骑在驴上的画像，正是因为有了驴子，才使得他能在无法走路的情况下依然可以上山游历。那位画家叫李公麟，是宋朝最伟大的画家之一。然而等他完成画作送到朋友面前时，王安石已经去世了。这幅画也就挂在了他的棺椁前，我们知道，王安石在里面应该是直躺着的，而画上的他则坐在了驴背上。现在王安石纪念馆里就有那幅《王安石骑驴》，遗憾的是，玻璃柜保护的可能只是一幅临摹之作，因为据我所知，李公麟的画价值数千万美元。其实是否真迹并不重要，重要

钟山定林寺

的是画面所能传达给我一种感觉，纪念馆本来也不适合存放真迹。从纪念馆出来，再次经过那条小溪，它曾流经王安石非常喜欢的地方。我向里面倒了一杯黑麦威士忌，喝完自己那杯以后，便匆匆回到出租车里。幸运的是，司机对道路的判断能力极强，很快我们就顺着原路来到了山脚下。那天是周六，路上有点堵，但还是提前到了火车站。我把上午 11 点的火车票改签成 11 点半的快车。一天尚未过半，但已然十分美好了。

火车的快慢确实是有区别的，我坐的是一辆特快列车，它准点发车，沿途站点不多，且停靠时间不长。我要去素有“中国威尼斯”美誉的苏州，这个称谓我觉得恰如其分。我们正在朝长江三角洲上游而去，列车一路要穿过十二条河。流入大海之前，中国的大部分河流都在长江三角洲附近汇聚。苏州是鱼米之乡、淡水珍珠养殖之乡以及园林之乡。但是从古至今使苏州发达的原因并非来自鱼米或珍珠，而是丝绸。考古学家发现中国的丝绸生产可以追溯到五千年前，那时候正是黄帝的妻子嫘祖在世的时间。据说有一天，她在桑树下喝茶，一只蚕茧掉进了茶碗，她想把蚕茧拿出来，却意外抽到了一条丝。几个世纪以来，苏州独有的天气和水道成就了它中国最大的丝绸生产基地的地位。罗马人也非常喜欢苏州丝绸，然而前提是必须有人将丝绸做出来，所以说正是劳动者辛勤的汗水造就了苏州的繁荣，正如《缫丝行》里所写的那样：

小麦青青大麦黄，原头日出天色凉。
妇姑相呼有忙事，舍后煮茧门前香。
缫车嘈嘈似风雨，茧厚丝长无断缕。
今年那暇织绢着，明日西门卖丝去。

因为丝绸是苏州的支柱产业，在很大程度上也是国家经济的部分命脉，为了确保能有充足的货源，那个地区的人们甚至可以以丝充税，当地的每个人都从事着与丝绸有关的行业：要么制丝，要么贩丝。

有一位诗人很同情制丝人的艰难，他认为那些人的付出与收入不成正比。这位诗人就是范成大，我此次就是专门为他而来，我不需要丝绸。时近中午，走出苏州火车站，我在外面打了一辆车直接去了位于石湖的范成大故居。石湖位于距火车站以南十公里的上方山脚下。不一会儿，我们就到了那里。

由于是周六，山地与湖泊又是人们最主要的休闲娱乐场所，所以，我让司机在车里等，自己踏上了对范成大的拜谒之路。在上方山入口处，有一大群人在排队等候缆车，他们要去山顶看看。好在范成大故居不在山顶，向右转后，穿过治平寺，有一条小路可直通石湖草堂。石湖草堂是诗人们聚会赋诗的地方，范成大当年就住在草堂下面。

范成大出生在苏州老城区的一个殷实之家，但是自从父母在几个月内相继去世以后，他的生活就发生了重大改变。当时他 17 岁，刚刚成家，本来是准备参加科举考试的，但长兄如父，他必须担负起整个家庭的责任，他不仅要负责两个弟弟的学业，还要安排两个妹妹的婚事，他把父母留下来的田产用在了每个人身上。等到把所有人都安排妥当，终于可以参加科举考试的时候，已经是公元 1154 年了，那一年他二十八岁。

通过科举考试以后，范成大被授户曹一职。像王安石一样，他也是一个勇于改革试验的人，在沿海地区任职期满，回到临安（今杭州），他向皇帝汇报了自己在减轻百姓赋税方面的改革成果，皇帝很满意，于是命令他将改革措施推广到全国。一夜之间，范成大位高权重起来，后来出使金朝，为改变接纳金国诏书礼仪和索取河南“陵寝”地一事与其谈判。

范成大抵达中都（今北京）以后，他打破外交礼仪，直接要求金主亲自改变协约，金主震怒，威胁说再如此无礼就杀死他。但是范成大说如果拒绝他的要求，他便直接死在那里。金主很受触动，后来说非常希望能有范成大那样的大臣为自己的朝廷服务。所以当范成大回到临安，立即被誉为民族英雄，从此，他一直作为一名爱国者而被人们津津乐道。与爱国主义相比，范成大更关心在女真统治下北方百姓悲惨的生活处境。这在《清远店》一诗中略见一斑，他在题下自注里写道：定兴县中客邸前，有幽婢两颊刺“逃走”二字，云是主家私自黥涅，虽杀之不禁。

> 女僮流汗逐毡軿，云在淮乡有父兄。
> 屠婢杀奴官不问，大书黥面罚犹轻。

数十年来，长江和黄河之间的淮河流域一直是汉人和女真人的必争之地，女真人（他们非常喜欢丝绸）对于占领区的百姓百般奴役，在这首诗里，女孩的父亲和兄弟则要比她幸运得多。

回到临安以后，范成大曾被授予一系列高级官职，但是由于在北方的所见所闻，他开始主张全力抗金，这与朝廷当时推行“主和”政策格格不入，于是皇帝把他派往距离南宋最遥远的地方任职，先是南方的桂林，然后是西部的成都。远离尔虞我诈的朝廷生活也许对范成大来说并不是坏事。他并没有因此郁郁寡欢，反而如出笼的鸟儿般自由舒展。充分利用乡村生活素材，范成大创作出了中国有史以来最优秀的游记，并被誉为南宋最杰出的地理学家。公元 1177 年，朝廷将范成大召回，但是此时的他已经对仕途心灰意冷，于是称病还乡，回石湖定居。不久之后，就有了这首《初归石湖》：

> 晓雾朝暾绀碧烘，横塘西岸越城东。
> 行人半出稻花上，宿鹭孤明菱叶中。
> 信脚自能知旧路，惊心时复认邻翁。
> 当时手种斜桥柳，无数鸣蜩翠扫空。

从范成大的家里，就可以看到北部的横塘堤和一年前修建的越城桥，房后有一座山，随时都可以去那里游玩，他还能希望什么呢？能如此独处，未尝不是人生一大幸事。但是后来他又被朝廷召回了，在仕途上摸爬滚打三年多，先后任明州（今宁波）知州、建康（今南京）知府，后来由于政治上的钩心斗角和自己日益恶化的健康状况，公元 1183 年，他不得不又回到了石湖，从此，便再也没有离开过。

如今范成大的故居成了一座纪念祠堂，我进去的时候，他正手里拿书端坐在巨石之上，眼睛凝视着越城桥。头顶上方挂有一块御赐牌匾，上书“寿栎堂”三个大字。范成大曾经种过很多植物，也写了很多关于那些植物的书，比如梅花、菊花、玫瑰——甚至还有各种蔬菜。当然他还留下了近两千首诗，其中最著名的就是那部题为《四时田园杂兴》系列，里面有六十首绝句。如《夏日田园杂兴十二绝》中的第二首和第七首：

梅子金黄杏子肥，麦花雪白菜花稀。
日长篱落无人过，惟有蜻蜓蛱蝶飞。

昼出耘田夜绩麻，村庄儿女各当家。
童孙未解供耕织，也傍桑阴学种瓜。

范成大的雕像处于大堂里的一片阴影之中，这让人很受触动，然而更触动人心的却是周围墙壁上的石刻，上面满是范成大亲书的自己的诗文，也就是我们平常说的“田园杂诗系列”。在经历了那么多的战争和盗抢之后，还能保存得如此完整，真是太难得了。管理员告诉我范成大不仅是一位园林发烧友和设计师，他还是苏州园林的推广大使，由于他的推广，每年都有几百万的游客来这里观赏园林。虽然他自己的园林早已不见，但是至少他居住过的地方已经得到了保护。就像

寿栎堂

我拜谒过的许多古代诗人一样，范成大的偶像也是陶渊明。和陶渊明一样，他选择住在了乡下，也和陶渊明一样，作为一个诚实的人，一个诚实的诗人，并没有试图把乡下的生活理想化，甚至在有些作品里，他还会拿生活取乐，如《幽栖》所表现的：

幽栖先自懒衣裳，秋暑薰肌汗似浆。
对客绪言多勉强，谋家生事总荒唐。
蚕眠不待星当户，晚饭常占日半墙。
莫道闲中无外慕，朝朝屈指望新凉。

每到盛夏，范成大可能会希望自己的访客少一些，因为酷热会让整个苏州都无精打采，人人热得喘不上气来。然而对于那些诗人朋友们的来访，他还是很高兴的，比如陆游和杨万里。

欣赏完范成大故居里的珍宝之后，谢过管理员，我便直接来到湖边向这位诗人以及他的朋友们敬献这杯来自美国的琼浆。公园入口处，已经聚集了很多人，大家都在等回城的出租车，很高兴那位出租车司机还在等我。我们还有一个地方要去，那就是位于苏州老城区以西灵岩山和天平山之间的那块地方。把灵岩山和天平山连接起来的山叫仰天山，或者叫马鞍山，范成大就被埋在了那里，尽管他的坟墓已经不见，但我还是想去看看。

和上方山一样，天平山也已经变成了一个休闲度假区，里面还配有一间办公室，专门为游客提供导游服务。司机在门口等着的时候，我一个人走到里面询问是否有人能带我去马鞍山，他们说就在度假区最南端的小巷里，小巷就在我刚刚经过的那条路的旁边。

几分钟以后，我们把车停在了一顶蒙古包前，马厩外面就是范成大墓地的最初所在地。蒙古包里住着一家专门以租马为生的蒙古人。他们对于范成大墓一无所知，但是却告诉我在马厩后面的山坡上有几百座墓地，那正是我要找的地方。从蒙古包出来，我们沿着碎石路来到一处停车场。我下了车，步行经过一个工棚，里面的工人在做墓碑，看来这里的墓葬业还是比较发达的。我问他们是否知道范成大墓，其中一个人的回答很让我惊讶，他说“文革”期间，为了防止红卫兵破坏，棺椁被挖了出来，并被保存于寒山寺。尽管听到这个消息我应该感到欣慰，但是，寒山寺的释空方丈已经带我参观过那里，他本人也是一位诗人，如果里面有任何与诗歌相关的东西，他一定会告诉我的。另外，我也怀疑，为什么一个石匠会对这样的事情有如此清晰的记忆呢?

尽管对于这种说法半信半疑，我还是很感激他能告诉我这些。我们继续前行，然后来到了篱笆边的一条土路上，这片篱笆把度假区与墓区隔离开。当时有三个妇女正在篱笆边除草，听到我问她们关于范成大墓的事，便放下镰刀，指引我来到了一处斜坡前，那里的墓地历史最长。看了几百座墓碑，然而其中最久远的也就可以追溯到五百年前的明朝，却不是宋朝。

虽然没有找到范成大的墓地，我却意外发现了大休禅师墓。去世的时候，他是寒山寺的方丈，今天中国的佛教徒依然在吟诵他的教导：“无大无小无内外，自休自了自安排。”人们总是很容易忽略那些显而易见的事物。除了参禅，大休还是一位弹奏一弦琴的大师。

既然大休禅师的墓地环境这么好，前面还有一个祭坛，我想在这里向范成大表达对他诗歌的喜爱之情应该是最合适的。那三位带我来的妇女好奇地看着我在墓前倒了一杯黑麦威士忌。我想大休也会喜欢“一杯禅”这个说法吧。假如那位石匠说的是真的，我想让这位寒山寺的已故方丈代我转达对范成大的敬意也不为过。

因为还要去赶汽车，我不能在此久留，将杯子里剩下的酒喝完以后，我就告别了大休禅师、范成大和那三位沉默的观众。回到车里，我告诉司机随便把我放在一个可以去湖州的车站就行，然后他带我去了新建的南站。不到半小时，我就坐上了开往湖州的汽车。司机说一百分钟后就能到，他还真说对了，一分不差。路上我给朋友大茶打了电话，他会到车站接我。一出站口，还没等我反应过来，他就一把抓过我的包把我带到了一座岛上的酒店，小岛位于一条大河中央。那天晚上我枕着水声早早就睡了。我知道第二天是个好日子，究竟有多好，我不知道，最后证明，它超乎想象的好。

第二十五天

皎然禅师、石屋禅师

因为有朋友的陪伴，今天注定与以往不同。马丁·莫尔兹，那位之前陪我拜谒薛涛墓的朋友，把他在香港的鞋业公司暂交他人打理后来这里了，另一个朋友吴镇，朋友们都称他“大茶”，也要和我们一起出游。大茶是一个茶迷，也是中国茶网络成员。我是在之前到中国旅游时遇上他的，当时我正带领一些美国朋友去湖州南部的霞幕山，但是走到一半发现前面正在修路，我把货车停在路障前，下车查看是否还有其他的路可走，这时候，正好看见大茶在和挖掘人员说话，他告诉他们正在挖掘的地方可能存在历史文物。我们聊了起来，我发现他比我遇到的任何一个人都更了解霞幕山，他还主动当向导把我们带到了另一条路上。那是 2011 年的事了。这次，除了马丁和大茶，我们这个小组还有另外一个人，那就是《海峡茶道》杂志的主编赵娴女士。可以想象，茶将是今天日程安排的主要组成部分。

我通常在早晨 8 点开始工作，但是这次我说了不算，将近上午 10 点钟的时候，大茶安排的出租车才来宾馆接我们，上车以后直接朝城外奔去。到南部城郊时转到 306 省道上，然后在七公里标识处向南转向了一条当地的公路。路上，经过中国茶圣陆羽的一尊雕像。上次来的时候，大茶就带我和同伴一起去杼山村附近拜谒过陆羽墓。

除了拜谒陆羽墓，我们还拜谒了旁边皎然和尚的墓地，皎然是陆羽的朋友，陆羽曾在皎然的茶场里工作，并在那里获得了第一手的种茶经验，这也为《茶经》的创作奠定了一定的基础。皎然是谢灵运的直系后裔，也是一位诗人，尽管他是一位“禅僧”，但却把陶渊明看作是自己的偶像，这一点在《偶然》一诗里有所体现：

隐心不隐迹，却欲住人寰。
欠树移春树，无山看画山。
居喧我未错，真意在其间。

陆羽墓

具有讽刺意味的是，皎然最著名的一首诗却是被选入《唐诗三百首》的《寻陆鸿渐不遇》：

移家虽带郭，野径入桑麻。近种篱边菊，秋来未著花。
扣门无犬吠，欲去问西家。报道山中去，归来每日斜。

陆羽喜欢徒步旅行，部分原因是他想找到更好的水源。因为他发现用来泡茶的水和茶叶以及茶叶的制作方式同等重要。所以他在湖州南部山区四处寻找泉水。我也要和陆羽一样进山了，但是我要做的是去拜谒一位诗人，他的名字叫石屋清珙禅师，或简称石屋。我是在1982年知道他的，也就是在那个时候，我第一次接触石屋的诗歌。

和皎然一样，石屋也是一个和尚，但他更喜欢独处。他在霞幕山建了一座小屋，位于皎然墓以南十公里处，一住就是三十五年。霞幕山并不高，最高峰也只有五百六十米，但它是该地区最高的山，这就是为什么可以有一条直通山顶的路——这里也是雷达观测的好地方。

离开湖州不到一小时，我们就来到了以前雷达站旧址。我第一次来是在1991年，那时候这里还是军事禁区，刚到这儿，我和朋友芬、史蒂芬就被几个士兵包围起来，他们手里拿着带刺刀的步枪，我给他们的军官看石屋清珙禅师的诗，并告诉他我们希望能找到石屋曾经住过的地方。军官读完以后，示意士兵散开，然后他自己拿着砍刀带我们进了竹林。那些竹子超乎想象的粗壮，军官用砍刀开出一条路来，我们就跟在他的后面。即便是有他在前面带路，但是竹林太密了，我们还是会时不时地被绊住手脚。

大约二十分钟后，面前出现了一间农舍，此时我们已经是满身划痕了，我怀疑军官之所以带我们穿过竹林是想对我们私入军事禁区的行为进行惩罚。实际上，我们想错了，他真的在为我们着想。军官指着农舍说，在建雷达站之前，这里是山上唯一的一处建筑。就在那时，住在里面的农民出现了，并挥手示意我们进屋。

农民说他已在山上住二十年了，搬到这里不久，红卫兵就撵走了寺院的僧侣们，他住的农舍就是庙宇的一部分，也是唯一残存的部分。庙宇的前身曾是石屋最初居住的地方。石屋说在他的房后有一处清泉，农民带我们去看了，就跟他在第五十五首诗《山居诗》中描述的一样，清泉依然在潺潺流淌。

法道寥寥不可模，一庵深隐是良图。
门前养竹高遮屋，石上分泉直到厨。
猿抱子来崖果熟，鹤移巢去涧松枯。
禅边大有闲情绪，收拾干柴向地炉。

农民邀请我们进屋喝茶，很显然，他是一个人住在这里的。孩子已经长大，妻子住在山脚下的村子里。他的话不多，我们在那儿的时候，他只是微笑。他的笑容让我忍不住想：如果他是一位诗人，一定也能写出像石屋第一百八十三首那样的诗来：

结屋霞峰头，耕锄供日课。山田六七丘，道人三两个。
开池放月来，卖柴籴米过。老子少机关，家私都说破。

从我第一次来这里之后，几年的时间里，雷达站不见了，取而代之的是一家桶装饮用水公司：霞峰甘泉。农舍再次被改造成了寺院，即云林寺。而且我还得知这座山有两个名字，北面的那座山峰，也就是我们停车的地方，叫霞雾山——因此，山泉叫霞雾泉。三百米外的地方是南部的那座山峰，也就是农舍和寺庙所在的地方，叫霞幕山。因为南部略高一些，所以这里出现在地图上的名字叫作“霞幕山”。在山里的三十五年间，石屋就住在两座山峰附近，并且也用到过这两个名字。对于住在山中的小屋而不是住在寺院里的决定，他从未后悔过，这一点在他的第十八首诗里有所体现：

岳顶禅房枕石台，
白云飞去又飞来。
门前瀑布悬空落，
屋后山峦起浪堆。
素壁淡描三世佛，
瓦瓶香浸一枝梅。
下方田地虽平坦，
难及山家无点埃。

云林禅寺指示牌

这一次我们没有遇到拿枪的士兵，大茶付了车钱，并说他已经安排好下午带我们回城的车，而且还为我们在山上安排了午饭，然后他带着我们沿公路来到另一处房子前。在那里我们遇到了莫仕琴，她的茶园让整座山上的茶都闻名遐迩。她告诉我们，父母正在准备午饭，大概还有一个小时才能吃饭，所以趁这段时间，我们可以在山上四处看看。我来这里就是为四处看看的。

我们沿着公路向下走了一百米左右，前方出现了一个霞幕山公墓的指示牌。在山下的某个地方埋葬着几个世纪以来曾在这里居住过的僧人们，其中就有石屋清珙禅师。以前来的时候，我不知道他的墓地或者第二处小屋的情况，这次有大茶带领，我相信会有新发现的。

顺着斜坡往下走的时候，其实根本就没有路，我们不得不在茂密的竹林里蛇行，尽量不让自己被满地的藤蔓绊住脚。在岩架上坐着休息时，大茶发现了一些野生茶树，说明这里的岩架是人造的，这个地方以前也许就是一个梯形茶园。向下大约走了不到二百米，我们到了一处墓场，但里面依然是成堆的碎石和满地的藤蔓。这里没有石屋的墓地，但它应该就在附近几英尺的范围内。在写完《山居诗》最后的第一百一十三首，石屋便去世了，然后被葬在了这里。

> 青山不著臭尸骸，死了何须掘土埋。
> 顾我也无三昧火，光前绝后一堆柴。

墓场以北向下走一小段路，就是石屋的第二个小屋所在地，他就是在那里去世的。我想在墓场里可能会有写着“石屋清珙禅师”名字的东西，于是便在碎石堆里四处找着。就在这时，我的脚踩空了，陷进了一个石坑里，接着就听见了骨头断裂的声音。我想把脚拔出来，却感觉它已经被藤蔓缠住了。最后终于挣脱出来的时候，我发现脚已经不能伸直了，一走路便钻心地疼。以前从未经历过这样的事，我坐下来，用双手不停地揉着，在当时的情况下，好像也只能这样做了。揉脚的时候，我的大腿就像是飞机模型上的橡皮筋因绑得太紧而突然裂开一样，而我所能做的只有仰天长叹。至少没有下雨，大茶说那天天气预报说有暴雨。

我把马丁喊过来，他把大茶以及赵女士也一起叫了过来。我向大家解释着刚才的一幕：我的腿折了，走不了路了。大茶想用手机叫救护车，但是这里的信号太弱了。他和赵女士到公路上去看看是否信号会好一点，而马丁则陪我在这里等他们。幸好我身上带了一瓶黑麦威士忌，本来也没有打算用它向石屋表示敬意，因为他是一个和尚。但是很高兴，我还是随身带上了它。在接下来的一个小时里，我喝光了这瓶二两多的64度威士忌。我一边喝一边安慰马丁说没事儿，这只是朝圣路上的一个小插曲而已，而且我依然可以完成接下来的行程。到湖州以后，我让大夫在腿上给我打个石膏，我可以乘出租车继续进行我的古诗人巡礼。那样也省去了挤长途汽车、赶火车的麻烦了。我甚至还可以拄着拐杖或坐着轮椅去拜谒那些诗人。

我喋喋不休地说个不停，虽然我因为过于乐观而吃了很多苦头，但这次却完全不同。

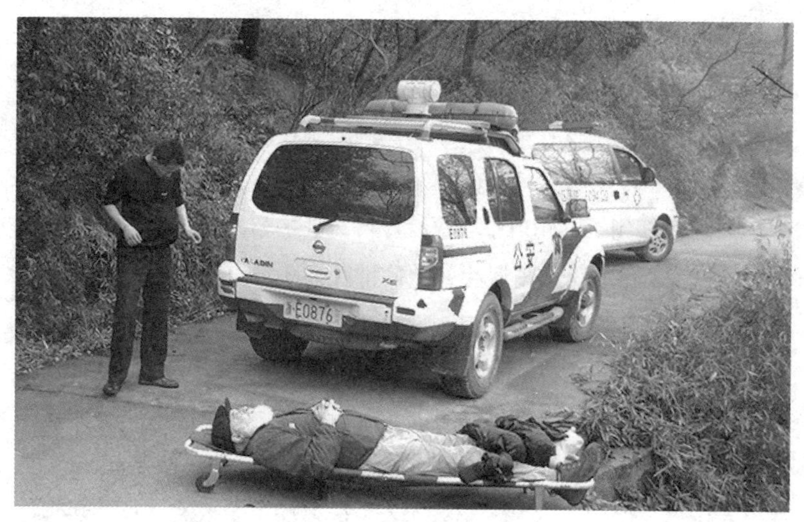

作者受伤

酒喝光了，人也闭嘴了，我躺在地上，盯着天空发呆。大茶和赵女士在离开将近一个半小时后，带着两名警察来了。不久，两名医护人员也到了。他们说救护车停在了两百米以外的地方。其中一个医生找了根棍子，用它做成夹板帮我把腿包扎了一下。接着他又砍了一些藤蔓把我固定在担架上。与此同时，从莫女士的茶场来了四个工人，他们小心翼翼地把我抬到了公路上。在担架上躺着，我看见一些树的顶部开始长出了新叶，竹枝茂盛而天空阴沉。

后来马丁向我描述当时的情景，因为没有路，他们只好选择了我们先前走过的那片竹林，在穿过梯形茶园的时候，不得不把我抬到一米以上的高度。由于斜坡陡峭而湿滑，他们必须小心翼翼，因此走得很慢。据马丁讲，担架后面的两个人必须一手抓着担架，一手搭在前面那个人的后背上，以防打滑。他说就像是毛毛虫的后腿，根本用不上劲儿。而我躺在上面根本就不敢动弹。大概用了一个小时的时间，大家终于把我抬到了救护车里。刚一上车，就开始下雨了。我当时还以为是神仙们在自娱自乐呢，一切都跟做梦似的。

下山的时候，我已经完全明白这不是梦了。救护车每颠簸一次，我就会痛得要命。一小时以后，终于抵达湖州解放军 98 医院。大茶说这是湖州最好的医院，但是当他们把我抬进急救室的时候，医生们说他们不给外国人看病，没办法，我又回到了救护车里，朝另一家医院赶去。外面大雨倾盆，好在我们已经下山了，救护车一路鸣笛，这让我感觉好多了，通过市中心的时候，甚至觉得自己像个名人。

最后我们到了湖州市中心医院。付完救护车的钱以后，车上的医护人员把我交给了医院的医生，他们带我去挂号，然后拍X光片。检查结束后，医生在我的腿上打上石膏，石膏发热了，疼痛第一次得到了缓解，可惜只有几分钟的时间。接着我被推进电梯，送到骨科病房，那里是病房里的最后一张床了，看来我有点时来运转的意思。那是一个两人间的病房，另一个病人是一位男士，他的腿被一辆卡车压碎了，已经在这里住了三个月了，当然还有可能再住上三个月。当大茶、马丁和赵女士在一旁边聊天边等医生的时候，出于好奇，很多人都进来看我，而我则躺在床上，将腿垫得老高，胳膊上插着输液管，主要是为了消炎、缓解肿胀和疼痛。我觉得这家医院还不错，天花板很干净，灯也都能亮。

最后，沈医生来了，让我看了一下自己的X光片，说踝骨有三处骨折。连接小腿和脚踝的三处骨头要么是断了，要么就是碎了。他问我是否想转到别的医院去做手术，比如上海或者美国。我告诉他哪儿也不去。光是躺着就已经够痛苦了，我已经无法面对另一辆救护车，更别说飞越太平洋的飞机了。他同意等消肿以后就给我做手术，消肿大约需要三四天吧。

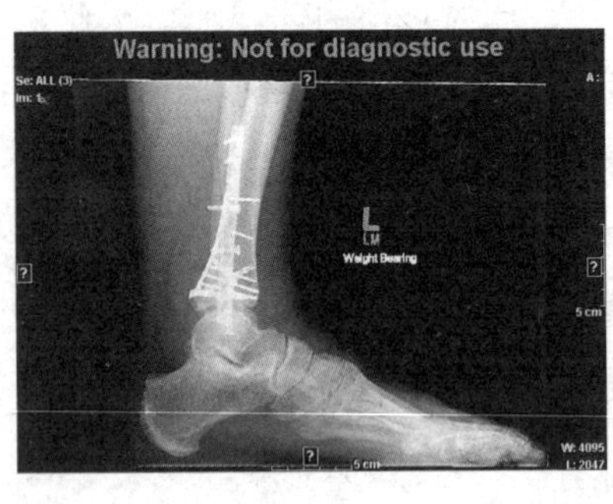

作者的脚踝伤处X光片

与此同时，一位护士走了进来，她打开一个活页夹，里面有数以百计的医院护工的照片。她让我选择一个，费用是每天一百元人民币，或者十五美元。我让她帮我推荐了一个，她说就选陶太太吧。在中国，护士只负责病人的医疗需求，日常起居则需要家人负责，对于身边没有家人照顾的，需要自己花钱雇一个护工。陶太太几分钟就到了，然后在角落里搭好了自己的小床。她的任务就是二十四小时照顾我，比如照顾我撒尿（当然这个容易）、大便（这就有点难了）、吃饭、喝水，等等。一想到目前的处境，我突然觉得对什么都没胃口了。

朋友们一直在陪我，但是到晚上 8 点左右他们也走了。这是我在医院的第一个晚上，要睡觉的时候，我让室友关掉电视。每个房间都有一台电视机，遥控就在我的那位室友手里，好在他还算配合。其实即使他不配合也没关系，如果我真的睡着了，就什么也注意不到了。

第二天早上，他们推我去做了 CT 扫描，外科医生需要比 X 光片更详细的信息，三天后他们推着我进了手术室。那天是春分，应该是个好日子，光明与黑暗的时长相等。我希望等手术结束时，会换一种疼法，我已经厌倦了那种让人睡不着觉的疼痛。

醒来的时候，一块钛板和十二颗螺丝钉已经植进了我的脚踝，身上打着吗啡点滴。受伤以来，第一次没有感觉到疼痛，这真是一种解脱，但遗憾的是吗啡的作用只能持续到夜幕降临的时候。点滴打完的时候，我按了呼叫按钮，要求再输一瓶，但护士说吗啡已经没有了，可以吃药缓解一下。事实证明，无论什么药都无济于事。在接下来的三天里，唯一能缓解疼痛的就是大茶和他的茶友们来陪我聊天，随便说些什么都能分散我的注意力。一周以后，沈医生说我可以出院了，这件事我可是催了他好几次的。虽然不想坐飞机，但我想回家了。

出院的前一天，在马丁、大茶和他的茶友们、一位房地产经纪人——她是我作品的粉丝，以及我的中国出版商朋友的慷慨帮助下，我成功支付了所有的医药费，共计三千五百美元。这笔费用不在我的预算范围内，可是令人感激和惊讶的是，我竟然能在那么短的时间里，凑齐那么一大笔钱。下一个挑战就是怎么才能到上海。我的朋友再一次帮助了我。他叫李昕。两年前，他在《中国日报》看到了一篇关于我的文章，然后便到美国去拜访我。一接到我在医院的电话，就立刻派司机来接我了，那是一辆豪华的别克车。有了这些朋友的帮助，我才得以又回到了家里。我还要感谢《美国残疾人法案》。一个月以后，史蒂芬·博纳时克医生在西雅图的医院里给我的脚踝又添加了另一块钛板和十二颗螺丝钉，疼痛突然消失了。两个月后，我就可以拄着拐杖走路了。三个月后，我回到湖州继续完成第二十五天的旅行计划。

3 月一去不复返了。夏天也过去了，现在是 11 月份，我和大茶、殷云再次相遇，殷云就是那位曾帮助我支付部分医药费的房地产经纪人，而且她还担负了我这次在中国旅行的费用。我觉得自己真是太幸运了。我不知道自己究竟做过什么好事，或者将来要怎么做才配得上这份情义。

虽然比预期晚了些时日，但是我们还是再次从湖州勇敢地出发了，而且再一次从 306 省道上一路向西进发。这一次，在向南走的时候，我们选了一条与上次不同的路，这条路更窄一些。我们也没有走通向霞幕山山顶的公路，我想徒步走到山顶，那是一条位于湖州和霞幕山山脚之间的老路，也是数个世纪以来当地农民常走的一条路。路上的沥青已经磨损严重，以前的铺路石随处可见。我们从山底开车大约两公里后在“杨富桥”标志牌旁边停了下来。大茶说那座桥是三百年前清朝时期建的，但是现在我只看到了杂草和藤蔓，根本就看不到桥。大茶给司机付完车钱后，带领我们从那里上山了。这是个期待已久的时刻，我一直想试试脚踝的康复程度。大茶把注意力又转回到杨富桥上，并指给我看，在那堆茂盛的植被中间，我依然无法将它分辨出来。我小心翼翼地往前走着，极力避免脚踝再次被藤蔓缠住。

穿过那片藤蔓之后，在一排排的茶树中间有一条小路，我们沿着它绕过水库，通过一片竹林后，发现有一条直通水库的小溪挡在了前面，于是大家决定走另一条通往福源寺前门的小路。福源寺是我希望见到的那种佛教寺庙，非常低调。它看起来就像是一家农舍。上台阶时，庙里唯一的“居民”站在殿前迎接我们，他叫道忍，看上去六十多岁的样子，冲我们不停地微笑。互相介绍以后，他要带我们去大殿看一些东西，而这也正是大茶带我来这里的目的。道忍掀开防水布，里面露出了一些残损的石碑，其中一块上就有石屋清珙禅师的名字：石屋。很显然，石屋与这座寺庙有着某种渊源。我猜在他搬到山顶之前可能在这里居住过，或者曾在这里参禅论道。无论如何，这里寺庙的钟声曾不断提醒过他山下面还有另外一个世界，如他的第九首诗里所写：

翠窦丹崖列四傍，茅庵却好在中央。
一身布衲衣裳暖，百念消融岁月忘。
石瘦种来蒲叶细，土深迸出笋芽长。
有时夜半闻钟磬，知有招提在下方。

看完那些残碑后，道忍便忙着到隔壁厨房给我们准备午饭了。我曾试图阻止他，但是无济于事。他一边做饭一边给我们讲述自己八年前来这里时看到的样子，那时候寺庙周围甚至里面都是齐腰深的杂草，原来寺庙的废墟覆盖了房子两边的山坡，寺庙里一定住过几百名的僧侣，山坡上没有竹子的地方，寺庙的石基清晰可见。

午餐很简单：炒冬瓜、炒芋头、炒卷心菜、蜂蜜南瓜干，最后一道菜更像是甜点。它让我想起了石屋清珙禅师的第六十七首诗：

山厨修午供，泉白似银浆。羹熟笋鞭烂，饭炊粳米香。
油煎清顶蕈，醋煮紫芽姜。百味皆难及，何须说上方。

饭菜很可口，这应该也是石屋曾经吃过的饭。吃罢午饭，道忍带我们参观完旧庙的废墟后回到覆满藤蔓的桥上，开始带领大家朝山顶走去。路上，我停了下来，跟正在收割水稻的农民聊了一会儿，他们说以前一年收获两次水稻，现在 5 月底或 6 月初收油菜籽，10 月底或 11 月初收水稻，市场变了，因为油菜籽可以榨油，所以种油菜比种水稻挣钱。

公路到了尽头，我们便继续沿土路前行，到岔道口的时候向右转。刚过岔道，迎面就遇上了几个拿着竹竿的人，竹竿上绑着网，其中有人拿着笼子，还专门揭开布让我们看了看，里面是两只刚抓来的画眉，据说要卖到城里去。在中国，很多人，尤其是老年人喜欢养画眉。他们每天早早出门，把笼子往公园的树上一挂，就开始听画眉唱歌了。我在台湾海明寺住的时候，有一天散步就看见有人拿着网子在山里捕画眉鸟。现在我也只能是点点头，然后叹一口气。

我们继续往前走了几分钟，便到了霞幕山水库。虽然有警卫室，还有一道防止外人进入的大门，但是里面没人值班，我们跟随道忍轻松地绕过警卫室，来到水库边。为了防止掉进水里，大家都很小心。一过水库，道忍就停了下来，指着公路左侧的一堵草墙说，从那里可以直通山顶。草比人高，不一会儿大家就消失在草丛里了，道忍大喊着要我们跟上，而我却惊讶地发现脚下竟然有石阶，我和脚踝都对此深表感激，我相信石屋也认为路上应该有台阶吧。上山的时候，我又想起了他的第十一首诗：

> 庵住霞峰最上头，岩崖巇崄少人游。
> 担柴出市青苔滑，负米登山白汗流。
> 口体无厌宜节俭，光阴有限莫贪求。
> 老僧不是闲忉怛，只要诸人放下休。

当我正在想象担柴下山的情景时，有两个农民沿着小路下来了，我躲到一旁让路，看他们过去以后继续前行。登山就像过隧道一般，大家必须低着头弓着腰，这样才能保证不碰到道路两边压下来的竹子。最后台阶不见了，前面出现了一块岩石，旁边还有一条小溪，我们来来回回已经跨过五六次了。最后，终于到达了溪水的源头，即石屋的第二个小屋旁边。几个世纪以来，很多隐士都曾经在他的小屋休息过，而现在它却只剩下了一道石墙外壳。停下来喘气的时候，我在想：重建应该不难，这里有大量的竹子可以作为建筑材料，而梯形茶园也可以重新种植起来，当然，也许山里将不会再有画眉鸟把我从清梦中叫醒了。我只是稍微走了下神，就听见大茶指着墓场的方向问我是否愿意再去看看那个曾经让我受伤的地方。我建议继续往前走，几分钟后我们就到了公路上。

石屋的第二个小屋遗址

在巨石上休息

道忍和大茶能爬到山顶一点也不让人意外，但是对于殷云和我，则完全不同了，好在故事结尾总是皆大欢喜。一回到公路上，我们就朝桶装水厂走去。大约五十米后，道忍指着右边的另一条石阶小道，说从那里可以到达石屋的冥想石。这个说法太诱人了。我请他前面带路。但是石阶只有几米远，接下来我们不得不在落满树叶的山坡上小心攀登，最后来到一堆巨石旁，其中有一块是平顶，大家便都爬上去坐了下来。大茶的生活围着茶转，因此总是会为这样的场合时刻准备着。他从挎包里拿出一套茶具，然后用热水壶里的热水给我们每个人都沏了一杯茶。我们在那里坐了很长时间，喝茶，赏石，望天。这里也是石屋最喜欢的地方之一，他在第三十六首里曾经这样写道：

我本禅宗不会禅，甘休林下度余年。
鹑衣百结通身挂，竹篾三条蓦肚缠。
山色溪光明祖意，鸟啼花笑悟机缘。
有时独上台磐石，午夜无云月一天。

这个地方确实适合冥想，巨石从周围的丛林中凸出来，于满月之下坐在上面一定会有与众不同的感受。道忍盘腿坐在上面，好像月亮马上就要升起。他是一位真正的修行者，在拯救福源寺之前，他在云林寺住了许多年。云林寺的前身是一处农舍，就在石屋第一处小屋的所在地。像石屋和道忍这样的人已经很少见了。像大茶那样的人也不多了，他除了随身会带着茶具外，与之相伴的还有石屋的诗集，我们都曾读过里面自己喜爱的诗。当石屋写下那些文字的时候，他可能不知道自己要做什么。其实他是要建议人们不要诵念，而是坐下来，这也是我们刚刚做过的事情。

喝完茶，大茶收起他的茶杯和茶壶，我们又回到了公路上。非常感谢道忍带我们爬上峰顶。分别的时候，我们不停地向他招手，直到他消失在来时的小路上。不一会儿，莫女士开车出现了，而我们也要下山了。今天有着让人难以想象的漫长与美好。

第二十六天

孟郊、朱淑真

费了一番周折后，终于完成了对石屋清珙禅师的拜谒，下一个要拜谒的诗人是孟郊。我曾经在此次巡礼的第五天于洛阳机场附近寻找过他的墓地。现在到了他的家乡，我希望自己能有更大的收获。孟郊在湖州以南长大，我想在这里，也许会比墓地有更多的发现吧。

这次大茶很早就来找我了，跟他一起来的还有另外两位茶友：杨帆和林小平。两个人是来给我带路的，林先生还专门提供了汽车。本来计划今天结束我的湖州之行，但是我还想去看看沿途的其他地方，当然需要有人带路、开车，所以从心里感谢朋友们的深情厚谊。早上7点钟，我们从湖州出发了。

又一次南行。直接沿104国道开车近一小时后抵达了德清，行程六十公里。杨先生在德清工作，因此这次由他带路。他告诉林先生绕过交通环岛然后转到左边第二条小巷。小巷叫“春晖街”，很有意思的名字，取自孟郊著名的《游子吟》：

慈母手中线，游子身上衣。
临行密密缝，意恐迟迟归。
谁言寸草心，报得三春晖。

孟郊年轻时，确实是一位“游子”。他常年在长江中游游历，直到四十岁以后才能经常回家，而他的家就在这条街上。驶过几个小区以后，车在一条铁轨前停了下来，孟郊祠就在前方。这里比玉米地强多了，但我们来得太早，还不到早上8点，门锁着。

茶友们坐在车里等，而我则闲不住，一个人走过铁轨去看个究竟。敲敲门，果然没人回应。也许有后门吧？我又沿着门前土路绕祠堂一周，四围高墙，更无别的入口。正在这时，我看见附近地里有人在干活，于是走上前问她祠堂什么时候开门。她什么也没说，径直回到街上，进了一家商店，不一会儿就带着管理员来了。

推开门，堂庑阔大，整个建筑就是一间大厅。孟郊塑像三米多高，金光灿烂，手持一卷书，立于深深堂后。手中的是诗集吧？因为诗是孟郊的生命。他还戴着一顶两边如蝶翅的官帽，那帽子看上去傻乎乎的，但那个时代，那种身份的人戴的就是这样的帽子。塑像前有一个祭坛，前面摆着十二支蜡烛，这里比较适合拜祭，于是，我拿出威士忌，而大茶则拿出了茶。孟郊的朋友中有茶圣陆羽，也有皎然和尚，皎然也是陆羽的好友，他们都是当地诗社的成员。毫无疑问，孟郊和他的朋友经常在一起喝茶，但我想也许他会更喜欢喝酒吧，因为酒可以解忧。就在这条街上的某个地方，他和妻子一共生了三个孩子，但是都相继夭折了。我决定用《春日有感》帮他振作起来：

雨滴草芽出，一日长一日。风吹柳线垂，一枝连一枝。
独有愁人颜，经春如等闲。且持酒满杯，狂歌狂笑来。

从我们所了解的孟郊的生活来看，他并没有那般恣意张扬过，至少不像诗里写的那样“且持酒满杯，狂歌狂笑来”。生活中的诸多不如意，对他来说，唯一的解决办法就是远游或者进山。

我和大茶在祭坛前摆好酒和茶水，至于喝什么就让孟郊自己决定吧。

在孟郊祠完成祭拜仪式后，我和大茶回到车里。茶友正和管理员聊天，无意中我发现街对面有个路标直指正道寺，于是决定走上一趟。这条路很可能会通往孟郊母亲不小心掉进育英河的地方，或者是他在家中为母亲挖井的旧址。从地图上看，育英河距此也不过几百米远。传说有一天孟郊远游，母亲在河边洗衣服时不小心掉进河里，差点淹死，于是回家后，他就为母亲在自家院里挖了一口井，这样母亲就不必去河边洗衣服了。二十年前我曾经去过那里，上面的井盖还在，只是不知道现在院子还在不在。顺着路标，我拐进了一条小巷，接着又进了第二条小巷。

前行大约两百米，便来到庙前。很显然，寺庙已经重建，而且比我想象中要大得多。入口处有一个女人在叠纸钱，我上前问她是否知道孟郊井或者孟郊故居，虽然不一定能得到答案，但是问问又有何妨？她放下手里闪闪发光的黄纸，把我带出巷子，指着我来的方向说孟郊故居就在一百米开外的清河坊22号，现在里面住着三户人家。至于孟郊井，已经用水泥封住了。

孟郊故居很容易找，一到那里就看见了围墙里的三处独立住宅。在确定这就是孟郊故居以后，我们直接回到庙里，然后穿过田野，来到当年孟母溺水的地方。这里已经不再是一条河了，两边已被封堵，人们正在往里面填土，附近干活的农民说这里要建一家工厂。这样就没有人溺水了，也好。

我们叹了口气，回到车里，然而我对孟郊或者孟郊井的拜谒还没有完。那个井盖是清朝人根据原始井盖做的仿品，现在就在德清博物馆，本来可以去看看，但今天是周一，博物馆闭馆。我曾经读过孟郊挖另一口井的故事，水井所在地大约距此也就几分钟的路程。于是我们掉转车头上了公路，前行不到一公里后，来到一片池塘前。据说这个池塘把温村分成了两部分：上温村和下温村。

我们下车走到池塘边的一家农舍，和主人攀谈起来。他说这里确实挖出来过一块石碑，可以追溯到公元1260年，上面记述了孟郊挖第二口井的故事。研究人员认为这里可能是诗人隐居的地方——所以才有挖井的必要。附近有很多山，众所周知，在孟郊二三十岁的时候，他最喜欢做两件事：远游和隐居。农民告诉我们说石碑已经被政府带走了，池塘就是原来那口井所在的位置。我往池塘里倒了一杯酒——敬孟郊。

如果时间充裕，我一定要在附近的山里转转，除了住在德清的家里以及去乡下隐居，孟郊还在山上建了一座小屋，当然不是他一个人住，那里至少还有另一家人。公元790年，孟郊四十岁，写下了《山中送从叔简赴举》：

> 石根百尺杉，山眼一片泉。倚之道气高，饮之诗思鲜。
> 于此逍遥场，忽奏别离弦。却笑薜萝子，不同鸣跃年。

尽管孟郊开玩笑说叔叔是拿隐士生活换取官宦生涯，但是叔叔的成功无疑激励了他，后来，孟郊也下山并一路向北去参加科举考试了。然而考试并非想象中那么容易，他连考三次才最终得以通过，但即便是通过考试，也不能保证马上就有官可做。终于等到有入仕机会时，却都是一些芝麻绿豆的小官，之所以孟郊能够坚持下去，完全是因为舍不得他的那些朋友们。然而等到朋友们一个个赴任他乡以后，他开始心灰意冷，如《归信吟》所言：

泪墨洒为书，将寄万里亲。
书去魂亦去，兀然空一身。

孟郊最不愿意面对的就是工作。对他来说，当官就是交朋友、写诗。他的顶头上司们都发现了这一点。在他最后一次当职时，上司直接给他本人开一半的薪水，然后用另一半雇人做孟郊的工作。唉，当时要是有所大学，让诗人在里面教书就好了。

得到孟郊在家乡及其附近生活的相关信息之后，我们又回到了德清。杨先生在他上班的地方下了车，而我们则赶往了另一个目的地。从德清一路沿 304 省道向东行驶，但是在长江三角洲最南端，那条路开始时隐时现，于是我们不得不向北换到 G60 高速路，那是一段有路标和出口的高速路。三十分钟后，驶出高速，直接开到桐乡火车站,然后向东南方向驶去。我要找的地方仅离高速出口五公里，因为林先生和大茶之前都没有去过那里，而且那个地方本身也不怎么出名，所以找的时候费了点儿时间，但大家都坚持下来了。在离开孟郊故居两个小时后，我们终于抵达路仲——朱淑真的故乡。

朱淑真是中国最著名的女诗人之一。她的家乡是一座运河古镇，在上海与杭州之间的运河古镇多数都变成了工厂或旅游景点，而路仲似乎是个例外，或许是因为太小的缘故吧。街道很窄，由青石铺就，汽车无法穿过，我们只好在西南角的海宁农业信用合作社前停了车。大家沿着与渟溪港运河平行的镇西路往前走，两旁是两层的木制小楼，二楼靠近运河一侧向外突出来，靠近街道的一侧挂着大红灯笼，真是风景如画，而人行画中。大约走了一百米，穿过德义桥后前行五十米，便来到了 38 号院。这就是我们要找的地方——朱淑真展览馆。很明显这是整个村子里最好的建筑，路仲依然有人喜欢朱淑真。房子不仅修葺完好，里面的展品设计也非常棒。墙上陈列着她的诗词以及附近景色的照片。我曾在互联网上看到过这个地方，所以今天能身临其境，非常高兴。我希望在这里可以买到她的诗集，但是很遗憾——没有买到。这里没有导游，也没有人给我们讲那些只有路仲人才知道的名人逸事。很明显，这里只是一个例行公事，早开晚闭的地方。

趁大茶和林先生在展厅里读朱淑真的诗，我退了出来。在街对面有一家很小的干货店，店主是一对老夫妇。我想也许他们也会卖一些书吧。问过以后，老人说没有。令我惊讶的是，老人建议我去朱淑真故居问问。这对我来说是个意外，因为我从没意识到她的故居还在——或者朱淑真还有后人。老人说顺着来时的路转几个弯就到了。故居旁边有个亭子，可以俯瞰一条很小的运河。五分钟后，我又回到干货店，问店主是否可以给我带路。我一定是在该向左的时候向右转了。

渟溪水阁

虽然需要看店，然而，他还是同意了。老人今年已经九十一岁，走路很慢，但最终还是把我带到了那个地方。在跟里面的人讲完我的事情以后，老人便回店里了。

跟孟郊故居一样，这里也住着好几户人家。但是与孟郊故居不同的是，他们都住在一栋楼里，看上去很宽敞，历史也很悠久。房子应该至少可以追溯到清代末期。这里的地址是西施街 49 号 /50 号。里面的住户很热情，一个劲儿地邀请我进去坐，但是我不愿意打扰别人，所以婉言谢绝了。在外面照相时，大茶和林先生也赶了过来。趁他们和里面的人聊天，我则绕到了后面的亭子里，一面俯瞰运河，一面想象着朱淑真春天坐在这里写《春日即事》的样子：

轻寒噤瘁花期晚，皱绿差鳞接远波。
跃藻白鱼翻玉尺，穿林黄鸟度金梭。
闲将诗草临轩读，静听渔船隔岸歌。
尽日倚窗情脉脉，眼前无事奈春何。

在古时候的中国，女人一般称为“内人”，她们足不出户，每天生活在院墙之内，也就是“室内”。

大茶等人和我在凉亭会合以后，一起去了德风桥，德风桥横跨运河，位于朱淑真房后。这里是我们拜谒她最好的地方。大茶拿出了他的茶，而我则拿出了威士忌。在谢过朱淑真曾写过那么多的好诗之后，我们把剩下的茶和酒都倒进了运河里。很高兴在找到她的展馆的同时还找到了故居。我很想绕着村子转转，沿着运河悠游一圈，可是，和往常一样，我需要赶火车。大茶和林先生把我送回桐乡车站。十五分钟后，我便登上了一辆开往杭州的特快列车，下午 2 点准时到达。杭州是朱淑真婚后生活的地方，她在那里度过了自己的后半生。

出了火车站，很快就打到了出租车，告诉司机宾馆的名字后，我又说想在路过老城区的时候停一下车，因为我想沿着中山中路走走。那里的历史可以追溯到宋代，而且街道南端已经进行了修整，看起来就与一千多年前朱淑真那个时代的风格一模一样。据说她住在宝康巷步行街附近。司机在外面等，而我则沿中山中路来回找着，但是这里的人都没听说过宝康巷或朱淑真故居。半个小时以后，我不想再问了，但是这并不意味着就此放弃。据说她的房子位于杭州城涌金门附近，于是我又让司机在那里停车，我想看看是否与传说中的一致。

涌金门始建于公元936年，也就是朱淑真出生前两百年。但它并不是大家印象里标准的城门，而是一座用于引西湖水进城的水闸门，只是后来人们再说起它时，才包括了周边公路交通部分区域。尽管大门已经不见了，但石碑还在，上面记述了这段历史。我在碑前停下来读了一会儿碑文，但是周边的景色太迷人了，它们总让我不停地分心。西湖在群山环抱之中，岸边则垂柳依依，水面无比平静。我相信朱淑真也会喜欢这里的。

回到杭州一周后，就在完成了此次朝圣，准备离开中国的前一天，我想最后再去中山中路看看。这次我很幸运，因为我发现自己所依赖的网上的那段记载写错了第一个汉字，不是宝康巷，而是保康巷。我当初就是因为这个原因才没找到那个地方。其实它就在开元路以北，

朱淑真故居

长约五十米，很窄，但一个人走没问题。在保康巷 14 号，我终于见到了杭州的朱淑真故居。住在这里的或者附近的居民都以这个地方为荣，但是很明显，朱淑真住在这里的消息并不为外人所知。考虑到她失败的婚姻，我想朱淑真应该感激在湖边能有这样一个栖身之处，以及整个城市所给予她的爱护。我甚至还可以想象她在《围炉》里所表现出来的情景：

围坐红炉唱小词，旋篘新酒赏新诗。
大家莫惜今朝醉，一别参差又几时。

朱淑真的家距涌金门也不过一公里的距离，假如当年她没有裹脚，或许这是很容易走的一段路。好像也就是从那个时代起，女人才开始裹脚。

当时，因为没有找到朱淑真故居，在欣赏完西湖美景之后，我回到出租车里，我还有其他事做，生活还要继续。我让司机把我送到宾馆，并在外面等我办理入住手续，把包放进房间。我的中国朋友思梦正在大厅等候，她主动提出在今天的最后一个目的地——杭州植物园给我当导游。

从宾馆到那里也就十分钟的路程，但等我们到的时候已经下午 4 点多了，而植物园下午 5 点半是要关门的。所以我比平时走路要快。之所以最后来这里，是因为我们只知道这是朱淑真墓地所在处，而对其他相关信息知之甚少。已经有人写过拜祭那里的文章了，但她的墓地好像在 20 世纪就不见了，拜祭一事也是最近才发生的。我在互联网上读到一篇文章，作者说在公园“灵峰探梅”处发现了朱淑真墓。思梦也很喜欢那处景致，这也是我邀请她来做导游的原因。在我制订行程安排时，我想把寻找朱淑真墓放在最后，在天色将晚之时，认真仔细地检查。

在汉语里，灵峰意味着“灵性之高峰”。灵峰山位于公园西面，以墓群闻名。探梅意味着“寻找梅花”。在宋朝，金人占领北方时，梅花因为在天气最冷的时候绽放，所以用来代表中国人坚强不屈的精神。

朱淑真写过很多关于这一主题的诗，比如《山脚有梅一株，地差背阴，冬深初结蕊，作绝句寄之》：

> 溪桥野店梅都绽，此地冬深尚未寒。
> 寄语梅花且宁奈，枝头无雪不堪看。

梅花不仅代表了大宋的坚强不屈，对朱淑真而言，更代表了她坚韧不拔的气质。她就是一朵梅花，我想这也是她要求葬在这里的原因吧。杭州人每年都会来这里寻梅，尤其是在雪后。

经过“寻梅园”的石门，绕过一个巨大的“草碗”，最后抵达灵峰山。现在是 11 月，离农历新年还有两个月，山上的梅花尚未醒来。我们在山脚下查看每处亭子和坟墓，浏览所有的文字，但始终没发现“朱淑真”三个字。在沿着斜坡往上爬时，沿途看见数十棵千年樟树。这些樟树差不多和朱淑真墓一样历史悠久。突然，我注意到脚下用石碑做的铺路石，于是慢下脚步，仔细查看，希望能找到一块写有朱淑真名字的石头。

灵峰探梅

我不停地看着手表，公园大门即将关闭，天也渐渐暗了下来。最后，我不得不放弃了。光线太暗了，即使踩在她的石碑上，我也无从知晓。沿着斜坡往下走的时候，我注意到左手边有一段台阶直通北坡。即使没时间了，我也想看看上面究竟有什么，但是走到半路，我停了下来，因为我已经喘不上气来了，甚至开始后悔自己为什么非要上来。我想回去了，但思梦鼓励我接着往前走。见到她态度坚决，自己竟有点不好意思了。不一会儿，我们就到了山顶，上面有一座墓碑，我在互联网上见过它的照片，墓碑上的文字在几个世纪的风侵雨蚀中早已无法辨认，有人用红漆在上面描了一些字，但是同样也模糊不清，难以辨认。没有人敢在墓碑上涂鸦，所以我确定这块石碑一定有特别之处。毫无疑问，发布这张照片的人和我现在的感觉是一样的，它是否是朱淑真墓已经不重要了。这里是她喜欢的地方，能来这里对我来说已经足够了。

我喘了口气，然后献上威士忌，感谢朱淑真让我们有幸读到她的那些无与伦比的诗篇。对于她的这份天赋，父母觉得很丢脸，在她死后，烧毁了所有能够找到的诗词。但我们何其幸运，有人将她与朋友分享的三百多首诗集结成册，并命名为《断肠集》。这个名字很恰当——婚姻给予她唯一的好处就是丈夫对她不闻不问；与其他男人交往的唯一的好处是除了最后那位，她活得比他们都长。关于她的死亡，有人说是因为过度心碎而投湖自杀。然而我们对她的了解基本上是来自她的诗词，不同的人会有不同的理解，当然，也会得出不同的结论。

当我用威士忌拜谒她的时候，公园的大门已经关闭。思梦说不必去找看门人，我们可以顺原路返回或者直接翻过栏杆。当我们终于下山来到大街上时，天已经全黑了。街道两旁有很多高档餐厅，夜总会灯火辉煌。这个地方与我们刚刚去过的地方有着天壤之别，这种对比让我一时难以接受。

幸运的是，我们是在思梦的地盘上，她带着我来到一片竹林，在里面几经穿梭之后，直接来到宾馆。这一天很累，但是又让人很兴奋。与思梦共进晚餐时，我们喝了两瓶酒。那天晚上入睡前，我读了朱淑真的最后一首诗《探梅》：

温温天气似春和，试探寒梅已满坡。
笑折一枝插云鬓，问人潇洒似谁么？

朱淑真，你为什么要这样问？

第二十七天

苏轼、白居易、林逋

醒来时，窗外雾气蒙蒙，终于不用急急忙忙地起床了。我计划让自己放松一下，也就是在杭州随性地玩一天。还有什么能比这更好的呢？几个世纪以来，特别是从 9 世纪到 14 世纪之间，杭州一直是中国很多伟大诗人的梦乡。诗人们都喜欢这里，即使是被贬至此，对他们来说也是如鱼得水的幸事。13 世纪马可·波罗来杭州时，曾说这里是他见过的最伟大的城市。在此之前，中国人提到这里时会说：上有天堂，下有苏杭。对我而言，无论什么时候来杭州，都是一件令人高兴的事。这一次，我要专门去一个地方，那就是可爱的西湖。所以，我今天不需要着急起床。

我住在华北大饭店，在它向公众开放之前，这里只招待高级军官和党政官员。这种地方即便是向公众敞开了大门，也避免不了从里到外的沉闷之气，华北大饭店也不例外。然而对我来说，由于它位于西湖北岸，位置比情趣重要很多。从这里步行十分钟就可以到达我要去的目的地，而且由于离公路较远，所以也算是闹中取静之地了。

在床上享受完第二杯咖啡的时候，已将近早上 10 点，而我也即将离开安乐窝出发了。虽然有雾，但无须带伞。只是我需要穿一双胶鞋，毕竟走过花叶草甸，帆布鞋还是会被露水打湿的，经过一番精心装备之后，终于上路了。沿途有两处大的旅游景点：岳王庙——用以纪念宋朝伟大的抗金英雄岳飞；另一处是苏堤，它连接西湖南北两岸，在上面无论是步行还是骑车都是一种享受。而我却要沿着湖边朝城西走。西湖很美，但我更喜欢它若隐若现的样子，那天早上就是这样一个情景。走过不算长但历史却很悠久的西泠桥，我来到孤山岛。直到现在，那里依然是很多喜欢独居者的首选之地。在那里诞生的诗歌比方圆千里范围内任何一个地方都要多。

在被激发出创作灵感的众多诗人中，苏东坡就是其中的一位。1017 年冬日的一天，苏东坡骑马从西泠桥上经过。由于反对王安石变法，苏东坡被贬至偏远地区任职。但是他和当时的宰相交好，所以只是略作惩戒，贬为杭州通判。一天晚上，他游历孤山岛之后，就创作了这首《腊日游孤山访惠勤惠思二僧》：

天欲雪，云满湖，楼台明灭山有无。
水清出石鱼可数，林深无人鸟相呼。
腊日不归对妻孥，名寻道人实自娱。
道人之居在何许？宝云山前路盘纡。
孤山孤绝谁肯庐？道人有道山不孤。
纸窗竹屋深自暖，拥褐坐睡依团蒲。
天寒路远愁仆夫，整驾催归及未晡。
出山回望云木合，但见野鹘盘浮图。
兹游淡薄欢有余，到家恍如梦蘧蘧。
作诗火急追亡逋，清景一失后难摹。

过了桥，沿苏东坡的足迹，我在孤山岛南岸走着，这里正对着西湖的中部。经过著名的篆刻学会以及更著名的楼外楼菜馆、省博物馆和艺术博物馆，在小岛的尽头便是白堤了，那里建有“白苏二公祠”。白居易和苏东坡的到来使西湖成了中国最美丽、最入画、最适合拍摄、最适合步行和泛舟的地方。为了纪念他们的功绩，当地人以宋朝白墙黛瓦的别墅风格建造了“白苏二公祠”。

白居易和苏东坡曾先后来杭州做官。公元822年，白居易任杭州刺史。早在他来之前，西湖就经常淤塞，湖水也无法饮用，更别说在上面垂钓了。一旦淤塞，尤其是每年秋天上游涨潮的时候，就连钱塘江江口附近最小的江流也会形成洪水涌入城市。白居易及后来的苏东坡都实施过大规模的疏浚工程。他们命人把挖出的淤泥集中起来，筑成一条纵贯西湖的长堤，后来这些大堤也便以其名字命名了。从此，人们不需要坐船，直接沿大堤就可以欣赏到西湖美景了。

白居易还重修了杭州城南的堤坝，建造了一个控制水流进湖的水坝。白居易和苏东坡都曾命人在杭州城内挖井数眼，这大大提高了人们的饮水质量，现在的孤山寺就是在原来的水神庙遗址上建造的。在西湖周围曾经有过很多的水神庙，但是随着大家对白居易与苏东坡功绩的认可，水神庙最终被“白苏二公祠”取代。

过去西湖又叫钱塘湖，如今却成了令人津津乐道的地方。“白苏二公祠”墙上题满两人的诗词，其中就有一首白居易的《钱塘湖春行》：

孤山寺北贾亭西，水面初平云脚低。
几处早莺争暖树，谁家新燕啄春泥。
乱花渐欲迷人眼，浅草才能没马蹄。
最爱湖东行不足，绿杨阴里白沙堤。

《别州民》是白居易在杭州写下的最后一首诗，诗中提到了自己未能如周公棠树下听政为民有所建树的遗憾。

耆老遮归路，壶浆满别筵。甘棠无一树，那得泪潸然。
税重多贫户，农饥足旱田。惟留一湖水，与汝救凶年。

在白居易的治理之下，西湖不再是杭州的眼中钉，反而成了这个城市主要的旅游景点。二百五十年以后，在苏东坡任职期满，即将离开杭州的时候，他写了一首《饮湖上初晴后雨》，里面把西湖比作了美女西施。

水光潋滟晴方好，山色空蒙雨亦奇。
欲把西湖比西子，淡妆浓抹总相宜。

墙上陈列的诗作均出自中国著名书法家的手笔，其中就有董其昌。四十年前，我曾专门练习过他的书法，可惜没有任何收获。如今站在这里，既欣喜，又汗颜。

从祠堂退出来，我行进在孤山岛的东北岸，岛的南面每天都有成千上万的游客，而在北边，现在却只有我一个人。当你去拜谒某人，并能在空气中感受他的气息时，独处无疑是最好的选择。我要找的诗人叫林逋或者叫林和靖。林和靖是皇帝赐的谥号。大多数人提到他的

放鹤亭

时候，也都称他为“林和靖”。到达放鹤亭时，我知道自己距离这位诗人已经很近了。林逋最喜鹤，鹤代表了一种清心淡远的品格。有关他早期的传记里说，由于终生未婚，林逋把仙鹤看成自己的孩子。相传他常驾小舟悠游西湖诸寺庙，每逢有客人来访，便叫人纵鹤放飞，而他见鹤则必棹舟归来。《鸣皋》一诗就是描写这些鹤的：

皋禽名秖有前闻，孤引圆吭夜正分。
一唳便惊寥泬破，亦无闲意到青云。

这些也都是林逋在自己身上看到的品质：他不屑于处心积虑去追

求高官厚禄或者寻长生不老术，那些对于他来说都是浮云，因为他是一位真正的隐士。林逋出生在杭州附近，家里世代为官，然而，等到他出生之时，家族已日渐衰落。虽然通晓经史百家，但林逋却无意功名。但是，念及圣人之训，他想把古圣先贤的理想付诸实践，比如孔子、老子。为此，他青年的大部分时光都在找符合自己理想的工作，但基本上没有成功。

由于无法忍受朝廷官员欺上瞒下、骄奢淫逸的风气，林逋最终离开开封回到杭州。几年以后，也就是公元1008年，他搬出城外，结庐于西面的孤山岛上。不巧的是，就在同一年，宋真宗称收到天书，并下令全国大兴祭祀。第二年，变本加厉，为了能让自己长生不老并江山永固，皇帝命令在首都以外的地方建造一座有史以来最大的道观，甚至还命令所有地区都要建立规模相对小一些，但是外形要非常相似的寺庙，来确保他的长治久安。林逋在《自作寿堂因书一绝以志之》一诗中对于这一过度奢靡的事件进行了回应：

湖上青山对结庐，坟头秋色亦萧疏。
茂陵他日求遗稿，犹喜曾无封禅书。

林逋结庐于放鹤亭上方的山坡上，死后便直接葬在了下面。从放鹤亭拾级而上，便来到了他的墓前。走近的时候，似乎有乐声入耳，这让人很是惊讶。声音很弱，似乎是从坟墓里传出来的。再走近些，才发现在墓前的石凳上有一朵塑料莲花，可能是以前来这里拜祭的人留下的。莲花下面是一个白色塑料基座，周围有十二支已经燃完的蜡烛痕迹。听到莲花里发出的音乐声不是“唵嘛呢叭咪吽”而是“祝你生日快乐”时，我忍不住笑了。谁来过呢？很显然，无论是谁，他一定有着过人的幽默感。我会心地微笑着，拿出自己喜感相对较弱些的威士忌。

一旦在孤山岛定居下来，林逋就开始了后半生的隐士生活。然而，对于这种生活，他并没有一味鼓吹，而是在赞美的同时，开起了玩笑。中国人讲“小隐隐于林，大隐隐于市”，林逋写下了这首《小隐自题》：

林和靖之墓

竹树绕吾庐，清深趣有余。鹤闲临水久，蜂懒采花疏。
酒病妨开卷，春阴入荷锄。尝怜古图画，多半写樵渔。

古画当中，多为樵夫担柴下山或渔夫独钓寒江雪的景象，这也是林逋非常喜欢的画面，并且希望自己也能过上那样的生活。如果说没能够在朝堂之上成为一代名臣，那么在西湖的薄雾里，他绝对是自己的英雄。曾经有盗墓者在宋朝末期挖开了他的坟墓，最后发现里面除了一个砚台和发簪外，其他什么都没有。也许这是对林逋与这纷扰的红尘之间关系的最好诠释吧。

当我站在那里向林逋敬献威士忌的时候，“祝你生日快乐”的音乐再次响起来，原来是下雨了。我后悔没有带伞。喝完剩下的威士忌，收起酒杯，便又回到岸边的大道上。由于戴了羊绒帽，穿了胶鞋，我的头和脚都没湿。

虽然林逋在孤山隐居，但那座岛屿却并非他一人独享，岛上还有好几座佛教寺院，等到苏东坡任通判时依然还在。林逋与和尚们关系很好，但他好像更喜欢独处，喜欢梅妻鹤子的闲适。林逋说他在岛上一共种了 365 棵梅树，每棵树陪他一天，便是一年。那些梅树不仅陪伴他，而且还在精神上激励、启迪着他，如诗《山园小梅》所言：

众芳摇落独暄妍，占尽风情向小园。
疏影横斜水清浅，暗香浮动月黄昏。
霜禽欲下先偷眼，粉蝶如知合断魂。
幸有微吟可相狎，不须檀板共金樽。

最需要指出的是，自从林逋在孤山结庐之后，便再也没有回过杭州。但是会经常有一些志同道合的朋友去拜望他，他也经常到周围的山里去拜访朋友们。回西泠桥的时候，雨雾迷蒙，我想象着他吟着《招隐士》，划船经过桥下。《招隐士》是屈原的一首诗，里面列举了独自住在深山里的所有恐惧，结尾是“王孙兮归来，山中兮不可以久留”。想象着他吟完屈原的诗后，便要吟起自己的那首《西湖舟中值雪》：

浩荡弥空阔，霏霏接水濆。舟移忽自却，山近未全分。
冻轸闻清泛，温炉接薄薰。悠然咏招隐，何许叹离群。

是呀，为什么要叹息呢？

第二十八天

陆　游

早晨7点我就起床了，因为要赶9点的火车，所以不能赖床了，谁知道早高峰能不能打到车，路上又得花多少时间？实际上，这种担心是多余的，因为等我赶到火车站时，火车还有一个小时才发车。趁这段时间，我去肯德基喝了一杯热豆浆。离开杭州，仅二十分钟就到了绍兴，三百公里的时速，让空间的距离显得很不真实。绍兴的天空非常蓝。

能在早上10点之前入住宾馆，这在此次行程中已是第二次。巡礼即将结束，因此，很可能这也是我住的最后一家宾馆了，所以我决定奢侈一下——在咸亨大酒店订了一个房间。听说去咸亨大酒店时，出租车司机不相信自己的耳朵，连问了我两次。走进大厅，门童一个劲儿盯着我看，可能他们在犹豫是否该为我拿包吧，我没有理会，直接走到前台向工作人员出示护照和信用卡。这时候门童才赶紧过来站到了我身后。我告诉前台说之前在这里订了房间——真希望他怀疑的笑容能在脸上持久些，因为我很享受那种表情。房间价格是每晚一百美元，确实很贵，但这却是咸亨大酒店里很普通的房间。这里简直就是一座宫殿。工作人员把护照和信用卡还给我后，其中一个门童拿着房卡和包把我带到了套房。宾馆里都是“套房”，没有“房间”。这里的卧室和我家里的客厅一般大小，而实际上，它与客厅是隔开的，客厅比卧室还要大。让人难忘的还是浴室，里面的浴缸很大，甚至可以容纳两个人在里面泡澡。然而最让人惊奇的是在马桶旁竟然有铅笔和便签，绍兴是一个出作家的城市，处处都有它小小的理由。

我没忘记来绍兴的目的，放好行李后便走出宾馆来到大街上。鹅卵石铺就的街道，走起来远没有看上去那么惬意，尤其是对我来说。自从上次伤了脚踝之后，我行动已大不如前了。闲逛之时，各形各色的小贩出现了，他们纷纷向我展示景区影集，并表示愿意用人力车拉我过去。我挥挥手，拒绝了。绍兴是一个比杭州还要古老的城市，如果时间充裕，确实有很多地方值得一看。比如，一路经过的鲁迅故居、鲁迅博物馆、绍兴酒博物馆……我忽然想起马桶旁的便签来，难道与鲁迅有关？毕竟这里是他的故乡，而他又是20世纪最著名的文化人物。但我此行的计划是去另一个地方，勉力在卵石路上长征了五百米（或许真的应该雇一辆人力车），终于到达了目的地——沈园。

从外面望去，正对着大门口的地方有一块峭然独立的太湖石，上面刻有被漆成绿色的“诗境”二字，而我就是专门来拜谒那位写字之人的，他就是陆游。大多数中国人都知道陆游与其表妹唐婉的故事，即他们如何从小一起长大，如何培养共同爱好研习诗词，如何定情，如何又因为母亲担心陆游沉溺于男女之情影响仕途而被强行拆散，以及八年后他们如何在沈园偶遇，唐婉赠陆游酒菜，陆游如何在墙上写了一阕《钗头凤》回应，等等。这就是那首家喻户晓的《钗头凤》：

红酥手，黄縢酒，满园春色宫墙柳。东风恶，欢情薄，一怀愁绪，几年离索。错！错！错！

春如旧，人空瘦，泪痕红浥鲛绡透。桃花落，闲池阁，山盟虽在，锦书难托。莫！莫！莫！

第二年，唐婉去世，而陆游也去抗金了。在这首词的旁边，有一条回廊，上面挂满了许愿铃，风一吹，小铃铛便发出丁零零的声音，传达着人们对爱情的美好祝愿。

穿过回廊和花园，再绕过满是残荷的池塘，便来到了花园后面的一块空地上，从那里可以进到陆游纪念馆。纪念馆的墙壁上题满了陆游的作品，其中有几首诗便出自他自己的手笔。陆游一生留下了九千三百多首诗，难有比肩者。而且那九千三百多首诗里还不包括他年轻时烧掉的作品。大厅里有一张地图，上面标注了陆游曾去过的地方。除了写诗，他还写了很多游记，其中描写四川的游记最为著名。当年沿长江乘船来到白帝城附近经过高耸入云的巫山之时，他写下了这首《三峡歌》：

沈园

> 十二巫山见九峰，船头彩翠满秋空。
>
> 朝云暮雨浑虚语，一夜猿啼明月中。

院子外面的诗词更多，还有一尊陆游像，他看起来瘦骨嶙峋的样子。难怪陆游常把自己比作孤鹤。虽然大家都知道他在这个地区长大，但却没有人知道他家的确切位置。当年因为金人入侵，父母带着尚在襁褓中的陆游从北方逃难到了绍兴。

一小时后，应该已经看得差不多了，我决定去陆游成年以后居住的地方转转。尽管他经常远游，也会到诸如四川等地做官，但他一生的大部分时间还是在绍兴度过的。我在路上拦了一辆出租车，告诉司机去云门寺。司机看上去很困惑，他说自己认识绍兴所有的寺庙，唯独没听说过云门寺。我把从网上下载的地图拿出来，告诉他云门寺位于绍兴南十五公里处。他点点头，我们立马出发了。

驶离绍兴城不久，汽车驶入新建的平水镇。原来的平水镇已经变成了一座水库。离开新平水镇以后，前行至交通环岛，向西转向另一

陆游像

条路，行驶五公里后前方出现云门寺的标志，云门寺下面还有一个与之同名的村庄。

在二十岁到三十岁之间，陆游随同父亲在云门寺附近结庐，但是父子的草堂是各自独立的。陆游来草堂是为了学习，而对父亲而言，草堂则成了他辞官之后的净心之地。

在过去的几个世纪里，很多诗人都曾写过关于拜望陆游草堂的诗歌，但是草堂早就没有了，只有寺庙还在，或许就连寺庙也是最近修建的吧。进去的时候，一些女信徒正在大殿诵念佛经。方丈看见我，连忙出来迎接。得知我此行的目的之后，他坚持要带我在庙里四处看看，我只好假装很感兴趣地跟着他。其实我想看的是陆游草堂的所在地。能在这样一个穷乡僻壤教化农民，方丈很是骄傲。他坚持带我到每个大殿都看了一遍，无论走到哪里，都会听到和尚、尼姑们吟诵“阿弥陀佛”的录音。

终于转完了，方丈指着寺庙后面的竹林说陆游草堂的原址就在南面山坡上，然后他带我穿过一片刚刚收割的稻田。当年陆游留在这里的一切早已不见，取而代之的就是这片稻田。我想如果我有一间草堂的话，一定把它安置在能听到寺院晚钟的地方。很明显，陆游父子在选址的时候，和我想的一样。这个地方确实适合学习。谢过方丈后，我朝出租车走去。但当得知我要去陆游墓，方丈说自己知道地址，坚持要给我带路。

出来后，方丈坐到副驾驶，而我则坐在了后排。到了大路上，方丈让司机向南拐，前行一百米后又向左转到另一条公路上，这条公路可以直通到林木覆盖的山坡，当地人称那里为陆家花园，那里就是埋葬陆游的地方。方丈说实际上人们并没有在这里找到陆游的墓地，这一点我知道，但是我读过一篇报道，说的是最近有人发现了陆游儿子们的墓地。行驶了几百米后，前方由于山体滑坡，大部分道路受损，司机只好停车。于是我们下车继续沿着公路寻找陆游墓的痕迹。在几次尝试都未果的情况下，我拿出了随身带的陆游的一首诗《示儿》，这是他在死前的几个月写的，我站在曾经埋葬他的地方读给他听：

> 死去元知万事空，但悲不见九州同。
>
> 王师北定中原日，家祭无忘告乃翁。

万一他们忘记告诉父亲“王师已北定中原”呢？所以我告诉他：金人已被赶走，中原已恢复和平。

坐车往回走的时候，方丈说他想和田里干活的农民说会儿话，于是在路边下车了。下车前，他送给我一串念珠和一个电子设备，我不知道该叫它什么，反正能让我随意选择是听《南无阿弥陀佛》还是听《南无大慈大悲观世音菩萨》，只要不是《祝你生日快乐》，我还是愿意接受的。

回绍兴时，我跟司机说还想在中间停一下，因为我想看一下镜湖。司机说他知道路，所以无须看地图。到绍兴以后，我们从胜利西路一直往西开了大约八公里，向北换到绍齐公路上，不一会儿，就到了湖边。行驶大约一公里，我让司机在一家工厂附近停了车，因为据地图所示，这里大概就是塘湾村，里面的一个工人证实了我的猜测。我跟他说自己在寻找陆游住过的地方，他指了指工厂旁边的那条土路。在工厂后面有一排排的塑料大棚，在大棚与工厂之间，有一处白色围栏，里面有一块石碑。经过确认，这里确实是陆游故居所在地。石碑是 1985 年立的，背面刻有陆游的《吾庐》：

吾庐镜湖上，傍水开云扃。秋浅叶未丹，日落山更青。

孤鹤从西来，长鸣掠沙汀。亦知常苦饥，未忍吞膻腥。

我食虽不肉，匕箸穷芳馨。幽窗灯火冷，浊酒倒残瓶。

公元 1162 年，这只四十二岁的“孤鹤”买下了唯一的一处田产，并有了自己的家。由于南面有三座山，东面又是自己的田产，所以他给自己的房子取名“三山别院”。那些山都不足两百米高，但都还在。就在我读石碑后面文字的时候，附近干活的几个农民好奇地凑了过来，其中有一个人说我应该往远处走走，陆游最初的住所不在这里。于是按照他指的方向寻去，走了将近两百米，在一个垃圾堆的旁边，我发现了一尊陆游的雕像，他正坐在椅子上读一本诗集。

陆游在镜湖一共生活了三十八年，写了六千多首诗，但是现存的只有其中的三分之二。和之前的陶渊明或者朋友范成大一样，陆游的写作灵感也多来自乡村生活。在他的雕像前，我拿出了黑麦威士忌，读着他搬到那里之后写的一首《游山西村》：

莫笑农家腊酒浑，丰年留客足鸡豚。

山重水复疑无路，柳暗花明又一村。

箫鼓追随春社近，衣冠简朴古风存。

从今若许闲乘月，拄杖无时夜叩门。

尽管陆游想过简单的生活，但他还是花了很多时间才接受了自己不能改变的一个事实，那就是朝廷对待金人的主和政策。搬到这里二十五年之后，也就在他六十五岁的时候，他才终于打消抗金的想法，让自己真正地安定下来，如诗中所言，才可以“从今若许闲乘月，拄杖无时夜叩门”。

这里几天前下过雨，所以地里很泥泞，在回出租车的路上，我不停地刮着鞋上的泥。走到石碑前的时候，一个农民指着田边的两个池塘说以前里面全是荷花，只是现在被杂草淤塞了。他说政府一直在讨论疏浚池塘、拆除工厂的事，因为他们想在这里建一个公园。我问他塑料大棚里都种什么，他说根据季节不同，会种草莓或蔬菜。与公园相比，要是陆游还在，我想他应该更喜欢田野吧。

回到酒店的时候才下午 2 点，而我今天的朝圣之旅已经完成。跑来跑去一大圈后，出租车计价器上显示的是 211 元人民币。司机是个实在人，我给了他 300 元，并问他明天是否还可以载我去其他地方。车里的上岗证显示他姓周，周先生同意了，并说明天早晨来宾馆接我。

我没有回自己的房间，而是径直来到宾馆的一层，房价里包括桑拿服务，所以我决定让自己放纵一下。桑拿完以后，我又去热水池泡了一会儿，半小时后洗了头，换上一套服务员给准备的睡衣，走进了一个房间。里面还有其他客人，他们正躺在大躺椅上放松，每个人面前都有一台电视。这时候，过来一个女孩子，端来一杯橘子汽水、一盘西瓜和一些小甜点。作为一名朝圣者，我觉得自己生活得有点过于奢侈了。

回到房间以后，我想，那就干脆将奢侈进行到底吧。于是打电话给前台说要一小桶冰。我有一瓶在西雅图免税店买的伍德福德波本威士忌。上好的托马斯·H. 翰迪萨泽拉克黑麦威士忌则是专门给诗人们准备的。伍德福德只有加冰喝起来才有感觉。几杯下肚，我打了个盹儿，睡了将近一小时。这是两天以来第一次午睡！其实我应该多安排一些午睡。醒来的时候已经是下午 4 点了，我决定修改一下石屋诗歌的翻译。到中国来的时候，我一直随身带着它，现在基本上就要完工了。

尽管那天也没修改多少，但我心里确实是想多做点的，所以直到下午 6 点该吃饭的时候我才放下手头的工作，决定到孔乙己酒家去看看。孔乙己这个名字首次出现在 1919 年鲁迅写的一本叫《孔乙己》的小说里。一位叫孔乙己的落魄文人经常到咸亨酒店去买酒。后来这个故事太出名了，以至于店家干脆将店名改成了“孔乙己酒家”，而旁边我所住的那家酒店则成了“咸亨大酒店”。

孔乙己酒家的就餐区被分成两部分，除了店内部分，他们还在店外紧靠步行街的地方摆了几张桌子。我走进去点了鲁镇的特色小吃——臭豆腐，还有更著名的绍兴肉丸，里面放了些芋头以及用于点缀的菠菜。我坐在了外面的一张木桌旁，桌子看上去好像从孔乙己那个时代起就一直没换过。等菜之时，一位村姑打扮的服务员走上前，问我是否来一碗绍兴米酒。当然要！绍兴是中国著名的米酒产地。

糯米蒸熟后，需要经过两次发酵、灭菌，然后再放入陶坛密封十年、二十年，甚至五十年。所以，工艺虽不算繁杂，但里面却沉淀着时间的惊喜。不同的米酒，颜色也不同，绍兴米酒大致可分为琥珀、红色、棕色数种。酒色取决于糯米汁的浓度。不同颜色，口感也不同，从涩到甜有四种风味。我要了一碗餐馆自制的半甜型米酒。

20 世纪 80 年代，当我第一次踏上中国土地时，人们还在用碗喝啤酒或者米酒，如今，玻璃杯逐渐取代了瓷碗。但是孔乙己酒家是个例外，不一会儿，服务员就端着一碗酒过来了，酒的颜色很深，有点像波特啤酒或者黑啤，但是它看上去更浓一些。我问服务员度数时，她说 14 度。喝了一口，味道很奇特，说不出来什么感觉。我又尝了一下里面的干草和枣子，甜味很淡。酒喝光以后，我注意到碗的底部印有饭店的开张日期：1894 年。服务员上菜的时候我又要了一碗米酒，这一碗我要与陆游共享，就在这条街上他曾经写过《夜酌》：

我有一瓢酒，与君今夕同。鸣榜社公雨，卷野沛歌风。
阅世花开落，观身劫坏空。北邙丘垄尽，太息几英雄！

为了纪念我心目中的英雄们，我又点了第三杯作为餐后甜点。我很庆幸自己在此次巡礼将近尾声之时来到绍兴，而不是行程伊始。

陆游故居遗址

第二十九天

李白、谢灵运

我没在“宫殿”吃早餐，虽然只是小事一桩，但我却感觉良好。来中国以后，我瘦了不少，但是估计以后就不行了——在家里都是妻子做饭，而我则负责每顿打扫剩菜。不过，外出旅游时，最好还是别吃早饭。时间刚过早上 8 点，周先生已经等在外面了，他的车就停在步行街上。这条街道只允许出租车和送货的车进出。周先生今天开的是一辆驾校的教练车，所以刚开始我没有看见他。上车时他提醒我小心点，不要踩到教练座位前的刹车。我们之前没说车钱的事，现在我也不想提了，因为我关注的是怎样保证双脚别踩到刹车上。至于车钱，五六百都行。

离开后，我们向东驶上了绍兴与宁波之间的公路，前行二十公里到达上虞，不一会儿又驶上 G15 高速公路，然后便一路朝南开去。大概又走了二十公里后，在上浦下高速，过曹娥江，接着在大桥的东口沿一条堤坝向南行驶两公里，然后在东山风景区的标识处转弯。牌子上说距离东山还有两公里，距离谢安墓还有三公里。车行两公里以后，山崖上刻着的李白的《忆东山》一诗便映入眼帘：

不向东山久，蔷薇几度花。
白云还自散，明月落谁家。

李白曾三次沿曹娥江来参观谢安和侄子以及其侄子的侄子曾经住过的地方。东山位于谢安田产的正中心，在山顶正下方不到一公里的地方，有一座纪念他以及另外两位后人的祠堂——太傅祠，那里也是我今天的第一个目的地。

前行一公里我们就到了国庆寺，公路也走到了尽头。我下车到寺内向人打听太傅祠的位置，他们说沿侧门出去，下几个台阶就到了。现在的太傅祠已经被改造一新，整座祠堂里只有我和管理员两个人，可能是因为待得无聊吧，他主动带我到大殿参观。在那里，我献上了自己对于“三谢”的敬意。“三谢”指的是谢安、侄子谢玄、侄子的侄子谢灵运。谢安的墓地就在这些台阶后面，而谢灵运的墓地和纪念馆我已经在一周前拜祭过了。

整座东山，以及远到江边的所有土地都是谢安始宁别墅的一部分。从二十岁到四十岁，他一直住在那里。虽然居于偏远之地，但是谢安正直、公正的美名早已远扬山外。最终不得已，他勉强赴召于东晋的朝廷。他到那里不久之后便升为宰相。中国有成千上万的宰相，能受到百姓爱戴而为之建祠堂的却没几个。太傅祠经历了好几次重建，最近的一次看来是下了大手笔的，但是谢安值得人们这样去做。我非常喜欢这里灰石板屋顶上的瓦片以及深棕色的墙壁和柱子，真是高雅而低调。管理员说这里的重建工作全是由来自宁波的工匠完成的，花了一百万人民币。

尽管如此，谢安却不是我来这里的原因。我来这里主要是为了拜谒他的侄孙谢灵运。谢灵运年轻时就住在叔祖父的家里，后来又住到了偏南一点的地方，那是他从叔叔谢玄手里继承的田产。尽管谢灵运的两处住宅都早已不见，但我还是想去看看，于是便朝出租车走去。此次行程，我要拜访多座大山。

经过寺院的时候，正遇上那里的女住持，得知我想参观谢灵运曾经住过的地方，她告诉我说谢灵运曾住在叔祖的宅院，就在距此不远的一个山谷里。她的话让我很是兴奋。一些地域性的信息总是很难被历史记录。当我说想去那里看看的时候，她找来一个和尚给我带路，据说和尚曾在那个地方隐居过，认识路。同去的还有一个在寺庙干活的工人，说自己曾经爬过中国所有的山，也想就这个机会去看看。于是，我、周先生、和尚和那个工人一起上路了。

从寺庙出来，和尚带我们沿着土路向东北方向走去，几分钟以后，来到了一座完全干涸的水库前。和尚说这是因为水库在建造的时候出了问题，水被抽干了，只剩下了一道水泥挡土墙。绕过水库，他爬上一道斜坡，并示意我们跟上。我们刚到山顶，他又消失在一片竹林里了，我们只好紧跟其后。幸运的是和尚带了砍刀，能够给大家清理出

《忆东山》石刻

谢安墓

一条小路，据说这把砍刀还是他当年隐居的时候用过的。

大约一小时以后，和尚指着下面雾蒙蒙的山谷，说那就是谢灵运年轻时住过的地方。那里确实很美，但我想知道是什么原因使得谢灵运安于生活在如此偏远的地方。每年到最后一个月圆之夜，我总是会想起他写的《岁暮》：

> 殷忧不能寐，苦此夜难颓。
> 明月照积雪，朔风劲且哀。
> 运往无淹物，年逝觉易催。

虽然谢灵运的墓地就在山下不远的地方，但是却没有直达的路，我们只好沿着山梁继续往前走。经过一块堆满碎木块的空地时，大家又不得不挨个从上面爬过去。半小时后，和尚才意识到自己拐错弯了。他已经有八年没去过那个地方了。在知道错了的情况下，他还要继续往前走，他说要是回去的话，耗费的时间将更长，他还补充说往前再走一个小时就到了。但是对我来说，一小时太长了。出发之前，女住持说从那里到谢灵运住的地方需三十分钟，最多也就四十分钟吧，但是现在我们已经走了两个小时了。我看到下面有一条土路，然后告诉和尚说我要回去了，因为我的脚踝开始疼了，而且今天我还有其他的山要爬。利用附近的一个滑坡，我直接滑到了土路上，然后向其他人挥挥手，示意他们跟我一起回去。有时候你必须知道什么时候应该适可而止。和尚最终赶上了我，说我不应该失望，正确的路，错误的路，都是人生的经历。当然他说得对。只是我不希望在错误的路上耗掉那么长的时间。

沿着土路我们最终到了一条宽阔的伐木通道上。三十分钟后大家走出了大山。我问和尚要多久才能回到国庆寺，他说至少一个小时。我一直没有意识到“山中漫步”会把我们带出那么远。先前的失望与现在的懊恼交织在一起，我的情绪很消沉。经过一家有驴棚的农舍时，我想或许骑驴会快一点儿吧，但和尚说驴子是给山里的隐士们驮东西的，不能骑。看来在东山隐居的不只是谢灵运一个人。看到农民正在

谢灵运隐居的山谷

装车，我走上前去问他能否载我们一程，刚开始他不同意，后来和尚上来说情才勉强答应了。坐驴车帮我省出一小时的时间来，应该算是一个惊喜。我拿出一百块钱表示感谢，但农民坚决不收。大家相继离开后，周先生让我在此处等他，他说一个人把车开过来就行了。他的关心让我很感动。谢天谢地，这段旅程总算结束了。三十分钟后，周先生回来了，我们继续自己的巡礼之路。

在上浦过桥以后，向南沿 104 国道前行。开始下雨的时候，我不觉庆幸起来：多亏我在山里的时候没下，迷路是一回事，被雨浇则是另外一回事了。外面大雨瓢泼，但我身上是干的，一想到这儿，心里竟然舒服多了。

前行十公里后，离开国道便到了曹娥江，过江向南拐到章镇。这个地方不到一公里长，却乱得要命。人们正在拼命拆毁这里的一切，甚至包括镇子北面金字塔状的姜山。我让周先生再往远处开点，这样我就能看得更清楚一些。开出不到一公里，我们把车停在一个叫灵运村的地方，这个村子坐落于谢灵运始宁墅的北面，始宁墅是为了区分之前的始宁别墅。而这个村子就是以谢灵运的名字命名。在他的诗文里，曾有一篇《山居赋》就是有关始宁墅的：

若乃南北两居，水通陆阻。观风瞻云，方知厥所。

谢灵运在北部的居住地位于姜山脚下，或许就在离我们停车不远的地方，虽然决定不去专门寻找了，但还是想到近处去看看。因为没带雨伞，所以周先生把他的伞借给了我。我在路上来回走着，看着远处的山以及近处的风景，同时和附近的几个农民聊一会儿。我问他们是否知道谢灵运曾在这里居住过，他们竟然一个个目瞪口呆。

回到车里，再次穿过曹娥江朝南驶去。我很不情愿地把“石门山”三个字从行程安排里划掉了。那里是谢灵运最喜欢去的地方，就在曹娥江以西的山谷里，本来计划要去的，但是东山之行浪费了太多时间，而且现在还在下雨，所以，做这样的决定也是不得已。现在，我所能做的就是想象谢灵运在山脚下住了一晚之后写《夜宿石门》时的情景：

朝搴苑中兰，畏彼霜下歇。暝还云际宿，弄此石上月。

鸟鸣识夜栖，木落知风发。异音同至听，殊响俱清越。

妙物莫为赏，芳醑谁与伐。美人竟不来，阳阿徒晞发。

这首诗第一句和最后一句里的用典均取自屈原的《九歌》，在《九歌》里，屈原用兰花比喻隐士的美德，而且屈原也没有等到“美人来”。那是一首萨满之歌，谢灵运的也是。深山在中国一直是人们修身养性的绝佳去处，在萨满文化中，大山不仅可以提供给人们独处的空间，还可以提供一些可以让其精神得到升华的菌类及其他植物。然而，在这首诗里，“异音”使谢灵运的精神得到了升华，山居生活则赐予了他无比的自由与自在。然而，实际上，即使住在山里，他也无法做到隐遁或者独居，因为无论走到哪里，他的家臣们都会紧随左右。虽然诗歌里没有见过他们，但这些人确实存在过，他们就像是为谢灵运的表演布置背景的舞美。比如在《登石门最高顶》里，我们就看到了一些他们的影子，是他们安排了谢灵运当时的住宿问题：

晨策寻绝壁，夕息在山栖。疏峰抗高馆，对岭临回溪。

长林罗户穴，积石拥阶基。连岩觉路塞，密竹使径迷。

来人忘新术，去子惑故蹊。活活夕流驶，噭噭夜猿啼。

沉冥岂别理，守道自不携。心契九秋干，目玩三春荑。

居常以待终，处顺故安排。惜无同怀客，共登青云梯。

随从再多也无法弥补身边没有“同怀客”的孤独，谢灵运认识的那些朋友都在城市或者朝堂之上，没有人陪他来此“共登青云梯”。山里的隐居生活吸引着谢灵运，但是孤独感又驱使他回到朝廷，并最终导致了他的死亡。假如穷一点，可能他会活得长久些，可惜遗憾的是，他不穷，所以也注定了他无法过正常人的生活。

在通向石门山的一处弯道上，曹娥江突然变窄，与公路平行的那段高速路占据了所有的道路。在村民的指引下，我们开上了一条盘旋而上的山路，每次问路，答案总是：往前开。离开公路三十分钟后，我们终于到达了车骑山。雨，突然停了。

这座山因谢灵运的叔叔谢玄得名，因为谢玄曾被称为车骑将军。公元 383 年，在淝水之战中，谢玄带领八万人的队伍直破敌军一百多万，是中国历史上著名的以少胜多的战役，谢氏家族也因此永垂史册。车骑山是谢玄田产的南部边界，后来由三岁的侄子谢灵运继承。成年以后，谢灵运经常来这里探险。这里山谷狭窄，森林茂密，无数清泉、瀑布、湖泊点缀其间。最近，人们把一部分森林开辟成了茶园，这也是这里有盘山路的原因。

经过一个叫庄角的小村庄时，我让周先生在路边停车。从这里，可以看到清晰而完整的车骑山，而且我觉得在这里与谢灵运分享美酒，应该最好不过。穿过齐腰深的茶林，找到一块空地，我摆好酒杯。就在往里面倒最后一杯托马斯 · H. 翰迪萨泽拉克黑麦威士忌的时候，雾气突然笼罩了山顶——这么多年过去了，车骑山依然害羞。酒香飘荡在诗歌的王国。我读了一首他在车骑山北麓写的诗《石壁精舍还湖中作》：

昏旦变气候，山水含清晖。清晖能娱人，游子憺忘归。
出谷日尚早，入舟阳已微。林壑敛暝色，云霞收夕霏。
芰荷迭映蔚，蒲稗相因依。披拂趋南径，愉悦偃东扉。
虑澹物自轻，意惬理无违。寄言摄生客，试用此道推。

谢灵运曾在芜湖南岸的石壁精舍学习，而始宁墅就位于芜湖北岸。根据我的计算，他写这首诗的地方应该在我站的地方以北五公里处。刚读完诗，又下起雨来。我匆忙结束了自己的拜祭仪式，回到了周先生的车里。然而由于太过着急，直到一小时后，我才发现眼镜丢在了那里。此次拜谒，除了美酒，我竟然还献上了自己的眼镜。正确的路，错误的路，戴眼镜，或者不戴眼镜，朝圣路上真是什么事情都遇上了，但是有一点值得庆幸，那就是至少车内没有雨。

回到高速路上没多久，我们就驶离了曹娥江流域。我现在明白了谢灵运为什么会喜欢这里。该地四面有山，而且即便没有山，也有水。

披荆斩棘

难怪这里会诞生山水派诗人。一小时以后，抵达嵊州汽车站，我们及时赶上了发往天台县——我的最后一个目的地的长途汽车。我付给了周先生七百块钱，这令他惊讶不已，但这是他应得的，要是没有他的帮助，我不可能完成对谢灵运故居旋风式的拜会。

和周先生道别后，我就上了车。天台不远，大约也就六十公里，所以我想一个小时应该能到。遗憾的是，汽车没走高速，而是上了一条路面残损严重的公路。两小时后，终于抵达天台，这多少应该值得庆幸吧，因为毕竟中间没有什么意外。乘出租车五分钟后到达国清寺时，雨已经停了，天空中露出了些许蓝色。下车的时候，我向司机要了电话号码，并说明天想接着用他的车，待会儿会打电话跟他说一些细节。他点点头，开车返回了城里。

寺院大门在下午 4 点半关闭，而现在已经过了 5 点，所以我从侧门走了进去。之前我在这里住过十多次，知道去客房的路。到达那里的时候，正好遇上一个和尚，我问他客房经理在哪里，他朝一个窗口指了指，说窗口那儿有工作人员负责住宿登记。一听我说要住在这里，那位工作人员立即说客房满了，不再接待外人。我说我以前在这里住过，这时他竟然粗鲁地关上了窗户。这样的反应是我没想到的，一时沮丧极了。我走到院子里，不知该怎么办才好。就在走投无路的时候，又一个和尚从这里经过，问我怎么了。我把大概情况说了一下，然后他说让我跟他走。他带我来到寺庙后面的客房，找到负责人，让她给开个房间，并登记我的护照信息。

入住登记表填完以后，我把包放在房间，然后又回到侧门，告诉看门的和尚，自己大概会在一小时后回来，希望他到时给我开门，因为晚上一旦寺院的门关着，“砰砰砰”敲门总是会让人觉得尴尬。然后我去了天台酒店。这是唯一一家位于国家公园里的酒店，罗宾·张正在大厅等我。

在结束对石屋与寒山的拜谒之后，我曾经受邀在复旦大学做了一个演讲。演讲之前，罗宾做自我介绍时说他叫张智，是加里的技术顾问，负责维护加里的网站 Mountainsongs.net。

加里曾经在中国拜访过很多出现在古诗词里的名山。根据最近的一次统计，他已经拜访了两百多座了。他把那些大山的照片放在网站上，同时把我、伯顿·沃森和其他一些人翻译的一千多首古诗词也放在了那里。这是一个洋溢着爱心的工作：中国伟大的山脉和伟大的诗人被安放在了一起。每次经过上海，我都会去看望加里，并和他一起讨论那些山脉和诗人的故事。他是唯一一个在此类事情上的热情远超于我的人。所以当发现他不回复邮件或者不接电话的时候，我很惊讶。四年来，我不知道他发生了什么事情，直到罗宾告诉我加里已经于 2009 年去世了，死于胰腺癌。我最后一次见加里是在 2008 年的上海，当时他给了我一个自制 CD，里面是他和当地一些音乐人在一起录制的西部乡村音乐，名为“上海牛仔”。心情低落的时候，我总是喜欢拿出来听。

演讲结束后，回到酒店，我又想起了加里。寒山曾经是我第一个翻译的诗人，也是此次行程中最后拜谒的一位。加里的朋友兼同学加里·斯奈德曾经翻译过寒山的诗歌，在他的影响下，我和加里也加入了他的行列。于是，我给罗宾打电话，问他是否愿意和我一起拜谒寒山。我认为对于中国最伟大的诗人们，以及那些深爱他们的人，这是一个表达爱与感激的最好的方式。我和罗宾共进晚餐时，他给那位载我到国清寺的司机打了电话，说了一下第二天的行程安排——最后一段朝圣之旅提前安排就绪。

晚饭后，我回到寺院准备睡觉。虽然刚过晚上 7 点，时间还早，但是这一天折腾得够呛，把人累坏了，其实我还想泡个热水澡，但是寺院里没有浴缸。里面有电热水器，可以淋浴。这里和咸亨的条件简直没法比，但是热水淋浴对于手臂上的划痕还是有好处的，那是我进山时不小心划的。里面没有毛巾，但我有大手帕，这个也不错。事实上，一切如谢灵运所言，“处顺故安排”。我打开窗户，把大手帕晾好，便在床上躺了下来。床很硬，是寺院里那种旧式的硬板床。能躺下休息就是万福，至于床的软硬根本不重要。

四周一片寂静，远处传来微弱的虫鸣声，毕竟秋时已深。人们也大都进入了梦乡。入睡前，我拿出石屋的诗歌译文，想再做几处修正。打开手稿，那一页正好是他的第一百五十一首诗。第一句是“禅余高诵寒山偈”，这让我想起来自己有一天的时间将要与寒山共度。第一次邂逅寒山是 1976 年，我当时住在台湾的一座寺庙里。住持给了我一本寒山的诗，后来它们成了我翻译的第一批诗歌，从此我和寒山便结下了不解之缘。

第三十天

丰干禅师、寒山禅师、拾得禅师

寺院里清早打板的声音确实收到了预期效果，我看了看旁边桌上的旅行闹钟，时间是清晨3点半。本想再接着睡会儿，但却怎么也睡不着了。于是干脆打开灯找来备用眼镜和石屋诗歌译文修改了一小时。这个时段最清净了，适合做点这样的工作，但是我本意并不想醒着，所以不久又睡着了。过了一会儿，感觉有人在外面一边敲门一边喊我的中国名字——赤松，看看时间：6点半。我穿上短裤和T恤，打开门一看，原来是昨晚那位带我到客房的和尚。他是寺院的衣钵侍者，是方丈的私人秘书。他递给我一个袋子，里面有两个可可馅的羊角面包，另外还递给了我一本书，是旧式线装版的《寒山子诗集》，这在寺院里是限量发行，他说面包和书都是允观方丈送给我的，他在我来这儿的前一天出门了。我被感动得说不出话来，只是站在那里一个劲儿地点头。

衣钵侍者走了以后，我煮了一杯咖啡，吃了一个羊角面包——面包出乎意料地好吃。直到打开书我才发现：原来它是现存最早的木刻版《寒山子诗集》的影印本。我听说过这个版本，只是一直没见过。根据里面的出版信息，最早应该是在公元1201年印刷发行，我曾经在浙江省博物馆稀有书库里见过，而现在它就在我的手上。真希望自己的手没有沾上可可馅。

我打开书，一下子翻到第二百九十九首：

有人笑我诗，我诗合典雅。不烦郑氏笺，岂用毛公解。
不恨会人稀，只为知音寡。若遣趁宫商，余病莫能罢。
忽遇明眼人，即自流天下。

谁是“明眼人”，我们不得而知，那时候好像还没有出版商。但是比这更大的谜团是：羊角面包是哪里来的？我在这个地方从来没发现有羊角面包。几年前，我去真如寺，那是中国最著名的禅宗培训中心，

1201 年版《寒山子诗集》

位于江西省山区，当时有个和尚邀请我去喝意式浓缩咖啡，是用比利时进口的一种咖啡机做出来的，我没有问他怎么做的，或者为什么要请我，只是闷头享受着咖啡的香浓。同样，我也不想问面包的出处，尽情享受就好，而且我也没有时间去思考这些未解之谜，这是我朝圣路上的最后一天，需要早点出发。

今天的行程就从我住的这座寺院开始。8 点开门之前，我需要先去两个地方。国清寺是中国最著名的寺庙之一，从窗户望去，外面的天很蓝，无论对僧人还是对我来说，今天都是一个好日子。我把包放在房间，然后穿过迷宫般的回廊，来到主院。我很喜欢站在这里，周围的景色让人精神为之一振：银杏和香柏已经一千多年，院墙外也是古木参天的样子。1988 年，天台被列为国家公园，从此这座山以及上面的寺院都跟着受了益。现在的大殿建于三百多年前，除了瓦片屋顶，其余全部来自木工。和中国其他地方一样，大殿庄严肃穆。站在那里，我感觉自己好像一下子穿越到了盛唐。

在 8 世纪神游了几分钟之后，我开始穿过院子，沿着台阶来到偏殿。这里供奉着三位贤人。我就是为他们来的，实际上，他们也是我来中国的首要原因。雕像有真身的三分之二高，属于木雕，周身已被镀金，工艺效果非同凡响。即便大殿不开灯，他们也能发出光来。丰干位居正中，手里拿一根大拐杖，拾得手里则拿一把扫帚，寒山双手撑在一根小拐杖上，三个人都在笑。

丰干是最先来到国清寺的。相传8世纪下半叶，有一天他骑着一只老虎出现在寺院门前。由于人又高又瘦，人们都叫他“丰干”，意思是“大棍子”。当人们向他求教的时候，他会说“随缘”。拾得的意思是“捡来的”，由于他被遗弃在天台山，丰干和尚发现以后，便把他带回国清寺抚养。虽然拾得住在寺院里，但是却从未出家，每天在寺院里负责烧水或是打扫院子。寒山是最后出现的，他的名字来自于他的居住地——寒岩。他也从未出家，但是却经常来寺庙拜访。直到今天，人们对于这三位贤人的情况依然知之甚少。我们所知道的只是：他们是好朋友，都是佛教的修行者。这一点在丰干的诗里有所提及：

寒山特相访，拾得常往来。
论心话明月，太虚廓无碍。
法界即无边，一法普遍该。

在过去，即8世纪末、9世纪初的那几十年里，这座寺院一定是香火鼎盛之地。在拜祭完三位先贤之后，我又去拜望了寺里的另一件宝贝——隋梅。每次看到它都会让我心情愉快，它已经一千四百多年了，和其他梅树一样在冬天里显得毫无生气。还有两个月春天才会来，好像它总能记得在什么时间做什么事似的。没有任何理由怀疑它会忘记时间。这棵树的记忆力真让人羡慕。在祝福它还能再活一千年后，我便回到了自己的房间，吃掉了第二个羊角面包，喝了第二杯咖啡。我把房间钥匙还给客房登记处的工作人员，然后开始寻访那位当年栽下隋梅的人。

去出口的路上，我在偏院里遇上了外出归来的允观方丈。对于他的仁慈与慷慨赠予，我深表感谢。当时他正在和其他和尚说水稻的事情，院子四周的屋檐下，有刚刚收割来的数十篮子的水稻。寺院里目前共有一百三十个和尚，每天会消耗很多大米，所以和尚们自己种植了很多水稻。现在是11月，既然水稻已经收割完毕，他们就要考虑种油菜了，油菜籽可以用来榨油。自从栽下那棵隋梅，国清寺的香火从未断过。

谢过方丈，走出大门，经过古老的丰干桥。丰干桥是一座石拱桥，以三位先贤中最年长的那位名字命名。除了上面的那首诗，丰干还写了下面这首，刚开始引用了禅宗六祖回应一个和尚的话，那位和尚认为佛教修行无异于在擦镜子上的尘埃：

> 本来无一物，亦无尘可拂。
> 若能了达此，不用坐兀兀。

走过无尘之桥，我又踏上了通往天台宾馆的路，罗宾还在大厅等我，几分钟后，出租车司机也来了。我告诉他今天要去智者塔院，即智者大师的圆寂之地。尽管司机是天台人，但却从未听说过这个地方。我是在十五年前去那里的，因此现在自己也不能确定确切方位。我所记得的就是它在半山腰上。所以我们决定沿着那条唯一的公路向上开。

路上弯道很多，但路况不错，这就是国家公园的好处。智者塔院里保存着智者大师的遗骸。智者大师最先在山上建造了草堂，即现在国清寺所在的位置，并亲手栽下了那棵隋梅。我们在山上越走越远，我觉得路边应该会有标志牌，但是没有。过九公里标识处，我让司机停车。路边的一条石阶小路看上去很眼熟，我和罗宾决定试试。大约走了两百米，前方出现了岔道，我们选了右边那条，然后来到一处农舍前。而农舍里的人则指给了我们另一条路，那条路正好与当初靠左的那一条连在了一起。

几分钟以后，我们便到了保存智者遗骸的寺庙。在中国佛教史上，没有几个和尚能与智者相提并论。实际上，只有两个知名度与其不分伯仲的人：一个是慧能，他在中国建立了禅宗；另一个是玄奘，曾远播唯识宗的教义。智者建立的佛教教派与众不同，他以天台山命名，集众教于一身，试图通过将不同的佛教教义应用于不同的修行阶段来协调并解释它们之间的差异性。最后，智者以修行的阶段为序安排佛经的内容，并将《妙法莲华经》设为最高教义。

智者还开发了一套冥想体系，他称之为“止观”。这套体系涉及对散漫思想的终止和对基本现实的思考。在他的《仁王经疏》中，他解释道：“无相妙慧照无相境，内外并寂，缘观共空。”谓我一直喜欢寒山诗集中第八十二首诗中对该体系的总结：

碧涧泉水清，寒山月华白。
默知神自明，观空境逾寂。

我和罗宾在殿外点了一炷香——出于安全考虑，室内是禁止烧香的。进殿以后，我们在智者的佛塔面前鞠躬。我告诉他，当年他栽下的那棵隋梅依然很好。与大多数和尚不同，智者的遗体没有被火化，而是被放在了一个大瓷坛里，并被搬进佛塔。瓷坛很醒目，大约有七米高，完全由白色大理石做成，上面的刻工相当精妙。

拜祭完以后，我和罗宾回到出租车上，让司机带我们去寒岩。寒山经常去国清寺，我想他也会在那儿过冬的，但是他平时住的地方却在天台山以南二十五公里处。

下山之后，我们经过天台县，向西走两公里驶上 62 省道，这是一条四车道的公路。每个岔向村庄的路口都有信号灯。如此现代化的交通，此刻只有我们在独自驾车飞驰，这在以前是不可想象的。1989 年，我初次造访的时候，这里只有一条扬尘的碎石路，当时，我坐的是一辆时速不超过二十公里的三轮车。时代不同了，当年漫漫颠簸的长途，如今只用了二十分钟就抵达了。街头镇是个只有三条街的村子，然而通往寒岩的道路总是非常微妙，而我只是记得当初要穿过村庄。后来我们又驶上了大坝旁边的一条小窄路，穿过两座山之间的空地。无论何时过那片空地，都会让我想起寒山的第十六首诗：

人问寒山道，寒山路不通。夏天冰未释，日出雾朦胧。
似我何由届，与君心不同。君心若似我，还得到其中。

出峡谷后，我忽然想起后面该怎么走了，这样就没必要再找人打听。离开街头镇十分钟，我们把车停在路边，此处距寒岩还有两百米。

就在我和罗宾下车朝悬崖底下的田间小路走去的时候，司机追了上来，也要和我们一起去。他说自己从未去过那里，而我已经去过那里不下十次了。当然，在深秋时节拜访，还属首次。通常情况下，地里会种满玉米、大豆和向日葵等，而到了现在这个时节，却只剩下了收割之后的残茬。路不远，所以我们几分钟就到了。

悬崖的底部是寒山住过的洞穴，大约五十米深，十多米高。洞顶上住着很多蝙蝠。我们来到岩洞后面，发现信徒们已经在那里为三位先贤造了神龛。我们给每个人都上了香，然后又回到洞口，来到了一个没有屋顶的两层建筑前，因为是建在山洞里，因此不需要屋顶。这里历经变迁，但是自从我上次来，它就是一位隐士的家了。在过去的十年里，这位隐士一直是普通信徒，大约六十五岁，但我从来没有问过她的名字，只是称呼她为“蝴蝶夫人”，因为她看上去总是飘来飘去的。我想她以前可能是一位戏剧演员，行为举止很像是一位有舞台经验的人，而且她不说话。我不知道她是因为自己发誓不说话，还是阶段性地不说，当然这个问题也没必要去问。我们进去的时候，她正站在火炉旁。她冲我们挥挥手，示意我们坐在她旁边的凳子上。这里还有另一个和她年纪相仿的女人。本想打个招呼就走，现在看来似乎不可能了。我们必须坐下来喝杯茶。这不是一般的茶，是人参茶。她的弟子自豪地告诉我们，这种人参是从美国进口的。

寒山如何结束在寒岩的生活始终是一个谜。事实上，关于他的一切都是谜。没有人知道他是从哪里来的，或者他是谁。作为隐士，他只是疯狂地在树上、岩石上和寺庙的墙上写诗。就连他的生卒都是一个谜。我觉得最合理的猜测是他为了逃避安史之乱来到了天台山。大约在公元 850 年去世，因为正是从那一年起，才开始有了关于他的故事。当时的故事说他生活在一百二十多年前，也就是说他出生在公元 730 年前后，于公元 760 年左右到达寒岩。这是我从他的第一百三十一首诗里得出来的推论：

出生三十年，常游千万里。行江青草合，入塞红尘起。

炼药空求仙，读书兼咏史。今日归寒山，枕流兼洗耳。

他的诗歌第一次印刷发行是在公元1189年，然后公元1201年出现了第二版，影印本现在就在我的包里。寒山总是给人留下癫狂的印象，其实有时候根本不是癫狂，他只是想让人们意识到他的生活以及他所处的时代的癫狂。他以一种菩萨般的无畏去普度众生，正如在他的第二百三十四首诗里所言：

寒山出此语，复似颠狂汉。有事对面说，所以足人怨。
心真出语直，直心无背面。临死度奈河，谁是喽啰汉。
冥冥泉台路，被业相拘绊。

寒山的诗并非来自那种官员之间的互相应酬，也不是大多数人想读到的那种，但是有人想读，因此也便有人记了下来。寒山从来没被认为是一位伟大的诗人，但诗歌不仅是音调、韵律和修辞的艺术，还可以用来传达或发掘信息。毛亨在评论最早的《诗经》时曾说“在心为志，发言为诗”。当然，诗歌的形式多种多样，很多诗歌也都与心无关。但我所拜谒的那些古诗人，他们的思想却与毛亨的说法完全一致。那些“言为心声”的人，几乎没有谁受过寒山的影响。这点不足为奇，因为他是寒山，不是李白或杜甫，也成不了像垮掉的一代那样的反文化运动的守护神，更成不了杰克·凯鲁亚克[①]那样的人。同样，我们坐在这里，坐在他写第一百八十首诗的地方，也不足为奇：

一住寒山万事休，更无杂念挂心头。
闲于石壁题诗句，任运还同不系舟。

对于罗宾和我来说，那些覆在心头的杂念肯定是有的。喝完第二杯茶，我们在盘子底下悄悄放了一些钱，谢过主人后便回到了车里。在回街头镇峡谷的半路上，我们向右换到了另一边，从那里可以通向

---

① 杰克·凯鲁亚克在1958年出版了《达摩流浪后》一书，并把它献给了寒山。——译者注

明岩。明岩和寒岩一样，悬崖高峙，洞石鼎然，两者相距不到一公里。明岩是寒山老年时居住的地方，拾得也经常住在那里。在拾得留下的诗歌里，我最喜欢第四十九首：

可笑是林泉，数里少人烟。云从岩嶂起，瀑布水潺潺。
猿啼唱道曲，虎啸出人间。松风清飒飒，鸟语声关关。
独步绕石涧，孤陟上峰峦。时坐盘陀石，偃仰攀萝沿。
遥望城隍处，惟闻闹喧喧。

明岩和寒岩不仅在名称方面给人的感觉不同，具体到形状上也不尽相同。明岩包括一个长三百米、宽四十米的峡谷，其洞穴则位于相对较远的地方，近处有一座尼姑庵，即明岩寺。在过去的一千年里，这里也是沧海桑田，几经变迁。明岩寺的后面，有沿着峡谷一字排开的六座大殿，它们都是1989年我第一次来这里时建造的。大笔资金的投入使其成了一处重要的朝圣景点。我们绕过神殿，来到峡谷尽头的洞穴里，我想指给罗宾看寒山和拾得隐藏的地方。传说当地一位官员想拜谒他们时，寒山和拾得转身躲到了岩石后面。里面有一个小神龛，

明岩古寺

我和罗宾一起烧香、鞠躬，之后便又回到了尼姑庵。我还要去最后一个地方，回家之前举行最后一个仪式。

在尼姑庵里，有个尼姑正在和俗家妇女晾晒野生蔬菜，我一下子就认出了她——尼姑庵的住持悟贤大师。但是她已经不记得我了，所以我又介绍了一遍自己，并告诉她，我最近听说寒山的遗骸被保存在一座佛塔里，而那座佛塔就在附近的某个地方。她确认了这个说法，指着峡谷的方向说在那座池塘附近，有一尊救苦救难的观音像，然后从那里沿着山路上山就能找到。我们按照她的指示一路前行。到达池塘的时候，我发现一些凿在岩石表面上的台阶，于是顺着石阶爬了上去。路虽陡峭，却只花了一会儿工夫就到了山坡上，不一会儿我们就来到了佛塔前。

周围的村民在几百年前就为它举行纪念仪式了，而我却在那么久以后才听说这件事。听说以后，我立即与一位来自天台并且在大学里专门研究佛教的教授联系。他说确实有人证实那是一座古代佛塔，并与寒山有关。现在我就站在这座佛塔面前。但初见之时让我很惊讶，这并不是我想象中的样子。在原来佛塔的遗址处，有人建造了另外一座佛塔。材料由铝构成，并且全部漆成了淡黄色。该塔一共九层，每层都由锡檐环绕，而且有小铃铛挂在檐角。我从来没有见过这样的东西。我想寒山看过也会喜欢的，因为这与他太相称了。

稍稍回过神来，我和罗宾各自拿出了进献之宝。我拿出酒杯，摆在栏杆里的水泥祭坛上，而这些栏杆本来是用来保护佛塔的。一想到寒山可能会开玩笑，于是我故意没往里面倒酒。杯子旁边，放着那本宋朝出版的诗集，我想他也会喜欢的。然后罗宾拿出笔记本电脑，把它放在栏杆的下面，播放了一首西部乡村歌曲《听风》，这首歌来自加里·弗林特的山之歌网站。罗宾也带来了加里·斯奈德的《危险的山峰》的影印本，加里·斯奈德和加里·弗林特是20世纪里德学院的同学。这么多年来，两个人一直保持联系。当然，是加里·斯奈德翻译了几十首寒山诗歌，并将西方的一代人带到了寒山面前。罗宾递给了我一本斯奈德的书，然后让我去读其中的一首，名字为《放弃》：

从弘法会上步行回返，
夏日里干枯的鹃木，
叶子萧萧落下。

“放弃吧！放弃吧！哦，当然！”他们说。读完以后，我们站在那里听了一会儿莫尔·黑格尔德[①]的音乐。一曲终了之时，远处的晚钟悠扬地响起……

佛塔

① 莫尔·黑格尔德是美国20世纪60年代最著名的乡村音乐人，他既是艺人、音乐家，也是歌手，还是大名鼎鼎的小提琴手。——编者注

读书人文化比尔·波特作品介绍

▶《空谷幽兰》

空谷幽兰，常用来比喻品行高雅的人，在中国历史上，隐士这个独特的群体中就汇聚了许多这样的高洁之士，而今这些人是否还存在于中国广袤的国土之上？这是一直在困扰着比尔·波特的问题。他于20世纪80年代末，亲自来到中国寻找隐士文化的传统与历史踪迹，并探访了散居于各地的隐修者……

▶《禅的行囊》

比尔·波特于2006年春进行了一次穿越中国中心地带的旅行，追溯了已经成为中国本土文化的重要支脉之一的禅宗，带读者寻访中国禅的前世今生！

▶《黄河之旅》

本书是比尔·波特深度对话中华母亲河，穿越五千里路探寻黄河源头的行走笔记，全面记录了从“白日依山尽，黄河入海流”到“大漠孤烟直，长河落日圆”的黄河流域风土人情、历史传说与古今变迁。

▶《丝绸之路》

比尔·波特和朋友芬恩结伴从西安启程，经河西走廊至新疆，沿古代丝绸之路北线从喀什出境到达巴基斯坦境内的伊斯兰堡的丝绸之路追溯之旅。沿途重温了风光壮美的沙漠、长河、戈壁、牵人思绪的佛龛、长城、石窟、古道、城堡和无数动人的历史传说，领略历经沧海桑田的千年丝路文明。

▶《彩云之南》

比尔·波特根据其在20多年前在我国西南云贵黔地区的亲身游历，以生动、幽默的语言为读者图文并茂地记录了自己“彩云之南”一路上的所见所闻，带我们领略西南边陲地区少数民族那些鲜为人知的故事。

▶《寻人不遇》

从2012年开始，比尔·波特开始了全新的旅程——寻访他所钦佩的中国古代诗人故址。他从孔子的故乡曲阜出发，到济南（李清照），往西安（白居易），经成都（杜甫、贾岛），赴湖北（孟浩然）、湖南（屈原），并一路走到南方，陶醉于陶渊明、谢灵运的山水之中，最后到达浙江天台山诗僧寒山隐居之地。他带着“美国最好的酒”——用玉米酿制的波旁威士忌，向每一位诗人致敬。

▶《江南之旅》

对中国人而言，江南不仅仅指地图上的某个地方，更是一个难以用语言表达的精神上的代表。它可能存在于气质典雅的紫砂壶中，也可能存在于质厚甘醇的绍兴老酒里。带着憧憬，比尔·波特踏上了跨越3000公里的旅程，另类解读中国的“江南style”。

图书在版编目（CIP）数据

寻人不遇 /（美）比尔·波特著；曾少立，赵晓芳译. -- 2 版. -- 成都：四川文艺出版社，2018.6（2019.4 重印）

ISBN 978-7-5411-5086-9

Ⅰ. ①寻… Ⅱ. ①比… ②曾… ③赵… Ⅲ. ①随笔-作品集-美国-现代 Ⅳ. ① I712.65

中国版本图书馆 CIP 数据核字 (2018) 第 077894 号

XUNREN BUYU

寻人不遇

［美］比尔·波特　著

曾少立　赵晓芳　译

责任编辑　王�竹

特邀编辑　张　芹　赵　晶

版式设计　乐阅文化

封面设计　古涧千溪

出版发行　四川文艺出版社（成都市槐树街 2 号）

网　　址　www.scwys.com

电　　话　028-86259287（发行部）　028-86259303（编辑部）

传　　真　028-86259306

邮购地址　成都市槐树街 2 号四川文艺出版社邮购部　610031

排　　版　北京乐阅文化有限责任公司

印　　刷　三河市中晟雅豪印务有限公司

成品尺寸　150mm×230mm　　开　　本　16 开

印　　张　21　　字　　数　300 千

版　　次　2018 年 6 月第二版　　印　　次　2019 年 4 月第二次印刷

书　　号　ISBN 978-7-5411-5086-9

定　　价　48.00 元